GÜNTER HUTH
Das letzte Schwurgericht

GÜNTER HUTH

Das letzte Schwurgericht

Ein Simon Kerner Thriller

echter

Mainfranken Krimi

Günter Huth wurde 1949 in Würzburg geboren und lebt seitdem in seiner Geburtsstadt. Er kann sich nicht vorstellen, in einer anderen Stadt zu leben. Er war von Beruf Rechtspfleger (Fachjurist), ist verheiratet und hat drei Kinder. Seit 1975 schreibt er in erster Linie Kinder- und Jugendbücher, Sachbücher aus dem Hunde- und Jagdbereich. Außerdem hat er bisher Hunderte Kurzerzählungen veröffentlicht. In den letzten Jahren hat er sich vermehrt dem Genre Krimi zugewandt und in diesem Zusammenhang einige Kriminalerzählungen veröffentlicht. 2003 kam ihm die Idee für einen Würzburger Regionalkrimi. »Der Schoppenfetzer« war geboren. Diese Reihe hat sich mittlerweile als erfolgreiche Serie in Mainfranken und zwischenzeitlich auch im außerbayerischen »Ausland« etabliert. 2013 ist der erste Band der Simon-Kerner-Reihe mit dem Titel »Blutiger Spessart« erschienen. Der Autor ist Mitglied der Kriminalschriftstellervereinigung »Das Syndikat«. Seit 2013 widmet er sich beruflich dem Schreiben.

»Der Rabenstein am Letzten Hieb war eine der wichtigsten Hinrichtungsstätten der Stadt Würzburg. Außerhalb der Stadtmauern, als gemauerte Richtstätte auf einem Hügel errichtet, wurden dort im Mittelalter über lange Zeit schwere Leibesstrafen vollstreckt. Hierzu zählten Erhängen, Vierteilen, Rädern, Pfählen, um nur einige aus dem möglichen Strafenkatalog zu nennen. Die Delinquenten wurden nach der Vollstreckung am Rabenstein, teilweise noch lebend, den Gewalten der Natur ausgesetzt, wozu auch die Rabenvögel zählten, denen der Ort seine Bezeichnung verdankte. Diese Vögel, auch Aaskrähen genannt, folgten ihrer natürlichen Bestimmung und fielen über die hilflosen Halbtoten oder die Leichen her, die häufig zur Abschreckung dort verblieben, bis nur noch Knochen von ihnen übrig blieben. Die Raben waren daher bei den Menschen verhasst, weil man in ihnen Todesboten sah. Zahllose Sinnsprüche gaben von der besonderen Einstellung zu den Aaskrähen Zeugnis. Insbesondere: ›Eine Krähe hackt der anderen kein Auge aus‹ wies einerseits auf die speziellen Fraßgewohnheiten dieser Vögel und andererseits auf deren soziale Verträglichkeit am Kadaver hin. Eigenschaften, die gerne auch als Metaphern auf menschliche Verhaltensweisen übertragen wurden ...«

Auszug aus dem Werk
»Hinrichtungsstätten der Stadt Würzburg
zur Zeit der Fürstbischöfe«,
Kapitel: »Der Rabenstein« von
Dr. jur. Wilhelm Kürschner

Prolog

Der Jäger hob sein Fernglas. Aus dem Tal kommend, flog ein Rabenvogel heran, drehte eine Schleife über der Wiese und ließ sich schließlich im ausladenden Geäst einer gegenüberstehenden Buche nieder. Kurz darauf entdeckte er zwei weitere Krähen, die sich im Tiefflug näherten und auf einen anderen Ast des Baumes als Vorhut niederließen. Auch sie stießen das durchdringende, arttypische Kräh-Kräh aus. Wie der Jäger feststellte, blickten alle in Richtung Wiese. Dort musste es etwas geben, das ihr Interesse geweckt hatte.

Plötzlich ließ sich die erste Krähe fallen, glitt im Tiefflug über die Wiese und verschwand im Gras. Der Jäger wartete darauf, ihre Artgenossen ebenfalls diese Stelle anfliegen zu sehen. Vermutlich lag dort ein verendetes Tier. Rabenkrähen nahmen gerne Aas auf. Nach dem Ansitz würde er den Platz einmal kontrollieren.

Kaum hatte er den Gedanken zu Ende gebracht, als eine der Krähen im Baum kurz mit den Flügeln schlug und dann wie ein Stein zu Boden fiel. Zwei Sekunden später stürzte der zweite Vogel aus unerfindlichen Gründen aus dem Geäst. Die Krähe am Boden schien Verdacht geschöpft zu haben, denn sie legte plötzlich mit klatschenden Flügeln einen Alarmstart hin und verschwand über den Baumwipfeln.

Der Jäger war einen Moment verblüfft, dann kam ihm ein schlimmer Verdacht: Wie es aussah, waren diese Vögel abgeschossen worden! Er hatte keinen Schuss gehört, was ihm den Schluss aufdrängte, dass mit einem schallgedämpften

Gewehr geschossen worden war. Wilderer!, zuckte es durch sein Gehirn. Unwillkürlich langte er nach seinem Gewehr, das er griffbereit quer vor sich auf die Schießluke gelegt hatte. In dem Jäger stieg Zorn hoch. Die Chance, den Kerl auf frischer Tat zu ertappen, wollte er sich nicht entgehen lassen. Von seinem Hochsitz aus konnte er nichts Verdächtiges entdecken. Also schnappte er sich sein geladenes Gewehr und hastete eilig die Leiter hinunter. Am Boden angekommen, sprang er, das Gewehr quer vor der Brust, mit zwei Sätzen über den Weg und lief gebückt einige Meter in die angrenzende Wiese. Dort kniete er sich sofort nieder. In dieser Haltung konnte er gerade noch durch die Spitzen der höchsten Grashalme hindurchspähen. Die toten Krähen lagen am jenseitigen Waldrand. Wenn sich jemand den erschossenen Vögeln näherte, würde er das von seiner Position aus sehen. Der Jäger war wild entschlossen, den Straftäter zu stellen. So eine Chance würde er nicht wieder bekommen.

Plötzlich hatte er das unbestimmte Gefühl, nicht mehr allein zu sein. Ehe er in irgendeiner Form reagieren konnte, bekam er von hinten einen harten Schlag auf den Kopf, und es wurde Nacht um ihn.

Der Mann, der ihn mit dem Hinterschaft seines Gewehres bewusstlos geschlagen hatte, schob die Gesichtsmaske nach oben und sah mit zorniger Miene auf den Jäger herab. Er ärgerte sich, ihn nicht in der Kanzel bemerkt zu haben, sonst hätte er natürlich auf seine Aktion verzichtet.

Der Unbekannte beugte sich hinunter und fühlte den Puls des Bewusstlosen. Das Herz schlug gleichmäßig. Die Platzwunde am Kopf blutete zwar stark, war aber nicht weiter gefährlich. Er hatte kein Interesse daran, dem Mann zu schaden, der lediglich zum falschen Zeitpunkt am falschen Ort gewesen war. Sein Pech! Langsam richtete er sich wieder auf und verließ den Ohnmächtigen in Richtung Wiese. Lange würde die Betäubung nicht anhalten.

Auf dem Weg zu den erschossenen Krähen kam er an der Stelle vorbei, wo im Gras ein totes Reh lag. Am Tag vorher hatte er es geschossen und hier in der Wiese niedergelegt, um die Aaskrähen anzulocken. Der Kadaver war bereits von anderen Räubern angefressen. Vermutlich hatte sich ein Fuchs daran gütlich getan. Er ließ das Reh liegen und ging weiter zum Waldrand. Dort hob er die beiden toten Krähen auf, steckte sie in eine Plastiktüte und verstaute sie zusammen mit dem zerlegten, schallgedämpften Kleinkalibergewehr im Rucksack. Als er wenig später im Wald verschwand, begann es bereits zu dämmern.

Der Verletzte wurde zehn Minuten später von einem Mountainbikefahrer gefunden, der noch zur späten Stunde im Revierteil Bendelsgraben seine Trainingsrunden drehte.

1

Es war 16.37 Uhr. Die Tür zum Beratungszimmer, das sich an den großen Gerichtssaal anschloss, öffnete sich. Ein Raunen ging durch den bis auf den letzten Platz gefüllten Raum, und die Menschen erhoben sich, dann trat Stille ein. Die Prozessbeteiligten und Zuschauer im großen Schwurgerichtssaal des Landgerichts Würzburg musterten die fünf Personen, die nun entlang der Stirnwand des Raumes hintereinander eintraten. Der Richtertisch befand sich, im Vergleich zum normalen Saalniveau, auf einem etwas erhöhten Podest, sodass man von dort auf die Menschen im Saal hinunterblicken konnte. Eine sichtbare Manifestierung der Distanz, die ein Gericht zu den übrigen Verfahrensbeteiligten und zum Volk hatte, in dessen Namen es Recht sprach.

Hinter dem Richtertisch standen sechs Stühle. Fünf an der Längsseite, einer an der schmalen Kopfseite. Die Protokollführerin stand bereits an der linken Schmalseite des Tisches und stützte leicht ihre Fingerspitzen auf der Tischplatte auf. Die rot lackierten Fingernägel bildeten einen deutlichen Kontrast zu ihrer schwarzen Robe. Aufmerksam sah sie den Richtern entgegen. Die Urteilsberatung war heute wieder relativ kurz ausgefallen. Ein Zeichen dafür, dass der Vorsitzende seine Richter wieder einmal gut im Griff gehabt hatte. Sie war schon einige Zeit Protokollführerin in solchen Prozessen. Mittlerweile konnte sie an den Mienen der eintretenden Mitglieder des Schwurgerichts mit einer gewissen Wahrscheinlichkeit das Urteil erraten.

Unterhalb des Richtertisches auf dem Niveau des restlichen Gerichtssaals befand sich der Tisch für den Angeklagten und seinen Verteidiger, ihm gegenüber, der Platz des Staatsanwalts. Verteidiger und Staatsanwalt trugen ebenfalls schwarzen Roben. Zwei Meter davon entfernt saßen die Vertreter der Presse.

Die Reihe der einziehenden Richter führte der ebenfalls im Amtstalar gekleidete Vorsitzende des Schwurgerichts an, der sich vor den mittleren Stuhl in der Mitte des Richtertisches stellte. Zwei weitere Berufsrichter in gleicher Robe, die ihm dichtauf folgten, positionierten sich links und rechts von ihm auf. Die beiden ihnen folgenden Personen in Zivil, ein Mann und eine Frau, erreichten wenig später ihre Sessel, jeweils an der linken und rechten Flanke.

Nachdem sich der Vorsitzende davon überzeugt hatte, dass alle an ihren Plätzen standen, musterte er mit unbewegter Miene die am Prozess beteiligten Personen. Zuletzt fixierte er das Gesicht des Angeklagten, der bleich neben seinem Verteidiger stand und den Blick gesenkt hielt. Er trug einen dunkelblauen Anzug, ein weißes Hemd und eine weinrote Krawatte. Seine Haare waren kurz geschnitten. Sein Verteidiger hatte ihm erklärt, dass auch der äußere Eindruck bei der Urteilsfindung eine Rolle spielen würde, insbesondere dann, wenn weibliche Richter mit am Tisch saßen. Das markant männliche Gesicht spiegelte deutlich die Strapazen der Untersuchungshaft und des Prozesses wider.

Mit gemessenen Bewegungen setzte sich der Vorsitzende des Schwurgerichts eine Lesebrille auf, dann hob er ein Blatt Papier. Im Saal hätte man eine Nadel fallen hören können. Mit wohltönendem Bariton und tragender Stimme verkündete er das Urteil.

»Im Namen des Volkes ergeht folgendes Urteil: Der Angeklagte Alexander Thannenberger wird wegen Mordes zu lebenslanger Freiheitsstrafe verurteilt.«

Es trat eine Pause ein.

Der Kopf des Angeklagten sank ein Stück nach vorne. Die Schultern des Verteidigers senkten sich resignierend um einige Nuancen, die Körpersprache des Staatsanwalts hingegen verriet seinen Triumph.

Der Vorsitzende wartete, bis seine Worte verklungen waren und ihr Sinn in die Köpfe der Anwesenden eingedrungen war. Schließlich ließ er das Blatt sinken und machte eine sparsame Handbewegung. »Nehmen Sie bitte wieder Platz.« Gleichzeitig ließ auch er sich auf seinem Stuhl nieder. Die neben ihm stehenden Mitglieder des Schwurgerichts folgten seinem Beispiel.

Die mündliche Urteilsbegründung dauerte knappe zwanzig Minuten, dann war der Prozess beendet. Die Gesichter der Menschen im Schwurgerichtssaal zeigten ein breites Spektrum an Gefühlen. Je nachdem, in welchem Verhältnis sie zu dem soeben Verurteilten bzw. dem Opfer standen.

Nachdem der Vorsitzende des Schwurgerichts die Verhandlung geschlossen hatte, mussten die beiden Justizwachtmeister den Verurteilten stützen, damit er nicht zusammenbrach. Langsam ließ er sich auf die Anklagebank sinken. Seine gesamte Willenskraft, die ihn während des zwei Tage dauernden Schwurgerichtsprozesses hatte Haltung bewahren lassen, war verbraucht. Sein Verteidiger beugte sich über ihn und redete beschwichtigend auf ihn ein. Die Wachtmeister gewährten ihm noch einen Augenblick, dann drängten sie zum Aufbruch. Das Gericht hatte die Fortdauer der Untersuchungshaft angeordnet. Der Verurteilte war wieder abzuführen.

2

Jahre später

Der Mann im weißen Arztkittel sah sein Gegenüber über die Schreibtischplatte hinweg ernst an. Vor ihm lag aufgeschlagen eine nicht sonderlich dicke Patientenakte. Seine Hand ruhte schwer auf der letzten Seite eines Befundes. »Es tut mir schrecklich leid, dass ich Ihnen nichts Positiveres sagen kann.« Mit diesem Satz schloss der Arzt seine Ausführungen, mit denen er gerade seinem Patienten das umfangreiche Untersuchungsergebnis erläutert hatte. Einen Moment lang herrschte Sprachlosigkeit.

Der Patient spielte mit den Fingerspitzen an einer der beiden Metallschließen herum, mit denen die Träger seiner blauen Latzhose festgehalten wurden. Es war das einzige Zeichen von Nervosität, das dem Mann anzusehen war. Ansonsten saß er ruhig auf dem einfachen Holzstuhl und starrte auf die Buchstaben, die von der Hand des Arztes weitgehend verdeckt wurden. Es war schon erstaunlich, wie wenig Platz ein Todesurteil benötigte, dachte er.

»Wie lange noch?«, durchbrach er das Schweigen. Seine Stimme klang angespannt und heiser.

Der Arzt hob leicht die Schultern. Er war sich sehr wohl bewusst, dass die Antwort auf diese Frage in ihrer psychologischen Wirkung der Nennung einer Frist bis zur Vollstreckung einer Hinrichtung gleichkam.

»Es ist schwer, hier eine Prognose zu wagen.«

»Jetzt sagen Sie schon! Ein Jahr ... oder weniger? Reden Sie, ich werde schon nicht zusammenbrechen.«

Die Worte des Mannes kamen gepresst und zerstörten damit den Versuch, Gelassenheit zu demonstrieren.

Der Arzt atmete tief durch und erklärte mit gesenkter Stimme: »Drei Monate ... vielleicht ein halbes Jahr. Aber das sind nur Annahmen, die auf statistischen Erfahrungen beruhen. Eine verbindliche Auskunft kann Ihnen leider niemand geben ...« Seine Stimme verklang. Die Antwort stand schwer im Raum und gewann an bedrückender Endgültigkeit durch das neuerliche Schweigen. Schließlich fuhr er fort: »Ich werde natürlich versuchen, Ihnen, soweit es in meiner Macht liegt, durch die Verabreichung entsprechender Medikamente Schmerzen zu ersparen. Wenn der Krebs allerdings weiter fortschreitet, wäre dann an eine Verlegung auf eine Palliativstation zu denken. Wir sind hier für die Betreuung derart schwerer Fälle nicht eingerichtet.« Er unterbrach sich erneut, dann fügte er hinzu: »Es tut mir wirklich sehr leid für Sie.«

Der Patient erhob sich. »Schon gut, Doktor.«

»Wir sehen uns in einer Woche wieder«, erklärte der Arzt und gab ihm über die Schreibtischfläche hinweg die Hand.

Der Mann verließ das Sprechzimmer. Der Arzt starrte geraume Zeit auf die geschlossene Tür. Er hasste solche Gespräche. Trotz aller Professionalität waren sie emotional immer sehr anstrengend.

Draußen, im kleinen Wartezimmer, erhob sich ein Mann in Uniform, der hier gewartet hatte.

»Und, wie sieht es aus?«, wollte er wissen.

»Ich habe gerade eine massive Haftverkürzung bekommen«, erwiderte er mit bitterer Ironie. Der Versuch eines Grinsens misslang im Ansatz. »Drei Monate bis ein halbes Jahr hat der Medizinmann gemeint. Also ein überschaubarer Zeitraum, bis ein neuer Mieter in meine Zelle einziehen kann.«

»Mist!«, gab der Vollzugsbeamte zurück. Was sollte er auch sagen? Dass der Strafgefangene Alexander Thannenberger, der wegen Mordes zu lebenslänglicher Freiheitsstrafe verurteilt war und diese Strafe hier, in der Justizvollzugsanstalt Straubing, seit sechs Jahren abbüßte, Krebs im Endstadium hatte, war ihm bekannt. Diese unerbittliche Prognose überraschte aber auch ihn. Gewiss, die Vollzugsbeamten, die regelmäßig mit den Lebenslänglichen zu tun hatten, waren gehalten, kein allzu persönliches Verhältnis zu den Gefangenen aufzubauen. Freundlich ja, aber immer mit einer gewissen Distanz, damit die Dienstpflicht nicht darunter litt. Die Grenzlinien mussten immer klar definiert sein. Trotzdem konnte es nicht ausbleiben, dass man zu bestimmten Gefangenen eine andere Beziehung aufbaute als zu den übrigen. Thannenberger war so einer. Er war ein sehr ruhiger, stets höflicher Zeitgenosse, der den Beamten nie Schwierigkeiten machte. Eigentlich ein Musterhäftling. Der Gefangene hielt seine Zelle in Ordnung, achtete auf seine Körperhygiene und legte sich nie mit seinen Mitsträflingen an. Seit er wegen seiner Krankheit nicht mehr in der anstaltseigenen Werkstatt arbeiten konnte, hatte man ihm eine leichte Tätigkeit in der Bibliothek übertragen, die er sehr sorgfältig ausübte.

Thannenberger und der Beamte waren an der Zelle angekommen, die seit Jahren der Lebensmittelpunkt des Gefangenen war. Der Uniformierte schloss die Tür auf und schob den Riegel zurück. Er öffnete sie bis zur Wand. Tagsüber wurden die Lebenslänglichen, die sich ordentlich führten, nicht eingeschlossen.

»Es ist Zeit für Ihre Medikamente«, stellte der Bedienstete fest, während er routiniert seinen prüfenden Blick durch die Zelle gleiten ließ. »Ich werde sie Ihnen gleich vorbeibringen.«

Thannenberger nickte und setzte sich auf sein ordentlich gemachtes Bett. Eine einfache Bettstatt aus Metall, verschweißt und nicht geschraubt, damit sie nicht zerlegt werden konnte, mit einer Matratze, einem dünnen Kissen und einer gleichfalls einfachen Zudecke. Beide mit einem blaukarierten Stoff bezogen. Er hörte, wie die Schritte des Vollzugsbeamten auf dem Gang verhallten.

Er warf einen Blick zum Fenster, das sich an der Schmalseite der Zelle zur Außenwand hin, dicht unter der Decke befand. Aus Sicherheitsgründen ließ es sich nur leicht kippen. An heißen Tagen war die Hitze im Raum nur schwer zu ertragen. Durch die verschmutzten Scheiben konnte man die stabilen Außengitter erkennen.

Thannenberger erhob sich. Zum Wasserbecken waren es nur zwei Schritte. Durstig trank er einen Schluck aus der hohlen Hand. Die Zelle hatte gerade mal knappe neun Quadratmeter, wovon ein Großteil von Bett, Tisch, Stuhl, einem schmalen Spind und der in der Ecke eingebauten Edelstahltoilette verbraucht wurde. Als Lebenslänglichem war es ihm grundsätzlich gestattet, ein Mindestmaß an individueller Einrichtung zu haben. Sie erschöpfte sich bei ihm allerdings in einem Landschaftsposter über dem Bett, das eine Flussaue zeigte, und zwei Fotografien, die er mit Klebepads am Spind befestigt hatte. Beide zeigten eine Frau mittleren Alters in verschiedenen Posen, die freundlich in die Kamera lächelte.

Als er sich auf dem Stuhl am Tisch niederließ, fuhr ein zuckender Schmerz durch seinen Leib. Unwillkürlich krümmte er sich zusammen und stieß ein unterdrücktes Stöhnen aus. Sein körpereigener Mitbewohner brachte sich wieder brutal in Erinnerung. Schlagartig trat ihm kalter Schweiß auf die Stirn. Mühsam schleppte er sich zum Bett. In Embryonalhaltung blieb er liegen und biss die Zähne zusammen. Diese Anfälle kamen in der letzten Zeit immer häufiger und heftiger. Nach einigen Minuten ebbte die Schmerzwelle wieder ab, und er konnte sich aufrichten. Gerade rechtzeitig hatte er sich wieder in der Gewalt, als der Vollzugsbeamte in der Tür stand.

»So, hier habe ich Ihre Tabletten«, erklärte er. Er hob eine kleine durchsichtige Schale aus Kunststoff hoch, in der sich zwei rosa Kapseln befanden. »Sie kennen ja das Prozedere.«

Thannenberger nickte, ging zum Waschbecken und ließ Wasser in einen Plastiktrinkbecher laufen. Der Beamte schüttete ihm dann die beiden Kapseln in die Handfläche, und der Gefangene warf sie sich mit einer schnellen Bewegung in den Mund. Darauf spülte er mit Wasser nach.

»Okay, lassen Sie mich nachsehen«, sagte der Beamte und machte eine auffordernde Handbewegung.

Thannenberger öffnete den Mund weit, und der Mann warf einen flüchtigen Blick in seine Mundhöhle. Damit war den Bestimmungen Genüge getan.

»In Ordnung«, erklärte er, nahm das Tablettenbehältnis und steckte es in die Tasche seiner Uniformjacke. »Ich hoffe, es wird dadurch für Sie etwas erträglicher.« Sein Bemühen um menschliche Anteilnahme war offensichtlich.

Thannenberger nickte knapp, dann legte er sich wieder auf sein Bett. Der Bedienstete drehte sich um und verließ die Zelle.

Kaum war der Mann draußen, richtete sich Thannenberger wieder auf, griff zum Mund und brachte die beiden Kapseln zum Vorschein. Er hatte sie bei der Kontrolle mit einer geschickten Bewegung seiner Zunge in die Wangentasche geschoben. Er wusste, dass der Beamte nicht sonderlich genau kontrollierte. Eine steckte er wieder in den Mund und schluckte sie. Das Morphin, das er seit drei Wochen verordnet bekommen hatte, würde seine Schmerzen zumindest so dämpfen, dass er es einigermaßen ertragen konnte. Mit der anderen ging er zum Spind und öffnete ihn. Er entnahm ihm ein Paar frisch gewaschene Socken, die ineinander zusammengerollt waren. Vorsichtig schob er die Kapsel zwischen die Baumwolle. Dabei fühlte er die anderen Kapseln, die er schon angespart hatte. Noch eine Woche, dann hatte er genug zusammen, um es riskieren zu können. In der Gefängnisbibliothek hatte er nachgelesen. Wenn die Überdosis groß genug war, würde eine Atemlähmung eintreten und damit der von ihm gewünschte Tod. Er hatte nicht vor, hier elend zu krepieren.

Der Gefangene legte sich nieder und wartete, bis die Wirkung des Medikaments einsetzte. Nach einer Weile erhob er sich. Aus seinem Spind holte er einen Stapel Briefe, einen Schreibblock und einen Einwegkugelschreiber, damit ließ er sich am Tisch nieder. Er fächerte die Briefe wie Spielkarten vor sich auf. Die Adresse auf jedem Umschlag war mit der zierlichen Handschrift einer Frau geschrieben. Schließlich nahm er den letzten Brief in die Hand, den er etwa vor einer Woche bekommen hatte. Obwohl er den Inhalt fast auswendig kannte, las er jeden Satz und genoss erneut die liebevolle Botschaft, die die Zeilen enthielten. Dann legte er die beiden auf der Vorder- und Rückseite beschriebenen Blätter zur Seite und griff sich den Schreibblock. Einige Zeit starrte er auf das leere, linierte Blatt, dann beugte er sich vor und begann zu schreiben. Schweren Herzens hatte er sich entschieden, endlich die ungeschminkte Wahrheit zu sagen.

3

Fünf Monate später

Die Nachmittagssonne schien leicht schräg durch das Blätterdach der hohen Buchen und malte bizarre Muster auf den Asphalt des Weges. Es war brütend heiß, es ging kaum ein Luftzug.

Nur eine einzige Person folgte in kurzem Abstand dem dunkel gekleideten Mann, der würdevoll, gemessenen Schrittes über den Weg des Friedwalds im Waldfriedhof von Würzburg ging. Der Mitarbeiter des Bestattungsunternehmens Ewiger Frieden trug die schlichte Urne mit beiden Händen umfasst. Den Blick hielt er gesenkt.

Für den Bestatter war dies eine Urnenbeisetzung wie jede andere. Dass es Verstorbene gab, die keine Angehörigen mehr besaßen, war in der heutigen Zeit gar nicht so selten, wie man dachte.

Für die Leiche dieses Verstorbenen hatte die Person hinter ihm eine Feuerbestattung bestellt und auch den entsprechenden Baum für die Urnenbeisetzung ausgewählt. Bis zu dem kleinen Loch im Waldboden, das einer seiner Mitarbeiter gestern Nachmittag am Fuße der alten Buche ausgehoben hatte, waren es nur noch wenige Schritte.

Der Bestatter blieb, nachdem sie die Öffnung erreicht hatten, in Respekt bekundender, leicht gebeugter Haltung stehen, ehe er die Urne an zwei Bändern in das Grab senkte. Er verneigte sich kurz, dann drehte er sich um und gab der Person hinter ihm die Hand. Wortlos wandte er sich ab und verließ langsam den Ort der Beisetzung. In einer Stunde würde die kleine Grube durch einen Mitarbeiter des Unternehmens wieder geschlossen werden. Eine unscheinbare Tafel an der Buche würde darauf hinweisen, dass hier die sterblichen Überreste eines gewissen Alexander Thannenberger bestattet waren. Die Tatsache, dass man den Toten in einer Justizvollzugsanstalt abgeholt hatte, war allerdings etwas von der üblichen Routine bei derartigen Bestattungen abgewichen. Die Person trat vor und starrte eine ganze Weile mit brennenden Augen in das Erdloch. Ihr fiel es schwer, die aufkommenden Emotionen einigermaßen in den Griff zu bekommen. Schließlich gab sie sich einen Ruck, drehte sich um und verließ den Friedhof. In ihrem Herzen herrschte abgrundtiefe Trauer, die als Nährboden für den abgrundtiefen Hass diente, den die Person empfand. Ein paar Tage der Trauer würde sie sich erlauben, dann hatte sie ein Vermächtnis zu erfüllen.

4

Seit Simon Kerner zum Direktor des Amtsgerichts Gemünden am Main ernannt worden war, nahm er sich an einem Tag in der Woche nachmittags Akten mit nach Hause, um dort zu arbeiten. Dabei wählte er Tage, an denen er keine Strafsitzungen leiten musste und seine Abwesenheit vom Büro vertretbar war. An diesen Tagen zog er es vor, im angenehmen Ambiente seiner Jagdhütte zu arbeiten. Hier in der freien Natur war das Studium der Unterlagen fast schon erholsam. Zuvor fuhr er jedoch nach Lohr in ein Studio für Kampfsport, um sich körperlich fit zu halten. Danach erst setzte er sich vor die Jagdhütte und arbeitete. Kurz bevor die Dämmerung hereinbrach, vertauschte er dann das Diktiergerät mit dem Jagdgewehr und ging auf die Pirsch.

Heute war Donnerstag, und er hatte sitzungsfrei. Es war ein heißer Sommertag mit Temperaturen, bei denen in der Stadt der Asphalt schmolz. Das Training war heute besonders anstrengend gewesen. Zum Glück wehte hier auf der Spessarthöhe eine leichte Brise, so dass die Hitze zu ertragen war. Steffi, seine Lebensgefährtin, beneidete ihn dafür, dass es ihm die Unabhängigkeit des Richteramtes ermöglichte, einen Teil seiner Arbeit auch zu Hause zu erledigen. Sie musste es hingegen in der Hitze der Physiopraxis aushalten.

Seit Kerner in seiner vorherigen beruflichen Position als Oberstaatsanwalt gegen den Emolino-Klan ermittelt hatte, waren mittlerweile mehr als drei Jahre vergangen. Nach dem Tod Don Emolinos hatten die Ermittler des Landeskriminalamtes den Fall übernommen und dem Nachfolger des

Mafiapaten systematisch das Handwerk gelegt. Don Trospanini war in die Netze der Steuerfahndung geraten und zu einer mehrjährigen Freiheitsstrafe verurteilt worden. Nachdem die Strukturen des Emolino-Klans zerschlagen waren, verschwand er sang- und klanglos aus Gemünden. Kerner gab sich natürlich nicht der irrigen Illusion hin, damit das organisierte Verbrechen aus Main-Spessart verbannt zu haben. Sicher nicht. Die Mafia hatte allerdings einen harten Schlag erhalten, von dem sie sich so schnell nicht wieder erholen würde.

Er warf einen Blick zum Himmel. Die Sonne war dem Horizont ein ganzes Stück näher gekommen. Seine Armbanduhr ermahnte ihn, sich für die Jagd fertig zu machen. Kerner klappte die Akte zu, die er gerade bearbeitete, schaltete das Diktiergerät aus und erhob sich. In einem Zug trank er das Glas Wasser leer, das auf der Platte des grob behauenen Tisches stand, dann packte er seine Arbeitsutensilien in einen geräumigen Aktenkoffer und stellte diesen im Inneren neben der Tür unter die Garderobe. Nach kurzem Nachdenken entschied er sich, die Shorts gegen eine lange Jagdhose zu tauschen. Selbst wenn die Tage sehr warm waren, konnten die Abende hier im Wald recht frisch werden. Außerdem schützte sie vor den allgegenwärtigen Zecken.

Bevor er sich auf den Weg zum Hochsitz machte, wollte er noch kurz die Toilette aufsuchen. Das Häuschen mit dem Herzen in der Tür befand sich etwa vierzig Meter von der Hütte entfernt. Es war über einen schmalen Trampelpfad, der vom Haus aus nicht eingesehen werden konnte, zu erreichen.

Simon Kerner war in Gedanken noch bei dem Urteilstext, den er gerade diktiert hatte, und achtete nicht sonderlich auf seine Umgebung. Als er das Toilettenhäuschen erreichte und die Hand nach der Tür ausstreckte, wurde er heftig aus seinen Überlegungen gerissen. Abrupt blieb er stehen und gab einen Laut der Verwunderung von sich. Das Holz der Tür war im Laufe der Jahre stark nachgedunkelt. Daher hob sich der tote, schwarze Vogel auf den ersten Blick kaum davon ab. Das Makabre an der Situation war aber die Tatsache, dass jemand das Tier mit Reißzwecken an die Bretter geheftet hatte.

»Verdammt«, stieß Kerner hervor, »was ist denn das für eine Schweinerei?« Er betrachtete den Vogel genauer. Es handelte sich eindeutig um eine Rabenkrähe.

Mit ausgebreiteten Schwingen hing sie mit dem Rücken zum Holz. Ihr Kopf baumelte haltlos nach vorne auf die Brust. Schockierend war, dass man der Krähe beide Augen ausgestochen hatte. Einzelne Blutstropfen hingen wie kleine Tränen am Schnabel. Das Brustgefieder war blutig, und man konnte ein kleines Loch erkennen. Offenbar eine Schussverletzung. Instinktiv musterte Kerner die Umgebung um die Toilette. Hier, unter dem Dach alter Buchen, war in den letzten Jahren dichter Unterwuchs hochgekommen, der sein Blickfeld stark einschränkte. Es war weit und breit niemand zu sehen. Kerner wandte sich wieder dem Vogel zu. Vorsichtig berührte er mit der Fingerspitze einen Blutstropfen. Die Flüssigkeit war noch nicht vollständig geronnen. Sein Finger wurde rot. Kerner wusste, was das bedeutete. Diese Erkenntnis trieb ihm einen leichten Schauer über den Rücken. Er hatte sich ungefähr drei Stunden an der Jagdhütte aufgehalten. Da das Blut der Krähe noch nicht geronnen war, musste der Vogel während seiner Anwesenheit hier aufgehängt worden sein. Kerner hatte keinerlei Geräusche gehört. Wenn ihm der Urheber dieser mysteriösen Inszenierung auflauern wollten, hätte er dies ohne Problem tun können. Für

Kerner stand fest: Damit wurde ihm eine Botschaft übermittelt. Eine Nachricht, deren Sinn sich ihm allerdings nicht erschloss. Mit der Spitze seines Jagdmessers zog er die Reißzwecken aus dem Holz und nahm die Krähe in die Hand. Sie war noch nicht steif, konnte also noch nicht lange tot sein. Kerner drehte den Körper in der Hand. Der Einschuss stammte vermutlich von einer Kleinkaliberwaffe. Der Ausschuss war kalibergroß, also vermutlich ein Vollmantelgeschoss. Simon Kerner kehrte zur Hütte zurück. Die Jagd war ihm heute vergällt, und so ließ er sich auf der Eckbank, die in den Winkel zwischen zwei Fenstern eingepasst war, nieder. Die tote Krähe legte er auf den Tisch, mit einer alten Zeitung als Unterlage. Nachdenklich betrachtete er das auch im Tod noch glänzende Gefieder.

Kerner lebte schon lange genug im ländlichen Bereich des Spessarts, um zu wissen, dass das Annageln einer toten Rabenkrähe nicht von ungefähr kam, sondern eine tiefere Bedeutung hatte. Er wusste um die Praxis mancher Bauern, tote Krähen auf dem Feld an Stangen anzunageln, um Artgenossen fernzuhalten. Große Schwärme von Saatkrähen konnten auf frisch angesäten Feldern enorme Schäden anrichten. Es gab aber noch eine ganz andere Bedeutung solcher Handlungen, die ins Mystische gingen und einem tief verwurzelten Aberglauben entsprangen: Rabenvögel galten als Boten des Todes! Kerner hatte keine Ahnung, was der Verursacher mit seiner morbiden Handlung bezweckte. Sollte das eine Mahnung oder gar eine Drohung sein? Der nächstliegende Gedanke führte natürlich zu seinem Beruf als Richter. Der Vogel war erschossen worden, was aber sicher keinen Hinweis auf eine konkrete Täterschaft ermöglichte. In der ländlichen Bevölkerung des Spessarts gab es mit

Sicherheit noch eine ganze Anzahl unregistrierter Schuss-waffen, insbesondere Kleinkalibergewehre. Seit Generationen wurde mit solchen Waffen dem Ungeziefer auf den Höfen der Garaus gemacht – was auch immer man darunter verstand.

Kerner betrachtete den Vogel nochmals eingehend, dann wickelte er den Kadaver in die Zeitung und erhob sich. Aus dem an die Hütte angebauten Werkzeugraum holte er einen Spaten und vergrub das Tier ein Stück von der Hütte entfernt im Wald. Er war sich zwar sicher, dass der Fuchs den Kadaver in der Nacht ausgraben würde, trotzdem widerstrebte es ihm, das Tier einfach in den Wald zu werfen.

Wenig später, die Dämmerung war nun schon stark fortgeschritten, verschloss er die Jagdhütte, legte sein Jagdgewehr und die anderen Utensilien nebst seiner Aktentasche in seinen Defender und fuhr nach Hause. Kerner hatte keine Ahnung, dass ihn dabei zwei Augen durch ein Fernglas aufmerksam beobachteten.

Nachdem sich die Scheinwerfer des Geländewagens im Wald verloren hatten, verließ eine hochgewachsene männliche Gestalt im Tarnanzug ihren Platz zwischen mehreren dicht stehenden Fichten und näherte sich der Hütte. Mit wenigen Schritten war der Mann an der Stelle, wo Kerner die Krähe vergraben hatte, und lockerte mit einem trockenen Ast das lose Erdreich. Kerner hatte die Erde nur dürftig festgetreten. Nachdem er den Kadaver in Händen hielt, schob er das kleine Erdloch mit den Schuhen wieder zu. Der Mann säuberte das Gefieder der Krähe nur notdürftig, dann fasste er den Vogel bei den Krallen und marschierte durch die Dunkelheit davon. Das Tier wurde noch gebraucht. Ein Grinsen überzog sein Gesicht.

5

Donnerstagnacht. Die Uhr des nächsten Kirchturms hatte gerade die zweite Stunde geschlagen. Es war Neumond, so dass die schmale Seitenstraße im Würzburger Stadtteil Frauenland nur vom Schein der in Abständen aufgestellten Bogenlampen einigermaßen erhellt wurde. Ihr weißliches Neonlicht hatte Mühe, das dichte Blätterdach der dicht belaubten, alten Ahornbäume zu durchdringen, die links und rechts entlang des Gehsteigs standen. Die Haustür des leicht zurückgesetzten Einfamilienhauses öffnete sich langsam, fast zögernd. Das Licht des Flures fiel nach draußen und riss einen Streifen ungepflegter Beete aus der Dunkelheit, unterbrochen durch den verzerrten Schatten einer von hinten angestrahlten, hoch gewachsenen, leicht gebeugten Gestalt. Der nur mit einem blauweiß gestreiften Schlafanzug gekleidete Mann hatte offensichtlich Mühe, seine Bewegungen zu koordinieren. Einerseits versuchte er, die Haustür aufzuhalten, andererseits wollte er mit einem Rollator die Türschwelle überschreiten. Mit den kurzen, tippelnden Schritten eines gehbehinderten, älteren Menschen schaffte er es schließlich und bewegte sich nun über die flache, behindertengerechte Steinrampe in Richtung der Vorgartentür. Der Mann war barfuß, doch das schien ihn nicht zu stören. Es war ja Sommer und nachts herrschten angenehme Temperaturen. Auch dass die Haustür hinter ihm ins Schloss fiel, schien er nicht zur Kenntnis zu nehmen. Der kurze Weg zum Tor war rechts und links mit LED-Leuchten erhellt, die mit einem Bewegungsschalter ausgestattet waren.

Der Mann war in Panik. Seine dünnen, schlohweißen Haare standen wirr von seinem Kopf ab. Die Augen hatte er vor Erregung weit aufgerissen. Sein Sehvermögen war besonders in der Nacht stark eingeschränkt, und seine Brille lag drinnen auf dem Nachttisch.

Er suchte nach seinem Jungen.

Der Anrufer hatte ihn aus dem Tiefschlaf gerissen und ihm mit eindringlicher Stimme erklärt, er müsse sofort vor das Haus kommen, weil Michael, sein Sohn, von einem Auto angefahren worden sei. Er läge schwer verletzt direkt vor dem Grundstück.

Mit zitternder Hand ließ der alte Mann den Griff des Rollators los und zog die Gartentür auf. Dabei taumelte er etwas, weil ihm leicht schwindelig wurde. Sein Kreislauf war durch das hektische Aufstehen völlig durcheinander. Die Aufregung ließ seinen Puls rasen. Er passierte die Tür und trat auf den Gehsteig hinaus. Die grobe Körnung des Asphalts stach ihn in die weichen Fußsohlen. Er registrierte es kaum. Verwirrt suchte er die Straße ab. »Michael«, rief er dann mit brüchiger Stimme, die kaum ein paar Meter weit trug. Noch einmal: »Michael!« Aber da war nichts.

Er schob seine Gehhilfe über den auf Höhe des Eingangs abgesenkten Bordstein auf die Straße. Etwas verloren stand er mitten auf der nächtlichen Fahrbahn und stammelte den Namen seines Sohnes. Keiner hörte seine schwache Stimme. Alle Häuser dieser Wohnstraße lagen in Dunkelheit. Die Bewohner schliefen.

Keiner sah das unbeleuchtete schwarze Auto, das sich einen guten Steinwurf weit entfernt vom Bordstein löste und sich langsam rollend, fast schleichend der einsamen Gestalt näherte. Etwa sechzig Meter vor dem Mann heulte der Motor plötzlich auf, und der Wagen fuhr mit voller Beschleunigung auf den Alten zu. Als der frontal angebrachte Rammbügel des massigen Geländefahrzeugs auf den mageren Körper des alten Mannes traf, gab es ein klatschendes Geräusch. In hohem Bogen wurde er über die Kühlerhaube nach oben geschleudert. Hart schlug er mit dem Kopf gegen die Windschutzscheibe des Fahrzeugs, das ungebremst weiterfuhr. Das Sicherheitsglas erhielt sternförmige Risse, die vom zentralen Auftreffpunkt des Schädels ausgingen. Ein deutlich sichtbarer Blutfleck im Zentrum des Aufschlages zeugte von der Wucht des Zusammenpralls. Der Körper des Mannes wurde seitlich von der Motorhaube geschleudert und schlug hart gegen den Bordstein. Der völlig deformierte Rollator landete ein Stück weit entfernt im Rinnstein.

Erst ein Stück hinter der Kollisionsstelle bremste der Wagen abrupt ab. Grell durchschnitten die glutroten Bremsleuchten die Nacht. Die Fahrertür wurde aufgerissen, eine Gestalt sprang heraus und näherte sich dem gestürzten Greis. Die Pistole mit Schalldämpfer zuckte zweimal in ihrer Hand, dann hastete sie wieder zum Wagen zurück. Mit durchdrehenden Reifen preschte das Fahrzeug die Straße entlang. Erst an der nächsten Kurve wurde das Fahrlicht eingeschaltet.

Ein Bewohner aus einem der Nachbarhäuser, der einen leichten Schlaf hatte, wurde von dem Schlag der Kollision und dem späteren Quietschen der Reifen aufgeweckt. Schlaftrunken erhob er sich und sah von seinem Schlafzimmerfenster aus auf die Straße. Er fragte sich erbost, welcher rücksichtslose Mensch mitten in der Nacht einen derartigen Lärm verursachte. Verärgert wollte er sich schon wieder zurück ins Bett legen, als er die bewegungslose Gestalt im gestreiften Schlafanzug im Rinnstein liegen sah. Schlagartig war er wach. Er schlüpfte in seine Hose und rannte hinaus.

Mit Entsetzen erkannte er unter der blutigen Maske das Gesicht seines Nachbarn.

Wenig später konnte der herbeigerufene Notarzt nur noch den Tod Dr. Wilhelm Kürschners, des pensionierten Vorsitzenden Richters des Landgerichts Würzburg, feststellen. Der Aufprall hatte ihm das Genick gebrochen und der Bordstein den Schädel eingeschlagen. Die beiden Schüsse in seine Augen wären gar nicht mehr erforderlich gewesen. Der Täter hatte die Augenhöhlen in zwei blutige Seen verwandelt. Das Blut verschwand als schmales Rinnsal im zwei Meter entfernten Gully. Der Notarzt alarmierte die Einsatzzentrale der Polizei. Wenig später traf die Mordkommission ein und verwandelte die stille Seitenstraße in einen emsigen Ameisenhaufen.

6

Erster Kriminalhauptkommissar Eberhard Brunner hob sein Weinglas und prostete seinem Gegenüber zu.

»Zum Wohl, Simon, schön, dass du wieder einmal einen gemeinsamen Schoppenabend ermöglichen konntest. Seitdem du in Gemünden die höheren Weihen eines Amtsgerichtsdirektors erhalten hast, sehen wir uns ja kaum noch.«

In der Zeit, als Simon Kerner in seiner Funktion als Oberstaatsanwalt der Staatsanwaltschaft Würzburg das große Ermittlungsverfahren gegen die Mafia-Familie Emolino im Landkreis Main-Spessart durchführte, war Brunner der Leiter der mit den Ermittlungen beauftragten Sonderkommission Spessartblues. Nach Beendigung des Verfahrens und der Auflösung der Sonderkommission hatte man Brunner zum Leiter des Kommissariats 1 der Würzburger Mordkommission ernannt.

Simon Kerner trank, dann setzte er sein Glas langsam wieder ab. »Da kann ich dir nur beipflichten. Weißt du, für mich besteht im Grunde eigentlich keine Notwendigkeit mehr, nach Würzburg zu fahren. Mal abgesehen von jährlich ein bis zwei Dienstbesprechungen am Landgericht. Ich pendle zwischen meiner Wohnung in Partenstein und dem Gericht in Gemünden hin und her und wenn Steffi und ich etwas einkaufen wollen, fahren wir nach Lohr oder Karlstadt. Das sind für uns die kürzesten Wege. Da bekommen wir eigentlich alles, was wir so benötigen, und haben nicht den Stress wie in der Großstadt.«

Die beiden, die seit der gemeinsamen Ermittlungsarbeit

im Emolinofall Freunde geworden waren, saßen in der Weinstube Johanniterbäck und genossen einen fruchtigen Silvaner. Gerne hatte Kerner Brunners Einladung angenommen, die Nacht bei ihm im Gästezimmer zu verbringen. So konnte er ohne Rücksicht auf Promillegrenzen zusammen mit dem Freund den Abend genießen und sich ein paar Schoppen gönnen. Morgen war Samstag, und er musste nicht ins Büro.

Durch das Gespräch schweiften Kerners Gedanken für einen Moment in die Vergangenheit zurück. Er war damals hart an die Grenzen seiner Integrität gestoßen, weil er lange Zeit geglaubt hatte, durch einen schrecklichen Zufall auf der Jagd den Sohn des Mafiabosses, gegen den er ermittelte, erschossen zu haben. Die Mafia entführte daraufhin seine Freundin und drohte ihm mit deren Tod. Unter diesem Zwang hatte sich Kerner nach schwersten inneren Kämpfen einige Zeit in der Grauzone des Gesetzes bewegt. Dank seiner Fähigkeiten, die er sich als Offizier einer Elitekampftruppe der Bundeswehr angeeignet hatte, gelang es ihm schließlich, Steffi zu befreien. Der Hinrichtung durch die Mafia waren Steffi und er nur knapp entgangen. Kerner würde niemals vergessen, dass er in diesem Kampf in die Abgründe seines eigenen Ichs geblickt hatte. Noch heute setzte er sich immer wieder mit der Tatsache auseinander, dass durch ihn Menschen zu Tode gekommen waren. Es war für ihn noch immer erschütternd, wenn er sich bewusst machte, wie fragil auch bei ihm die Zivilisationsschicht war. Seitdem beurteilte er die Verfehlungen der Menschen, die vor ihm als Richter standen, aus einem erweiterten Blickwinkel.

Brunner bemerkte, dass sein Freund kurze Zeit geistesabwesend war. Der Kripobeamte konnte sich denken, wohin Kerners Gedanken abgeglitten waren. Auch Brunner war in dem damaligen Fall hart an die Grenzen seiner Loyalität gegenüber dem Gesetz einerseits und dem Freund andererseits gestoßen. Beide wussten, dass durch dieses Kapitel ihres Lebens ein schwarzer Schatten auf ihre ansonsten weißen Westen gefallen war.

Brunner hielt einen abrupten Themenwechsel für angebracht.

»Hast du übrigens mitbekommen, dass vor zwei Tagen Dr. Kürschner verstorben ist? Dr. Wilhelm Kürschner, du kannst dich doch an ihn erinnern? Er war lange Zeit beim Landgericht Würzburg der Vorsitzende des Schwurgerichts. Ein harter Knochen, bei dem die Angeklagten nichts zu lachen hatten.«

Kerner hatte den plötzlichen Themenwechsel noch nicht ganz nachvollzogen. Es dauerte einen Augenblick, bis er aus seiner Gedankenwelt in die Gegenwart zurückgekehrt war und Brunners Worte verinnerlicht hatte. Zustimmend nickte er.

»Natürlich erinnere ich mich an Dr. Kürschner. Wir haben ihn damals bei der Staatsanwaltschaft hinter vorgehaltener Hand Dr. Gnadenlos genannt. Ein äußerst fähiger Jurist, aber wirklich knallhart in seinen Entscheidungen. Eine Anklage vor dem Schwurgericht endete fast zu hundert Prozent mit einer Verurteilung. Lass mich überlegen, so alt dürfte er doch noch gar nicht gewesen sein. Es stand gar nichts in der Zeitung.«

»Es war kein natürlicher Tod. Eine äußerst unschöne Sache. Er wurde vor seinem Haus von einem Auto überfahren. Aus den Spuren zu schließen, vorsätzlich. Wir haben ein Ermittlungsverfahren eingeleitet. Der Zusammenstoß war so stark, dass er an den Folgen sofort verstorben ist. Damit hat sich der Täter aber nicht zufrieden gegeben. Nach der

Kollision ist der Fahrer oder Beifahrer ausgestiegen, zu dem alten Mann hingegangen und hat ihm gezielt aus nächster Nähe in beide Augen geschossen.«

»Das ist ja total pervers! Das sieht ja fast so aus, als wollte der Täter eine Botschaft hinterlassen. Riecht irgendwie nach einer Rachehandlung oder einem Ritualmord.«

»Wir tappen im Augenblick noch völlig im Dunkeln. Laut Aussage der Nachbarn war Dr. Kürschner ziemlich dement. Wieso er mitten in der Nacht auf die Straße gelaufen ist, ist noch rätselhaft. Ein paar Kilometer entfernt, in der Nähe des Hubland-Campus haben wir das Tatfahrzeug gefunden. Die Spuren am Fahrzeug waren eindeutig. Es war gestohlen. Der Eigentümer hatte den Diebstahl schon angezeigt. Im Fahrzeug fanden wir keine verwertbaren Spuren, die auf den Täter hindeuteten. Wir ermitteln in Kürschners privatem und in seinem früheren beruflichen Umfeld. Aus ermittlungstechnischen Gründen ging noch nichts an die Presse hinaus. Deshalb konntest du auch noch nichts darüber in der Zeitung lesen.«

Kerner malte nachdenklich mit dem Zeigefinger Striche an sein beschlagenes Weinglas.

»Es würde mich nicht wundern, wenn der oder die Täter in seiner beruflichen Vergangenheit zu finden wären. Dr. Kürschner war wirklich ein knallharter Richter, der keine Kompromisse machte.«

Brunner sah ihn zweifelnd an. »Bei einem Schwurgerichtsprozess entscheiden doch fünf Richter, drei Berufsrichter und zwei Schöffen, über das Urteil. Kann da wirklich der Vorsitzende eine so dominante Rolle spielen?«

»Prinzipiell ist das schon richtig. Die Berufsrichter und die Schöffen stimmen in geheimer Beratung über das Urteil ab, wobei jede Stimme gleichwertig ist. Eigentlich dürfte über die Beratungen nichts nach außen dringen, aber unter Kollegen ist dann hin und wieder mal durchgesickert, dass es keinen Fall gab, bei dem letztlich etwas anderes herausgekommen ist, als sich Dr. Kürschner vorgestellt hatte. Er muss, gelinde gesagt, bei den Urteilsberatungen eine starke Überzeugungskraft gehabt haben.

Es war ein offenes Geheimnis, dass Kürschner eine gewisse Affinität zur Todesstrafe hatte und bedauerte, dass man sie in Deutschland abgeschafft hatte. Man kann das ja sogar nachlesen. Er hat sich in seiner Freizeit literarisch mit den teilweise martialischen Strafen früherer Jahrhunderte auseinandergesetzt. Sein Standardwerk über die Hinrichtungsstätten in Würzburg zu Zeiten der Fürstbischöfe und deren Rechtsprechung hat ja in einschlägigen wissenschaftlichen Kreisen durchaus Anerkennung erfahren. Insgesamt betrachtet, war der Kollege schon eine etwas schillernde Juristenpersönlichkeit, was man aber höheren Orts aufgrund seiner fachlichen Fähigkeiten hinnahm.«

»Naja, für uns war es natürlich eine Genugtuung, wenn er einen Straftäter, dem wir mühsam ein Verbrechen nachgewiesen haben, dann auch tatsächlich hinter Gitter geschickt hat. Und das oft auch lebenslänglich.«

Kerner nickte. »Kann ich gut verstehen. Uns Staatsanwälten ging es ja nicht anders. Ich habe damals als Oberstaatsanwalt in zahlreichen Prozessen die Anklage vor dem Schwurgericht vertreten. Ich kann dir sagen, Kürschner hätte in seinen Verhandlungen eigentlich gar keinen Staatsanwalt gebraucht. Da ging es wirklich hart zur Sache. Dabei ist er immer völlig ruhig und freundlich geblieben. Das hat viele Angeklagte und ihre Verteidiger eingelullt. Wenn er dann das Urteil verkündete, hat es manchem Angeklagten regelrecht den Boden unter den Füßen weggezogen.

Ich erinnere mich noch gut an den letzten Prozess, den er als Vorsitzender des Schwurgerichts geleitet hat. Ich habe damals in diesem Verfahren die Anklage vertreten. Es war zufällig auch meine letzte Verhandlung vor dem Schwurgericht, bevor ich dann die Ermittlungen gegen die Main-Spessart-Mafia übertragen bekommen habe. Es ging um einen ziemlich verzwickten Mordfall, letztlich ein Indizienprozess, der hinsichtlich der Beweislage auf etwas tönernen Füßen stand. Da ich von der Täterschaft absolut überzeugt war, habe ich natürlich alles darangesetzt, um eine Verurteilung zu erreichen.«

»War das nicht die Sache mit diesem Winzer, diesem Thannenberger? Er hatte seine schwangere Freundin im Schlaf mit dem Kissen erstickt.«

Kerner nickte.

Brunner erinnerte sich.»Ich war damals nicht mehr bei der Mordkommission, sondern bereits mit der Gründung der Sonderkommission Spessartblues beschäftigt. Aber wir haben uns natürlich unter Kollegen darüber unterhalten. Wie ich hörte, war die Beweislage wirklich ausgesprochen schwierig. Thannenberger hat ja dann auch bis zum Schluss die Tat geleugnet.«

»Ja. Es gab keine Zeugen, lediglich den Ehemann der Ermordeten, der sich zum Todeszeitpunkt seinerseits bei einer Geliebten aufhielt. Die Ehe war, wie er aussagte, total zerrüttet. Als er am Morgen nach Hause zurückkam, fand er seine Frau tot vor. Er hat dann sofort die Polizei verständigt. Am Anfang galt er ja als Hauptverdächtiger, aber seine Freundin verschaffte ihm ein wasserdichtes Alibi. Sie sagte aus, dass er die ganze Nacht bei ihr gewesen sei.

Thannenberger gab schließlich zu, dass er bei der Ehefrau gewesen war, er habe sie aber weit vor dem festgestellten

Todeszeitpunkt wieder verlassen. Bei der Obduktion wurde dann festgestellt, dass die Tote im vierten Monat schwanger war und an diesem Abend mit Thannenberger Geschlechtsverkehr gehabt hatte. Das Kind stammte allerdings, wie die spätere Untersuchung ergab, von ihrem Ehemann. Nachbarn sagten aus, dass sie am späteren Abend aus der Wohnung Streit vernommen hätten. Diese Zeugen bestätigten, dass es sich dabei nicht um die Stimme des Ehemannes gehandelt hatte. Blieb nur Thannenberger. Das Gericht kam zu der Überzeugung, dass die Ermordete wegen des Kindes die Beziehung zu Thannenberger beenden und zu ihrem Mann zurückkehren wollte. Bei dem dadurch ausgelösten Streit sei Thannenberger ausgerastet und habe in dessen Verlauf seine Geliebte mit dem Kissen erstickt. In der Lunge der Toten fand man Stoffpartikel, die mit dem Kissen übereinstimmten. Das Problem Thannenbergers war, dass man unter den Fingernägeln der Frau Hautmaterial von ihm sicherstellen konnte. Thannenberger hatte entsprechende Kratzspuren am Rücken. Er behauptete zwar, diese Spuren seien während des Liebesspiels entstanden. Wir gingen hingegen davon aus, dass sie sich im Todeskampf heftig gewehrt haben musste. Im Laufe des Prozesses hat er dann den Streit zugegeben, erklärte aber, er sei irgendwann im Zorn gegangen. Zu diesem Zeitpunkt habe die Frau noch gelebt. Das Schwurgericht hat diese Aussage als Schutzbehauptung eingestuft und ihm nicht geglaubt. Erschwerend für den Angeklagten kam hinzu, dass er einen schlechten Pflichtverteidiger hatte, einen Anfänger ohne Erfahrung. Dr. Kürschner hat meiner Meinung nach solche grünen Burschen bewusst ausgesucht, damit er sie beim Prozess ohne Salz und Pfeffer zum Frühstück verzehren konnte. Die Prognose des Gutachters gab dem Angeklagten dann den Rest. Thannenberger war Jahre zuvor zweimal wegen Körperverletzung verurteilt worden. Im Gutachten wurde ihm daher eine grundsätzliche Bereitschaft attestiert, Konflikte mit Gewalt zu lösen. Damit war die Sache gelaufen.«

Kerner nahm einen Schluck Wein.

»Das Schwurgericht hat seinen Unschuldsbeteuerungen nicht geglaubt, und Kürschner hat ihn zu lebenslänglicher Freiheitsstrafe verdonnert. Auch für mich persönlich war es durchaus ein gerechtes Urteil. Natürlich habe ich mich auch gefreut, dass ich meinen letzten Schwurgerichtsprozess nicht verloren habe.«

Es trat eine kleine Gesprächspause ein, weil die Bedienung an den Tisch trat und die beiden einen weiteren Schoppen bestellten.

Brunner wechselte das Thema. »Was macht denn die Jagd?«

Kerner ging gerne darauf ein. »Meine Position beim Amtsgericht Gemünden gibt mir natürlich auch für mein Hobby mehr Spielraum.«

Plötzlich huschte ein nachdenklicher Zug über Kerners Gesicht. Brunner bemerkte es sofort.

»Simon, hast du in irgendeiner Form ein Problem? Ich sehe doch, dass dich etwas beschäftigt.«

»Du hast recht. Es ist aber eigentlich nicht von Bedeutung. Mir ist nur vor ein paar Tagen etwas ganz Merkwürdiges passiert. Ich saß vor meiner Jagdhütte und habe gearbeitet. Anschließend wollte ich mich noch im Wald ansetzen …« Ausführlich schilderte er daraufhin Brunner das Erlebnis mit dem Rabenvogel.

»Der Täter hat den Raben nicht nur dort angenagelt, er hat ihm auch die Augen ausgestochen. Ich will dem Vorfall jetzt nicht so viel Bedeutung beimessen. Ich vermute, dass mich irgendjemand einschüchtern will. Vermutlich ein Mensch, den ich verurteilt habe.«

»Scheint mir so eine Art Spessartvoodoo zu sein«, kommentierte Brunner Kerners Bericht etwas scherzhaft. Er maß der Sache keine Bedeutung bei.

Kerner machte eine abschließende Handbewegung und stellte fest:»Jetzt sitzen wird doch wirklich sehr selten zusammen und was machen wir? Wir reden nur über dienstlichen Kram. Wir sind wirklich unverbesserlich.«

»Simon, du hast Recht, komm, erzähl mal, was macht die Liebe? Hält es deine Steffi noch immer mit dir aus?«

Kerner lachte.»Ich kann nicht klagen. Die Tatsache, dass ich nun jeden Abend ziemlich pünktlich nach Hause komme, hat unserer Beziehung sehr gut getan. Du weißt schon, regelmäßig essen, Gespräche ... etc.« Er schmunzelte.

»Und, läuten irgendwann die Hochzeitsglocken? Ich war schon lange nicht mehr auf einer zünftigen Hochzeit.«

»Da wirst du dich wohl noch einige Zeit gedulden müssen«, gab Kerner zurück.»Es liegt wirklich nicht an mir. Ich hätte mich schon getraut, aber Steffi findet es schön, so wie es gerade ist. Sie sieht keinen Grund zur Eile.«

»Ja, ja, Steffi war schon immer eine sehr selbstbewusste, emanzipierte Frau. Pass bloß auf, dass sie dir kein anderer wegschnappt!«

Kerner machte eine wegwerfende Handbewegung.

Die beiden saßen noch einige Schoppen lang beisammen, ehe sie sich auf den Heimweg machten. Den Weg in die Sanderau zu Brunners Wohnung bewältigten sie zu Fuß. Dort nahmen sie noch einen letzten, einen allerletzten und einen allerallerletzten Absacker. Gegen drei Uhr morgens legten sie sich dann schlafen.

Mitten in der Nacht wachte Kerner auf, weil er auf die

Toilette musste. Als er wieder im Bett lag, hatte er leichte Probleme, wieder in den Schlaf zu finden. Plötzlich fiel ihm der alte Richter ein, der einen derart grausamen Tod sterben musste. Er konnte sich noch gut an ein Gespräch erinnern, das er damals mit dem Leitenden Oberstaatsanwalt geführt hatte. Es war im Kollegenkreis allgemein aufgefallen, dass Dr. Kürschner seit etwa einem Jahr mehr oder weniger auffällige Verhaltensweisen zeigte. Seine Strenge, die ihm schon immer eigen gewesen war, bekam in den Verhandlungen einen immer mehr aggressiven Touch. Unter dem Gesichtspunkt, dass seine Pensionierung bevorstand, wurde über dieses Verhalten hinweggesehen.

7

Simon Kerner verließ das Justizgebäude in der Erthal-
straße in Aschaffenburg gegen 14 Uhr. Über zwei Stunden hatte das Gespräch mit seinem Amtskollegen Schmie-
dinger gedauert. Gegenstand der Unterredung war ein Per-
sonalproblem. Das Amtsgericht Gemünden hatte massiven
Personalbedarf im Rechtspflegerbereich, während das Amtsgericht in Aschaffenburg nach der Personalstatistik hier
einen leichten Überhang verzeichnete. Die Personalabtei-
lung beim Oberlandesgericht Bamberg hatte den beiden
Direktoren freigestellt, sich über einen möglichen Personal-
transfer zu einigen. Nach Abwägung aller Möglichkeiten
hatte man schließlich einen gangbaren Kompromiss gefunden. Kerner war darüber sehr erleichtert. Sein Defender
parkte in der Tiefgarage der Stadthalle am Schlossplatz, zu
Fuß nur wenige Gehminuten vom Justizgebäude entfernt.
Kerner überlegte einen Augenblick, ob er in der Fußgänger-
zone noch eine Kleinigkeit essen sollte, entschied sich dann
aber dagegen. Über die Einfahrt Treibgasse betrat er das
Parkhaus und zahlte am nächsten Parkautomaten die Ge-
bühr. Kerner näherte sich seinem Auto von der Rückseite,
da er nach vorne eingeparkt hatte, öffnete die hintere Fahr-
zeugtür und warf seinen Aktenkoffer auf den Rücksitz.
Diesem folgte die Krawatte, die er sich aufatmend mit einer
zügigen Bewegung vom Hals zog. Heute würde er nicht
mehr ins Büro fahren. Gerade als er die Fahrertür öffnen
wollte, nahm er an der Windschutzscheibe eine dunkle Sil-
houette wahr. Mit wenigen Schritten war Kerner an der

Frontseite. Über seinen Rücken fuhr ein Schauer. Mitten auf der Windschutz scheibe hing, mit ausgebreiteten Schwingen und mit breitem, durchsichtigen Klebeband dort befestigt, eine Rabenkrähe!

Kerner stieß einen Fluch aus. Was hatte das, verdammt noch mal, zu bedeuten? Hastig ließ er seinen Blick durch den einsehbaren Bereich der Tiefgarage gleiten. Wurde er beobachtet? Es musste ihm ja jemand gefolgt sein, woher sonst hätte der Täter wissen sollen, dass er hier parkte. Das Parkdeck um ihn herum war aber im Augenblick menschenleer. Wütend hastete er die Parkreihe entlang und starrte durch die Windschutzscheiben der abgestellten Fahrzeuge. Alle Wagen waren verlassen.

Kerner lief zu seinem Defender zurück. Mit zusammengebissenen Zähnen beugte er sich über den Motorraum und kratzte mit den Fingernägeln das gut haftende Klebeband los. Einige Minuten später hielt er die tote Krähe in den Händen. Im Zwielicht der Garagenbeleuchtung musterte er den Vogel. Wie bei der ersten Krähe waren auch diesem Tier die Augen ausgestochen worden, und es hatte ein kleines Einschussloch. Das Blut war völlig eingetrocknet, am Gefieder haftete Erde, und der Vogel roch ziemlich streng nach Verwesung. Kerner befiel ein schwerer Verdacht. Das sah ja ganz so aus, als wäre das dieselbe Krähe, die er vor ein paar Tagen an der Jagdhütte eingegraben hatte. Das bedeutete aber doch … Wieder sah er sich in der Tiefgarage um. Es gab offenbar jemanden, der ihn im Wald beobachtet und, nachdem er gegangen war, die Krähe wieder ausgegraben hatte. Außerdem musste ihm derjenige hierher nach Aschaffenburg gefolgt sein, um ihm in einem geeigneten Moment das Tier an die Windschutzscheibe zu kleben. Wie pervers war das denn? Bei der Leere dieses Parkhauses war das Risiko der Entdeckung für den Unbekannten allerdings recht gering. Kerner packte den Vogel, öffnete seinen Kofferraum und warf den Kadaver hinein. Dann setzte er sich hinter das Steuer. Nachdem sein Zorn wieder einer gewissen Ernüchterung gewichen war, zwang er sich zu rationalem Denken. Mit Spessarter Bauernvoodoo hatte das nichts zu tun. Hinter der Sache steckte mehr! Kein verärgerter Spessartbewohner würde sich die Mühe machen, diesen Aufwand zu betreiben. Es sei denn ... Ob ihm ein Stalker auf der Fährte saß? Mit einem äußerst unguten Gefühl startete Kerner den Motor des Geländefahrzeugs und lenkte es aus der Tiefgarage. Auf dem Weg zur Ausfahrt sah er ständig in den Rückspiegel, ob ihm jemand folgte. Für die Heimfahrt nach Partenstein wählte er bewusst die Landstraße. Auf dieser relativ wenig befahrenen Strecke wäre ihm ein Verfolgerfahrzeug sicher aufgefallen. Kerner hatte keine Ahnung, was er von diesen beiden Aktionen halten sollte. Wer auch immer dahintersteckte, hatte jedenfalls erreicht, dass er ein unterschwelliges Gefühl der Bedrohung empfand.

8

Es war später Nachmittag. Der Reiter war vor zehn Minuten am Stall des Würzburger Reitvereins losgeritten und hatte nun, aus Richtung Sebastian-Kneipp-Steg kommend, die Fußgängerampel an der Mergentheimer Straße erreicht. Der Mann stieg vom Pferd, hielt es fest am Zügel und drückte den Ampelknopf. Mit leiser Stimme beruhigte er die braune Stute, die sichtlich nervös neben ihm auf der Stelle tänzelte. Die Ohren angelegt, beobachtete sie misstrauisch den vorbeisausenden Strom der Fahrzeuge. Der ungewohnte Motorenlärm weckte ihren Fluchtinstinkt. Nur das Vertrauen in den Reiter hinderte sie daran, auszubrechen. Es war erst der fünfte Ausritt dieser Art, den er allein mit der unerfahrenen Stute unternahm. Zuvor war er nur in der Gruppe ausgeritten. Leila hatte einen gehörigen Schuss Araberblut in den Adern, was eine gewisse Sensibilität zur Folge hatte. Auf der anderen Seite schätzte der Reiter ihre Ausdauer, Schnelligkeit und Wendigkeit. Sie würde sich schon an den Verkehr gewöhnen.

Die Ampel schaltete von Rot auf Grün. Mit beruhigender Stimme führte er Leila über die Straße. Wenige Meter weiter erreichten sie den Reitweg, der parallel zur Straße ins Steinbachtal durch das Grün des Guttenberger Forstes führte. Der Mann tätschelte kurz den Hals der Stute, dann schwang er sich in den Sattel. Geschickt glich er einen kleinen, übermütigen Bocksprung des jungen Pferdes aus. Man konnte sehen, dass er ein erfahrener Reiter war. Mit sanftem Schenkeldruck und mit relativ langen Zügeln veranlasste er die

Stute, im Schritt anzutreten. Gekonnt passte er seine Bewegungen dem schwingenden Pferderücken an. »Brave Leila«, sagte er leise, beugte sich nach vorne und tätschelte ihr lobend den Hals. Ohne sein Zutun fiel das Pferd plötzlich in einen munteren Trab. Als die Stute kurz darauf vom Trab in den Galopp sprang, ließ er sie gewähren.

Am Wendeplatz der Buslinie 8 im hinteren Steinbachtal angekommen, lenkte er Leila auf einen Waldweg, der in der Verlängerung nach etwa drei Kilometern auf das Forsthaus Guttenberg traf.

Nach etwa einem Drittel der Strecke verließ der ausgeschilderte Reitpfad den breiten Weg und mündete in einen schmaleren Waldpfad. Der Reiter zügelte sein Pferd in den Schritt. Der niedere Unterwuchs, der beidseitig des Pfads wuchs streifte an den Flanken der Stute entlang und berührte die Stiefelschäfte des Reiters. Hier war das Blätterdach sehr dicht, und das Licht, das durch den Schirm der majestätischen Altbuchen drang, hatte nur noch die Intensität einer beginnenden Dämmerung.

Bruno Müller stellte seinen kleinen japanischen Geländewagen mit der Vorderfront in einen Weg am Hang der Forstabteilung Hohenkamm und stieg aus. Der Forstbeamte beabsichtigte, sich ein paar ruhige Stunden auf der Jagd zu gönnen. Dabei kam es ihm gar nicht so sehr darauf an, Beute zu machen. Nach einem stressigen Tag stand für ihn die Erholung im Vordergrund. Selbstverständlich hatte er trotzdem seine Jagdwaffe dabei. Im Wald wusste man nie, ob man nicht auf Wild traf, das zu erlegen war.

Müller warf von seinem erhöhten Standort einen Blick hinunter auf die viel begangene Forststraße, die parallel zum Weg verlief, an dem er parkte. Als er von der Bundesstraße in den Wald abgebogen war, hatte er einen Augenblick lang gedacht, es sei ihm ein Fahrzeug gefolgt. In Stadtnähe war es kein ungewöhnlicher Vorgang, wenn Menschen Forstwege als Abkürzung benutzten. Das war natürlich verboten, aber Müller hatte im Augenblick absolut keine Lust, den Waldsheriff zu spielen und sich mit irgendwelchen Leuten anzulegen. Daher ging er der Sache nicht weiter nach. Er schnappte sich seinen Rucksack und sein Gewehr, schloss den Wagen ab und marschierte in Richtung Hochsitz. Er war nur gute hundertfünfzig Meter von der Stelle entfernt, wo er sein Fahrzeug abgestellt hatte.

Die Stille des Waldes wurde nur durch das gelegentliche Rufen vereinzelter Ringeltauben und dem Zwitschern von Vögel unterbrochen. Müller merkte, wie er langsam ruhiger wurde und der Stress des Tages von ihm abfiel.

Plötzlich fühlte er einen recht schmerzhaften Stich am Oberarm. Er zuckte zusammen und griff instinktiv an die Stelle. Seine Hand traf auf einen länglichen Gegenstand. Der Forstbeamte blieb stehen. Verstört betrachtete er eine Art Pfeil, der tief in der Muskulatur seines Arms steckte. Ehe er diesen jedoch entfernen konnte, überfiel ihn schlagartig eine lähmende Müdigkeit, die jegliche Entschlusskraft zum Erliegen brachte. Fast übergangslos schwanden ihm die Sinne, und er brach auf dem Trampelpfad zusammen.

Einige Minuten später löste sich ein Mann in einem Tarnanzug aus dem Schatten einer Fichte. Während er sich dem betäubten Förster näherte, zerlegte er das zusammenschraubbare Blasrohr und schob es in seinen Rucksack. Mit zufriedenem Gesichtsausdruck betrachtete er sein Opfer, dann zog er Müller den Betäubungspfeil aus dem Arm und ließ ihn dem Blasrohr folgen. Der Angreifer tastete den Jäger nach Waffen ab. Seine Hände waren dabei mit dünnen

Lederhandschuhen geschützt, denn Spuren wollte er keine hinterlassen. Das Messer am Gürtel ließ er an Ort und Stelle. Er wusste, dass er sich keine Sorgen zu machen brauchte. Das Mittel war, natürlich in entsprechend höherer Dosierung, in der Lage, Elefanten zu betäuben. Dieser Förster würde für geraume Zeit ausgeschaltet sein. Er durchsuchte seine Taschen nach Autoschlüsseln und wurde fündig. Dann griff er sich das Gewehr. Routiniert öffnete er das Patronenlager der Waffe und überzeugte sich davon, dass sie geladen war; dann warf er sie sich mit dem Gewehrriemen über den Rücken und marschierte davon.

Als der Pfad nach zehn Minuten wieder in einen etwas breiteren Waldweg mündete, schnalzte der Reiter leise mit der Zunge und presste die Absätze gefühlvoll gegen Leilas Flanken. Die sensible Stute reagierte freudig auf die Ermunterung und sprang in Galopp. Das Tempo ließ er sie selbst bestimmen.

Durch das dumpfe Trommeln der Pferdehufe auf dem Waldboden hörte der Reiter das Motorengeräusch ziemlich spät. Plötzlich, wie aus dem Nichts, schoss nur einen Steinwurf entfernt ein Geländewagen hinter einer dichten Fichtenkultur hervor, lenkte mit durchdrehenden Reifen auf den Waldweg und raste frontal auf Pferd und Reiter zu. Instinktiv ließ sich der Mann auf dem Pferderücken nach hinten in den Sattel fallen und riss heftig am Zügel. Die harte Parade übertrug sich schmerzhaft auf das Pferdemaul. Mit einem lauten, panischen Wiehern sackte die Stute auf die Hinterläufe herunter und rutschte ein Stück schlitternd über den Waldboden. Der Fahrer war mittlerweile nur noch wenige Meter entfernt. Plötzlich ertönte die Hupe des Geländewagens, und das Fahrzeug wurde abgebremst.

Das war zu viel für Leila. Sie stieg vorne steil in die Höhe und schlug mit den Vorderhufen in die Luft. Ihre Ohren waren furchtsam angelegt, ihre Augen traten erregt aus den Höhlen. Da ertönte der Knall eines Schusses. Nun verlor der Reiter endgültig die Kontrolle. Wie eine Katze warf sich die Stute fast auf der Stelle auf der Hinterhand herum und stürmte panisch auf dem Waldweg davon. Der Reiter wurde seitlich aus dem Sattel geschleudert, blieb aber fatalerweise mit einem Stiefel im Steigbügel hängen. Wie eine Puppe wurde er von dem Pferd seitlich mitgezerrt, wodurch Leila noch kopfloser wurde. Mit schrecklicher Wucht knallte der Reiter gegen Baumstämme und Holzstümpfe, die den Weg säumten, und wurde durch Dornengestrüpp gerissen. Schon nach wenigen Metern schlug er mit dem Kopf gegen eine an der Seite liegende gefällte Eiche und wurde ohnmächtig. Er verlor den letzten Halt und wurde wie eine menschliche Marionette unter die Hufe der Stute geschleudert. Das massive Hufeisen der linken Hinterhand traf seinen Körper und zerschmetterte dabei seinen Hüftknochen. Durch den hierdurch ausgelösten Ruck wurde der Stiefel aus dem Steigbügel gerissen, und der Mann blieb nach wenigen Metern regungslos auf dem Waldweg liegen. Leila galoppierte, von ihrer Last befreit, noch schneller davon. Ihr Fluchtinstinkt würde sie nicht eher anhalten lassen, bis sie den Reiterhof erreicht hatte.

Der Mann im Tarnanzug war mit dem Erfolg des in die Erde abgegebenen Schusses zufrieden. Er hatte die Reaktion des Pferdes richtig eingeschätzt. Mit zusammengekniffenen Augen verfolgte er die Flucht des Tieres und die menschliche Last, die es hinter sich herzerrte. Langsam legte er den Gang ein und folgte dem davonstürmenden Tier. Früher oder später würde es seinen Ballast abschütteln. Er sollte recht behalten. Gute hundert Meter weiter sah er die verkrümmte menschliche Gestalt auf dem Waldweg liegen. Langsam stieg er aus und trat an den wie leblos erscheinenden Mann heran. Dessen Gesicht war von Dornen blutig gezeichnet. Aus einer großen Platzwunde an der Stirn strömte reichlich Blut. Bei genauem Hinsehen konnte man erkennen, dass sich der Brustkorb des Verletzten leicht hob und senkte. Er lebte also noch. Der Mann zog eine Pistole mit Schalldämpfer aus dem Holster am Gürtel, entsicherte sie und gab ohne Zögern zwei Schüsse ab. Nachdem er alles Notwendige erledigt hatte, entfernte er sich. Den Geländewagen und die Jagdwaffe ließ er an Ort und Stelle stehen. Verwertbare Spuren hatte er keine hinterlassen.

Mit herabhängenden Zügeln und lose pendelnden Steigbügeln galoppierte Leila zwanzig Minuten später auf den Reiterhof in der Mergentheimer Straße. Mit Schaum vor den Nüstern und bebenden, schweißnassen Flanken blieb die Stute schließlich vor dem Eingang zu den Stallungen stehen. Sofort liefen mehrere Mitglieder des Reitstalles und zwei Pferdepfleger zusammen. Einer der Männer fing die Stute ein. Selbstverständlich hatte sich ihr Besitzer abgemeldet, als er den Ausritt antrat. Leila musste ihrem Reiter irgendwie ausgebüxt sein. Da aber auch ein Unfall die Ursache sein konnte, musste man nachsehen. Da die Strecke bekannt war, eilten zwei Reiter in den Stall und sattelten die zwei schnellsten Pferde. Sie würden den Reitweg absuchen. Wahrscheinlich war der Reiter zu Fuß auf dem Heimweg. Zwei weitere Mitglieder des Reitvereins, einer davon Arzt, setzten sich ins Auto des Mediziners und fuhren die Strecke auf der Straße ins Steinbachtal ab. Für alle Fälle! Man wollte sich über

Handys verständigen. Die Zeit drängte, denn langsam stellte sich die Dämmerung ein.

Nachdem die berittenen Helfer den Reitweg jenseits der Mergentheimer Straße erreicht hatten, spornten sie ihre Pferde sofort zum Galopp an. Es war ein Wettlauf mit der Zeit. Das Auto begleitete sie parallel auf der Straße. Nach weniger als einer halben Stunde hatten sie den Gestürzten erreicht. Nur unter Aufbietung aller Selbstbeherrschung behielten sie beim Anblick der schrecklichen Verletzungen die Nerven. Sofort informierten sie ihre Kollegen im Wagen, die daraufhin, so weit es vom Weg her möglich war, mit dem Auto in den Wald fuhren. Den Rest des Weges legten sie rennend zu Fuß zurück.

Der Arzt sah in die zwei dunklen Blutseen, die dort standen, wo sich die Augen seines Reitkameraden befunden hatten. Es war klar, hier kam jede Hilfe zu spät. Dies war eindeutig ein Fall für die Polizei. Mühsam zwang er sich zur Professionalität und wählte die 110, die Notrufnummer der Polizeieinsatzzentrale.

9

Mittlerweile war die Nacht hereingebrochen. Die grausige Szenerie im Wald wurde von mehreren Scheinwerfern beleuchtet, die die Männer der Mordkommission und der mittlerweile eingetroffenen Spurensicherung rund um den Tatort aufgestellt hatten. Ein langes Stromkabel führte zu einem etwas entfernter stehenden Kleinbus, in dem der Motor eines leistungsfähigen Aggregats zu hören war. Die vier Personen aus dem Reiterclub, die den Toten gefunden hatten, hielten sich ein Stück abseits auf. Der Horror stand ihnen deutlich ins Gesicht geschrieben. Ihre beiden Pferde waren an Bäumen angebunden. Ein Kriminalbeamter nahm gerade ihre Personalien auf.

Der Rechtsmediziner hatte bereits seine Untersuchung abgeschlossen. Seiner Meinung nach lag der ungefähre Todeszeitpunkt weniger als zwei Stunden zurück. Er stellte fest, dass die beiden Schüsse durch die Augen in den Kopf den Mann auf jeden Fall getötet hatten. »Ohne dem Ergebnis der Obduktion vorgreifen zu wollen, liegt hier ohne Zweifel ein Tötungsdelikt vor«, erklärte er und zog seine Gummihandschuhe aus. »Herr Brunner, wenn Sie mit der Leiche fertig sind, kann sie in die Rechtsmedizin abtransportiert werden.« Er grüßte und verließ den Tatort.

Kriminalhauptkommissar Brunner beugte sich über den Toten und untersuchte die Taschen seiner Reithose und seiner Jeansjacke. Außer einigen Münzen und einem Schlüsselbund fand er jedoch nichts, was die Identität des Mannes erklärt hätte.

Dr. Merker, der Arzt und Reitkollege, der den Toten als Erster untersucht hatte, kam ein paar Schritte näher.

Brunner sah ihn an. »Der Tote ist ein Reitkamerad von Ihnen? Können Sie mir sagen, wer das ist?«

Merker nickte. »Das ist Manfred Großberger. Soweit ich weiß, ist er Richter hier am Gericht in Würzburg. Ich kenne ihn aber nicht näher. Nur so, wie man halt einen Reiterkollegen kennt, den man beim Sport trifft. Er war ein angenehmer, recht geselliger Zeitgenosse. Dieser Unfall ist einfach schrecklich! So wie es aussieht, hat ihn seine Stute ein ganzes Stück weit hinter sich her gezerrt. Wahrscheinlich ist er im Steigbügel hängen geblieben. Dabei müssen sich Äste in seine Augen gebohrt haben. Schlimm! Hoffentlich hat er es nicht mehr gespürt.«

Brunner ließ ein Brummen hören, das alles Mögliche bedeuten konnte. Dass es sich um Schussverletzungen handelte, erwähnte er nicht.

»Was ist mit dem Pferd geschehen, nachdem es zum Stall zurückgekommen war?«

»Die Pferdepfleger haben es sicher abgesattelt und herumgeführt, bis es wieder trocken war. Das ist das übliche Prozedere. Genau kann ich es aber nicht sagen, weil wir ja sofort losgefahren sind, um Herrn Großberger zu suchen.«

»Vielen Dank für Ihre Hilfe«, entgegnete Brunner ohne weiteren Kommentar, »bitte kommen Sie in den nächsten Tagen ins Kommissariat, damit wir Ihre Aussage aufnehmen können.«

Kaum hatte sich der Arzt abgewandt, winkte Brunner einen uniformierten Polizisten zu sich. »Fahren Sie bitte in den Reitstall und stellen Sie den Sattel und das Zaumzeug von Großbergers Pferd sicher. Fragen Sie die Pferdepfleger, ob sie an den Sachen etwas verändert haben. Dann bringen

Sie das Zeug in die Kriminaltechnik.« Der Beamte nickte und entfernte sich eilig. Brunner sah nachdenklich auf die mittlerweile mit einer Papierdecke verhüllte Gestalt des Toten. An der Stelle, wo sich die blutigen Augenhöhlen befanden, tränkten zwei blutrot verlaufende Punkte das Papier. Der Kriminalbeamte war sehr nachdenklich. Offenbar handelte es sich hier um einen eiskalten Mord. Die Parallelen zu dem Fall von Dr. Kürschner waren unübersehbar. Brunner rieb sich das unrasierte Kinn. Wie es aussah, handelte es sich in beiden Fällen um denselben Täter. Zweimal Schüsse in die Augen. Der Begriff Ritual drängte sich auf. Er atmete schwer ein. Serientäter!, schlich sich in seine Gedanken. Brunner würde das sicher nicht laut aussprechen, weil er damit, falls es bekannt würde, einen Pressesturm auslösen würde. Er zwang sich zur Vernunft: Zwei Leichen machten noch keinen Serientäter. Aber sicher war hier ein Psychopath am Werk ... oder es sollte zumindest so aussehen. Wenn seine geheimen Befürchtungen zutrafen, musste man mit weiteren Morden dieser Art rechnen. Das hätte ihm gerade noch gefehlt, dass in seiner Stadt ein Serienkiller sein Unwesen trieb! Das Problem war, dass er noch keinerlei Vorstellung hatte, welches Motiv hinter diesen Taten steckte.

In diesem Augenblick wurde er von Kriminalhauptmeister Siebert, einem seiner Assistenten, angesprochen, der auf ihn zugelaufen kam. »Herr Brunner, Sie müssten mal mitkommen. Ich habe die Strecke zurückverfolgt, die der Tote von seinem Pferd geschleppt wurde. Dort vorne steht mitten auf dem Waldweg ein verlassener Geländewagen.«

Alarmiert eilte Brunner hinter seinem Mitarbeiter her. Da das Licht der Scheinwerfer nicht so weit reichte, waren sie auf Taschenlampen angewiesen. In ihrem Schein konnten sie im weichen Waldboden eine deutliche Schleifspur erkennen. Seitlich des Weges waren vom Unterwuchs Blätter und Äste abgerissen. Eine Strecke weiter tauchten aus der Dunkelheit die reflektierten Frontscheinwerfer eines Autos auf. Brunner und sein Kollege umrundeten das Fahrzeug und leuchteten ins Innere. Sofort fiel ihnen das Gewehr auf, das im Fußraum des Beifahrersitzes stand, mit dem Lauf gegen die Sitzfläche gelehnt. Im Kofferraum befanden sich verschiedene Jagdutensilien. Eindeutig das Auto eines Jägers. Vom Fahrer war allerdings keine Spur zu sehen. Brunner, der noch immer Gummihandschuhe trug, betätigte den Türgriff. Das Fahrzeug war überraschenderweise nicht abgeschlossen, es ließ sich unproblematisch öffnen.

»Siebert, holen Sie bitte die Spurensicherung her. Das Fahrzeug und insbesondere die Waffe müssen sichergestellt und untersucht werden. Und dann nehmen Sie sich zwei Männer und suchen nach dem Fahrer. Der Wagen hat sich ja nicht allein hierhergefahren. Ein Jäger wird wohl kaum seine Waffe im unverschlossenen Auto mitten im Wald stehen lassen.«

Kriminalkommissar Siebert nickte, griff zum Mobiltelefon und gab eine Reihe von Anweisungen.

Brunner untersuchte währenddessen die Spuren am Boden. So wie es aussah, überlappten die Reifenspuren eine ganze Strecke die Schleifspuren des abgeworfenen Reiters. Das konnte bedeuten, dass das Fahrzeug hierhergefahren wurde, nachdem der Reiter hier vorbeigezerrt worden war. Es war aber auch nicht auszuschließen, dass das Pferd womöglich vom Geländewagen gejagt worden war. Das wiederum würde bedeuten, der Sturz des Reiters war beabsichtigt gewesen.

Plötzlich hörte Brunner aus dem Dunkel des Waldes, von

dort, wo sich der Waldweg in der Finsternis verlor, das laute Geräusch eines brechenden Astes. Der Kriminalbeamte fuhr herum und richtete den Strahl seiner Taschenlampe in die Nacht. Gleichzeitig zog er seine Dienstwaffe aus dem Gürtelholster. Im Lichtkegel der starken Lampe zeichnete sich die Gestalt eines Mannes mittleren Alters ab, der sich leicht schwankend am Stamm einer jungen Birke abstützte und mit der anderen Hand seine Augen vor der Blendwirkung des Lichts schützte. Brunner erfasste sofort, dass der Mann Jagdkleidung trug. Offensichtlich handelte es sich um den Besitzer des Geländewagens. Der Mann verhielt sich auffällig, entweder war er betrunken oder verletzt. Jedenfalls hatte er sichtlich Mühe sich auf den Beinen zu halten.

»Brunner, Kriminalpolizei«, rief ihm Brunner entgegen und senkte etwas den Lichtstrahl, um die Blendwirkung abzuschwächen.

Siebert näherte sich dem Mann von schräg vorn. »Bleiben Sie bitte stehen und lassen Sie mich Ihre Hände sehen«, forderte der Kriminalbeamte in scharfem Ton, wobei er den Mann keine Sekunde aus den Augen ließ.

Der Unbekannte gab plötzlich einen unverständlichen Laut von sich, dann brach er mitten auf dem Waldweg zusammen. Brunner und Siebert sahen sich an.

»Rufen Sie den Arzt, der sich bei den Reitern befindet. Er soll herkommen und sich den Mann ansehen.« befahl Brunner, und Siebert griff zum Mobiltelefon.

Brunner kniete sich neben den Liegenden und tastete ihn schnell nach Waffen ab. In einer Lederscheide am Gürtel steckte ein feststehendes Jagdmesser. Brunner nahm es ihm ab. Ansonsten war er unbewaffnet. In der Oberschenkeltasche seiner Jagdhose steckte eine Lederhülle. Darin befand sich ein Dienstausweis. Der Mann hieß Bruno Müller und war Förster. Der Forstmann war nicht völlig weggetreten. Mit rollenden Augen gab er mehr oder weniger verständliche Laute von sich. Der Kriminalbeamte kniete sich neben dem Mann nieder und beugte sich zu seinem Mund herab.

»Pfeil ... betäubt«, waren die einzigen Worte, die er mit viel Geduld aus dem Gestammel herausfiltern konnte. Plötzlich begann der Mann zu würgen. Brunner drehte ihn schnell auf die Seite und hielt ihm den Kopf. Gurgelnd erbrach er sich.

In diesem Augenblick traf der Mediziner ein. Brunner schilderte ihm kurz, was in den letzten Minuten geschehen war. »Er hat etwas von einem Pfeil und einer Betäubung gesagt. Wenigstens habe ich das so verstanden.«

Der Arzt holte ein Blutdruckmessgerät aus seiner Tasche und legte dem Liegenden die Manschette um den Oberarm. Kurz darauf verkündete er: »Der Mann muss sofort ins Krankenhaus, sein Blutdruck ist extrem niedrig.«

»Wir veranlassen das Nötige«, erwiderte Brunner und gab seinem Assistenten ein Zeichen. Siebert nickte und forderte über die Einsatzzentrale einen Rettungswagen an.

Einer der Männer der Spurensicherung, die den Geländewagen untersucht hatten, kam zu Brunner. Er hielt das Jagdgewehr in der Hand, das in einer transparenten Plastikhülle steckte.

»Aus dem Gewehr wurde vor kurzem geschossen«, stellte der Beamte fest. »Im Fahrzeug liegt auch eine leere Patronenhülse. Es handelt sich eindeutig um eine gebräuchliche Jagdwaffe in einem gängigen Kaliber. Ich kann mir allerdings nicht vorstellen, dass die Schüsse in die Augen des Toten mit dieser Waffe abgegeben wurden. Bei der Größe des Kalibers wäre vom Kopf des Mannes definitiv nicht mehr viel übrig geblieben.«

Brunner bedankte sich und ordnete an, die Waffe und das Fahrzeug in die Kriminaltechnik zu transportieren, damit man sie dort gründlich untersuchen konnte. Nachdenklich betrachtete er den am Boden liegenden Mann. Er war noch immer nicht bei klarem Verstand, also nicht vernehmungsfähig. Brunner erhoffte sich von seiner Aussage, etwas Licht ins Dunkel dieser Tat zu bringen. Er musste so schnell wie möglich vernommen werden. Zehn Minuten später näherte sich ein großes Fahrzeug über den Waldweg. Seine Scheinwerfer bohrten sich durch die Dunkelheit. Ein Stück entfernt musste es stehen bleiben, weil es nicht mehr weiter kam. Es handelte sich um das angeforderte Rettungsfahrzeug. Eine Minute später beugten sich die Sanitäter über den Förster.

10

Die Person stand am Wohnzimmerfenster im obersten Stock des Achtfamilienhauses am Friedrich-Ebert-Ring und sah hinaus auf den Ringpark, der sich vor dem Haus erstreckte. Durch die erhöhte Lage der Mietwohnung befand sich die Person zum Teil über den Baumwipfeln des Parks. Die Sonne schien von einem azurblauen Himmel und erzeugte, jetzt, um die Mittagszeit, hochsommerliche Temperaturen zwischen den Häuserschluchten der Stadt. Die Bäume und Sträucher hatten schon seit Monaten das frische Grün des Frühlings verloren und zeigten das stumpfere Dunkelgrün dieser Jahreszeit.

Die Person am Fenster nahm das alles nicht bewusst wahr. Ihre Gedanken waren weit weg, während sie mit stierem Blick einen unbestimmten Punkt irgendwo in den Baumwipfeln fixierte. Ihr Herz war erfüllt von Hass und Wut. Dort gab es keinen Platz für Helligkeit und Frohsinn. Auf dem Wohnzimmertisch lag die aufgeschlagene Tageszeitung, obenauf stach ein Artikel über einen zweiten ungeklärten Todesfall in Würzburg ins Auge:

Mysteriöser Mord im Steinbachtal

Bereits vor einigen Tagen berichteten wir über den mysteriösen Mord an Dr. Wilhelm Kürschner, dem ehemaligen Vorsitzenden des Schwurgerichts des Landgerichts Würzburg. Nun hat sich im Guttenberger Forst ein weiteres Tötungsdelikt an einem Mann ereignet, das hinsichtlich der grau-

samen Merkmale bei der Durchführung mit dem ersten Fall
große Ähnlichkeit aufweist. Die Polizei hat auf Nachfrage
unserer Redaktion bisher keine Einzelheiten genannt und
auch keine Erklärung abgegeben, ob zwischen diesen beiden
Tötungsdelikten ein Zusammenhang besteht. Wir werden
weiter berichten.

Die Person nahm diesen Artikel mit Genugtuung zur Kenntnis. Die Mühlen ihrer Gerechtigkeit begannen zu mahlen.

11

Der Dienstag war extrem anstrengend gewesen. Simon Kerner hatte zwei große Schöffengerichtsverfahren durchgezogen und dabei insgesamt elf Zeugen vernommen. Insbesondere das zweite Strafverfahren wegen gefährlicher Körperverletzung, das am Nachmittag auf der Sitzungsliste stand, erforderte viel Geduld, weil sich die Zeugen nur teilweise an die beobachtete Tat erinnern konnten.

Kerner verließ das Gericht um 18 Uhr und fuhr direkt nach Partenstein. Steffi, seine Freundin, war schon zu Hause und hatte ein kleines Abendessen vorbereitet.

»Essen wir gemütlich auf der Veranda oder willst du heute noch auf die Jagd?« Sie sah ihn dabei mit einem speziellen Blick an, aus dem er das Versprechen auf eine besonders liebevolle Nachspeise heraushören konnte.

Kerner lächelte sie an. »Ich bin heute ziemlich geschafft. Ein gemütlicher Abend mit dir und einem schönen Glas Wein, das ist genau das, was ich heute für mein Glück benötige.« Er öffnete die Verandatür und trat ins Freie. Die Terrasse lag hinter dem Haus und gab den Blick auf den nahen Waldrand frei. Wenn man Glück hatte, konnte man sogar hin und wieder ein Reh beobachten, das sich an den Hecken der Baumgrenze gütlich tat.

Kerner deckte den Gartentisch. Steffi brachte aus der Küche zwei dampfende Filetsteaks, deren Duft Kerners Nase kitzelte. Jetzt erst bemerkte er seinen Hunger. Dazu trug Steffi eine Schüssel Salat auf, während Kerner eine Flasche Silvaner Spätlese aus dem Kühlschrank holte.

Eine Weile aßen sie schweigend.

»Schatz, die Steaks sind wieder auf den Punkt genau so gebraten, wie ich sie gerne mag«, unterbrach Kerner schließlich das Schweigen und lächelte sie an.

»Freut mich«, erwiderte sie, hob ihr Glas und prostete ihm zu.

Nachdem sie angestoßen hatten, fragte er: »Wie war dein Tag?«

Steffi erzählte ihm ein paar Episoden aus der Physiopraxis, in der sie arbeitete, dann wollte sie wissen »Und wie war es heute bei dir?«

Kerner zuckte mit den Schultern, während er den restlichen Bratensaft auf seinem Teller mit einem Stück Weißbrot auftupfte.

»Wir haben heute wieder ein paar unerfreulichen Zeitgenossen einige Jahre Staatspension verschafft.« Er steckte das Brot in den Mund und fuhr kauend fort: »Weißt du, es ist manchmal etwas mühsam. Gelegentlich habe ich das Gefühl, als würde ich versuchen, eine Hydra zu bekämpfen. Wenn man einen Gesetzesbrecher wegsperrt, wachsen zehn andere nach.«

Steffi schüttelte den Kopf. »So darfst du das nicht sehen. Wenn es keine Gerichte gäbe, würde die blanke Anarchie ausbrechen. Aber das weißt du auch. Du bist nur müde und musst dich entspannen.« Sie nahm den Bocksbeutel und schenkte ihm nach.

»Zündest du bitte eine Kerze an? Ich würde mich gerne ein bisschen auf die Hollywoodschaukel setzen und kuscheln. Es ist ein wunderbarer Abend. Und ab sofort, kein Wort mehr vom Job!« Sie hob drohend den Finger.

Kerner holte ein Gasfeuerzeug aus der Hosentasche und zündete eine dicke Kerze an. Er lächelte. Steffi hatte wirklich eine wunderbare Begabung, ihn immer wieder den Stress seines Berufs vergessen zu lassen. Nachdem sie das Geschirr abgetragen hatten, machten sie es sich auf der Schaukel bequem. Sie schmiegten sich aneinander und genossen den Wein. Beide waren in einer sehr entspannten Schmusestimmung. Langsam brach die Dämmerung herein.

Simon Kerner war anscheinend etwas eingeschlummert. Jedenfalls schrak er fürchterlich zusammen, als plötzlich ein lautes Klirren ertönte, dem eine Reihe von scheppernden Geräuschen folgte. Steffi stieß einen spitzen Schrei aus, und Kerner fuhr ruckartig von der Schaukel in die Höhe. Unwillkürlich griff er an seine Hüfte, aber da war natürlich keine Waffe. Sein Gehirn rief in solchen Schrecksekunden noch immer die während seiner Militärzeit tausendfach antrainierten Bewegungsabläufe ab, die in Gefahrensituationen lebensrettend gewesen waren.

»Um Gottes willen, was ist los?«, rief er hellwach und warf seiner Freundin einen besorgten Blick zu. Mittlerweile war es ziemlich dämmrig geworden, und die Veranda wurde nur vom Schein der Kerze ein wenig erhellt.

Steffi war ebenfalls aufgesprungen und hielt eine Hand erschrocken vor den Mund. Dabei starrte sie auf einen Haufen Scherben, die von einem größeren, tönernen Pflanzentopf stammten, der auf der Veranda auf einem metallenen Blumenständer gestanden hatte. Jetzt lag er zertrümmert auf den Steinplatten, Pflanze und Erde zwischen den Scherben zerstreut.

Kerner spürte die Gefahr und rief Steffi zu: »Los, schnell, rein ins Haus!« Er fasste sie beim Arm und schob sie durch die Verandatür ins Haus.

»Mein Gott, was ist denn los?«

»Ich weiß auch nicht genau«, erwiderte Kerner, »jedenfalls zerreißt es keinen Blumentopf von allein.« Er eilte zu einem Fenster und spähte hinter den Gardinen hervor in Richtung Waldrand. Kerner wollte Steffi nicht ängstigen, aber wie es aussah, hatte jemand auf den Blumentopf geschossen, obwohl man keinen Knall gehört hatte.

Steffi näherte sich mit der Hand dem Lichtschalter.

»Nein! Nicht! Lass das Licht bitte aus!«, verlangte er bestimmt. Seine Freundin sah ihn betroffen an. Kerner gab keine Erklärung ab, stattdessen schloss er alle Jalousien an den Fenstern, auch die zur Veranda, dann erst schaltete er das Licht ein.

»Was war das? Ein Anschlag?« In Steffis Stimme schwang Panik. Ihr Gesicht war bleich.

»Beruhig dich«, gab Kerner mit ernster Miene zurück, »ich mache das nur rein vorsorglich. Wir werden herausfinden, was das sollte.«

Steffi aber war keineswegs beruhigt. Eher das Gegenteil, da sie das Gefühl hatte, er wich einer konkreten Antwort aus.

»Ich werde jetzt Eberhard Brunner verständigen«, erklärte Kerner, »egal, was der Grund für diesen Vorfall ist, er muss auf jeden Fall untersucht werden.«

Er verließ das Wohnzimmer, eilte in sein Arbeitszimmer und wählte Brunners Telefonnummer.

»Guten Abend, Eberhard«, meldete sich Kerner, als sein Freund nach kurzem Läuten abnahm. »Tut mir leid, dass ich dich belästigen muss, aber ich benötige deine Hilfe. Es sieht so aus, als wäre soeben auf Steffi und mich geschossen worden!«

In der Leitung herrschte Stille. Brunner benötigte einen Moment, um diese Nachricht zu verdauen, dann erwiderte er: »Was ist geschehen? Wurde jemand verletzt?« Er zweifelte keine Sekunde an der Ernsthaftigkeit von Kerners Aussage.

Simon Kerner beruhigte seinen Freund und schilderte ihm kurz, was passiert war.

»Gott sei Dank wurden wir nicht verletzt. Ich habe zwar keinen Schuss gehört, aber so wie dieser Blumentopf zersplittert ist, gibt es eigentlich keine andere Erklärung. Ein Sprengkörper hätte eine wesentlich heftigere Wirkung gehabt, mal abgesehen vom Explosionsknall. Dann wäre uns der Topf sicher richtig um die Ohren geflogen. Wir saßen nur ein paar Meter davon entfernt. Außer dem Schrecken ist uns nichts passiert. Steffi ist natürlich sehr verstört.«

»Alles klar, Simon«, gab Brunner kurz zurück. »Ich werde ein paar Experten zusammentrommeln, dann kommen wir sofort nach Partenstein. Am besten bleibt ihr beiden so lange im Haus. Und bitte, lasst alles so, wie es ist.«

Kerner bestätigte, dann legte er auf. Anschließend ging er in sein Jagdzimmer und öffnete den Waffenschrank. Er nahm seinen Revolver heraus, lud die Waffe und legte sie in eine Schublade seines Schreibtisches, so dass er schnell auf sie zugreifen konnte. Kerner wollte sie nicht am Körper tragen, weil er dadurch Steffi noch mehr beunruhigt hätte. Da er aufgrund seiner beruflichen Tätigkeit und in Verbindung mit dem Emolino-Fall nach wie vor als gefährdete Person eingestuft war, hatte er noch immer einen dienstlichen Waffenschein. Sicher war eine Schusswaffe keine Lösung, aber nachdem sie ihm einmal das Leben gerettet hatte, hielt er es für angebracht, nach den Geschichten mit den Krähen und diesem Anschlag jetzt, sie rein vorsorglich griffbereit zu haben.

Steffi hatte die traumatischen Erlebnisse ihrer Entführung durch den Emolino-Klan vor Jahren noch immer nicht ganz verwunden. Sie war eine intelligente, junge Frau und ihr war klar: Dieses Ereignis heute Abend war kein Scherz. Da gab es auch nichts zu beschönigen. So wie der Schorf einer Wunde bei falscher Bewegung wieder aufbrechen konnte, brach die Erinnerung an die damaligen traumatischen Erlebnisse in diesem Moment plötzlich wieder voll durch. Steffi setzte sich zitternd in eine Ecke der Couch und schlang schützend die Arme um ihren Oberkörper.

»Ist das denn niemals vorbei?«, flüsterte sie leise, als Kerner wieder den Raum betrat.

Schnell setzte er sich neben sie und legte seinen Arm um ihre Schultern.

»Du musst keine Angst haben«, versuchte er, sie zu beruhigen, »Eberhard wird bald da sein. Wahrscheinlich wollte mich nur jemand erschrecken. Als Strafrichter macht man sich nur selten Freunde.«

Sie wusste natürlich, dass er sie nur trösten wollte. »Kann das mit der ..., mit der Mafiasache von damals zu tun haben?«

Kerner wusste natürlich, was sie meinte. Sein erster Gedanke, als er die toten Krähen gefunden hatte, war auch in diese Richtung gegangen. Konnte dies eine Botschaft der Mafiafamilie sein, zu deren Ende er maßgeblich beigetragen hatte? Auch wenn das Landeskriminalamt die Strukturen der Main-Spessart-Familie angeblich zerschlagen hatte, gab es vielleicht immer noch einzelne Familienmitglieder, die nicht vergessen konnten, wem sie ihren Untergang zu verdanken hatten. Sein Gefühl sagte ihm aber, dass die Ursache anderswo lag.

»Das kann ich mir eigentlich nicht vorstellen«, gab Kerner daher zurück. So saßen sie fast eine Stunde. Kerner hielt seine Freundin im Arm und versuchte, ihr die Angst zu nehmen.

Sie atmeten beide auf, als sie vor dem Haus endlich den Motor eines Autos hörten, das vor dem Eingang des Grundstücks stoppte. Kerner ließ Steffi los und eilte zur Haustür.

»Danke, dass du so schnell gekommen bist«, begrüßte er seinen Freund.

Hinter Brunner standen zwei Männer mit Metallkoffern, in denen sich, wie Kerner wusste, die Ausrüstung für die Spurensicherung befand.

»Die Kollegen Meuser und Feser«, stellte Brunner die beiden Beamten kurz vor, die mit ihm die Wohnung betraten.

Brunner begrüßte Steffi, die sich sichtlich erleichtert von der Couch erhob, dann ging er zur Verandatür. Er war schon des Öfteren bei Kerner zu Besuch gewesen, daher kannte er sich aus. Der Kriminalbeamte öffnete die Jalousie mit der Kurbel und betätigte den Schalter für die Außenbeleuchtung. Mit einem Schlag wurde die Veranda in helles Licht getaucht. Er schob die Glastür auf und trat hinaus. Mit hochgezogenen Augenbrauen musterte er den zerstörten Blumentopf. Nachdem Kerner noch einmal den Tatablauf geschildert hatte, machten sich die Spurenexperten an die Arbeit.

Sehr schnell war unter den zahlreichen Tonscherben diejenige gefunden, die den Einschuss aufwies. Von dieser Stelle ausgehend, war der Blumentopf massiv zersplittert.

»… und es war tatsächlich kein Schuss zu hören?«, wollte Brunner wissen.

Steffi, die ja auf der Hollywoodschaukel nicht geschlafen hatte, schüttelte heftig den Kopf. »Es gab einen lauten Knall, aber der stammte von dem auseinanderfliegenden Blumentopf. Ich weiß, wie ein Schuss klingt. Schließlich war ich schon oft genug mit Simon auf der Jagd.«

Als einer der Beamten die buschige Pflanze hochhob, die,

nachdem sie den Halt des Tontopfes verloren hatte, einfach zur Seite gekippt war, gab er einen überraschten Laut von sich.

»Was ist denn das?«, wunderte er sich und holte zwischen den Blättern einen toten, schwarzen Vogel hervor. Brunner und Kerner traten einen Schritt näher.

»Ich fasse es nicht!«, stieß Kerner betroffen aus. »Das ist eine Rabenkrähe.« Er machte dem Beamten ein Zeichen. »Halten Sie sie doch bitte mal an den Flügeln hoch.«

Der Mann fasste den Vogel an den Schwingen, zog diese auseinander und hielt ihn so vor sich, dass die anderen die Brustseite sehen konnten.

»Verdammt noch mal, das ist die Krähe, von der ich dir bei unserem letzten Treffen erzählt habe! Die man mir an die Tür der Toilette meiner Jagdhütte genagelt hatte.«

Brunner zog verwundert die Augenbrauen in die Höhe.

»Wie kannst du da so sicher sein?«

Kerner trat näher heran und betrachtete das Tier genauer.

»Nein, ich irre mich. Das ist nicht derselbe Vogel.« Er zeigte mit dem Finger auf den Kopf. »Diesem Tier hat man zwar auch die Augen ausgestochen, aber das Blut ist noch ziemlich frisch.« Er ging nahe heran und zog die Luft ein. »Es riecht auch noch nicht. Das andere Exemplar hat schon nach Verwesung gestunken.« Kerner suchte das Brustgefieder ab. »Hier ist ein Einschuss.« Er gab dem Beamten ein Zeichen, die Krähe umzudrehen. »… und hier der Ausschuss.« Er wies auf das kleine blutige Loch.

Brunner sah sich die Krähe genauer an. »Total pervers!«, murmelte er.

»Das kannst du laut sagen! Da macht sich offenbar jemand viel Mühe, mich einzuschüchtern«, stellte Kerner fest.

»Dieser Vogel ist vor noch nicht langer Zeit getötet worden.«

Brunner bat seinen Kollegen, den Vogel einzutüten und als Beweisstück später einzufrieren. Nachdem Brunner und Kerner wieder im Wohnzimmer waren, meinte der Kriminalbeamte nachdenklich: »Simon, so wie es aussieht, hat heute jemand im Laufe des Tages dein Grundstück betreten und diesen Vogel dort in dem Blumentopf versteckt. Dann hat er hier in der Nähe gewartet. Als ihr es euch auf der Veranda gemütlich gemacht habt, hat er auf den Blumentopf geschossen. Wahrscheinlich hat er ein Projektil verwendet, das eine stark zerstörerische Wirkung hat, damit der Topf auch richtig auseinander fliegt.« Brunner zeigte in die Dunkelheit, wo sich der Waldrand befand. »Der Schuss muss von dort abgegeben worden sein. Nachdem ihr keinen Knall gehört habt, wahrscheinlich mit einem schallgedämpften Gewehr.«

»Du meinst, er wollte uns erschießen?« Steffis Stimme zitterte, als sie diese Frage stellte.

Brunner schüttelte entschieden den Kopf. »Das glaube ich nicht. So wie ihr mir gesagt habt, seid ihr beide auf der Hollywoodschaukel gesessen, ein ganzes Stück von dem Blumentopf entfernt. Selbst ein mittelmäßiger Schütze hätte euch da leicht treffen können. Nein, ich denke, dass dies eine ganz bewusste Provokation war. Auf den Blumentopf wurde ganz gezielt geschossen. Der Kerl wollte euch klarmachen, dass er euch hätte töten können, wenn er gewollt hätte. Ich würde das als Psychoterror bezeichnen. Und die Krähe ist darüber hinaus eine Botschaft. Simon, irgendjemand will dir damit etwas sagen. Was anderes kann ich mir im Augenblick nicht vorstellen. Auf jeden Fall solltest du vorsichtig sein. Das ist kein Scherz! Die Verwendung eines schallgedämpften Gewehrs deutet auf einen Profi hin. Legal sind Schalldämpfer nur mit Ausnahmegenehmigungen zu bekommen, und die werden praktisch nicht erteilt.«

Steffi begann leise zu weinen. »Nimmt das denn kein Ende.«

Kerner nahm sie tröstend in die Arme. »Sie meint, dass wieder die Mafia dahinter stecken könnte.«

Brunner wiegte seinen Kopf. »Das kann ich mir eigentlich nicht vorstellen. Diese ganze Geschichte mit der Krähe ist eher untypisch. Ein Mafiakiller würde seinen Job machen und dann verschwinden. Aber ich werde auf jeden Fall morgen beim Landeskriminalamt nachfragen und mich nach eventuellen neuen Aktivitäten der Mafia im Main-Spessart-Bereich erkundigen. Sollte es da Hinweise geben, werde ich dafür sorgen, dass ihr Personenschutz bekommt.« Er legte Steffi seine Hand beruhigend auf den Arm, dann verabschiedete er sich. »Lasst hier bitte alles so liegen, wie es ist. Wir werden morgen wiederkommen und bei Tageslicht alles genau nach Spuren absuchen. Vielleicht finden wir das Projektil. Nachdem es den großen Blumentopf mit der vielen Erde durchschlagen hat, kann es nicht mehr weit geflogen sein. Vielleicht finden wir dort im Wald auch die Stelle, von der aus der Täter geschossen hat. Simon, seid auf jeden Fall vorsichtig!«

Kerner brachte die Beamten und Brunner zur Tür.

»Ich mache mir Sorgen um Steffi«, sagte er leise. »Du kannst sicher nachvollziehen, dass dieser Anschlag eine massive psychische Belastung für sie darstellt. Sie nimmt sich zwar zusammen, aber ich befürchte, dass bei ihr wieder die ganzen alten Ängste aufbrechen, die sie in der letzten Zeit weitgehend abgebaut hatte.«

»Kannst du sie nicht für einige Zeit in Urlaub schicken, bis wir den Fall aufgeklärt haben?«

Kerner hob die Schultern. »Ich werde mal mit ihr sprechen. Sehr zuversichtlich bin ich da aber nicht. Du kennst sie doch.«

»Versuch es«, gab Brunner eindringlich zurück, dann hob er grüßend die Hand und ging.

Kerner sah den abfahrenden Dienstfahrzeugen eine Weile nachdenklich hinterher, bis die Rücklichter hinter der nächsten Kurve verschwanden, dann schloss er die Tür und ging zurück ins Haus. Dort ließ er sofort wieder die Jalousie zur Veranda herunter.

»Du denkst, wir werden beobachtet?«, fragte Steffi mit leiser Stimme. Ihre Blicke verfolgten jede seiner Bewegungen. Kerner merkte, dass sie sich alle Mühe gab, ihre Angst nicht zu zeigen; das leichte Zittern in ihrer Stimme war aber nicht zu überhören.

»Schatz, das ist eine reine Vorsichtsmaßnahme, mehr nicht.«

Als sie endlich zu Bett gingen, war es zwei Uhr. Kerner nahm Steffi in die Arme und versuchte, ihr ein Gefühl der Geborgenheit zu vermitteln. Nach einiger Zeit wurde ihr Atem gleichmäßiger, und sie war eingeschlafen. Es war allerdings kein erholsamer Schlaf. Immer wieder gab sie stöhnende Laute von sich und zuckte am ganzen Körper.

Kerner machte die ganze Nacht kein Auge zu. Durch die geschlossenen Jalousien war es im Zimmer stockdunkel. Vor seinem geistigen Auge lief jedoch ein Film ab, der in dieser Nacht kein Ende nehmen wollte. Es war der Film, der ihm damals vom Mafiapaten zugestellt worden war und der zeigte, wie man der entführten Steffi mit Gewalt Heroin gespritzt hatte, um ihn zu erpressen.

12

Es war später Freitagnachmittag. Der Tag der Aussegnung Dr. Wilhelm Kürschners. Seit seiner Ermordung war einige Zeit vergangen, da der Tote zu Untersuchungszwecken im Institut für Rechtsmedizin gelegen hatte. Vorgestern hatte ihn die Staatsanwaltschaft nun zur Bestattung freigegeben.

Simon Kerner parkte seinen Defender auf dem Parkplatz des Würzburger Waldfriedhofs. Mit ihm im Fahrzeug saß Roswitha Memmel, Richterin am Amtsgericht Gemünden am Main und seine ständige Vertreterin im Amt des Direktors dieses Gerichts.

Kerner sah sich kurz um. Der Parkplatz war fast voll. Zwischen den Fahrzeugen konnte er viele bekannte Gesichter erkennen. Die Justiz war mit vielen hochkarätigen Persönlichkeiten vertreten.

Immer wieder nach der Seite grüßend und viele Hände schüttelnd, näherten sich Kerner und seine Kollegin der Aussegnungshalle. Kurz vor dem Eingang entdeckte er Eberhard Brunner. Kerner entschuldige sich bei seiner Begleiterin, die schon mal die Halle betrat, und näherte sich dem Kommissar.

»Du bist auch hier?«

»Bei Mordopfern gehe ich gerne mal mit zur Beisetzung. Vielleicht kann man doch die eine oder andere Beobachtung machen, die einem weiterhilft. Geh ruhig rein, ich werde mich im Hintergrund halten.«

Kerner nickte. »Sehen wir uns noch nach der Zeremonie?

Ich habe allerdings meine Vertreterin dabei und muss Rücksicht auf sie nehmen.«

»Simon, vielen Dank, aber ich habe keine Zeit. Es gibt einen zweiten Mord, der uns ziemlich auf Trab hält. Wir telefonieren.«

Sie schüttelten sich die Hände, dann ging Kerner in die Aussegnungshalle. Bei einem kurzen Rundblick stellte er fest, dass für die Mitglieder der Justiz drei Stuhlreihen hinter der ersten Reihe reserviert waren, in der die Angehörigen Platz genommen hatten. Frau Memmel winkte ihm dezent zu, sie hatte einen Platz für ihn freigehalten.

Die Aussegnungsfeier nahm geraume Zeit in Anspruch, denn es wurden diverse Reden gehalten. Alle Redner gingen mehr oder weniger ausführlich auf den brutalen Tod des Verstorbenen ein. Nachdem der Priester die letzten Gebete gesprochen hatte, versank der Sarg des Verstorbenen zu den Klängen von Mozarts Requiem im Boden der Aussegnungshalle. Der letzte Weg Dr. Kürschners würde ins Krematorium führen.

Langsam verließen die Trauergäste den sakralen Raum und traten ins Freie. Die ernste Stimmung welche die würdige Zeremonie erzeugt hatte, löste sich im strahlenden Sonnenschein, der die Menschen außerhalb der Halle erwartete. Viele Juristen, die sich schon längere Zeit nicht mehr gesehen hatten, standen in Grüppchen zusammen und unterhielten sich. Überall war der gewalttätige Tod des Verstorbenen Gegenstand des Gesprächs. Andere wiederum, die weniger Zeit hatten, eilten zu ihren Fahrzeugen und fuhren davon. Auch Brunner lenkte sein Fahrzeug vom Parkplatz, wie Kerner beiläufig beobachten konnte.

In diesem Augenblick wurde Kerner von der Würzburger Landgerichtspräsidentin und dem Leitenden Oberstaatsanwalt Armin Rothemund, seinem ehemaligen Mentor, angesprochen.

»Wie ich gesehen habe, ist Kollegin Memmel auch hier«, stellte die Landgerichtspräsidentin fest. Sie blickte sich dabei suchend um.

»Eben hat sie sich noch mit einem Kollegen aus Bamberg unterhalten«, erklärte Kerner, während er die Menschen in der Nähe musterte.

Da entstand an der Seite der Aussegnungshalle, die von Kerner nicht eingesehen werden konnte, plötzlich Unruhe. Erregte Stimmen ertönten. Kerner und seine beiden Gesprächspartner blickten sich erstaunt an, dann eilten sie in stiller Übereinstimmung zum Ort des Geschehens.

Um den Zugang zu den Toiletten hatte sich eine Menschentraube gebildet, die ständig größer wurde. Kerner drängte sich nach vorne.

Durch die geöffnete Tür konnte man innerhalb der Toilette eine menschliche Gestalt erkennen, die regungslos auf den Fliesen des Raumes lag.

Kerner trat einen Schritt näher und beugte sich über den mit einem schwarzen Anzug bekleideten Mann. Erschrocken richtete er sich wieder auf. Trotz der Verletzungen erkannte er den Mann. Es handelte sich um den jungen Rechtsanwalt Konrad Redelberger. Sein Jackett war offen, und man konnte in der Brust zwei Einschusslöcher erkennen. Seine Augen waren zwei blutige Seen.

»Ich habe schon den Notarzt verständigt«, erklärte ein Trauergast von draußen, der ein Mobiltelefon in der Hand hielt.

»Vielen Dank«, erwiderte Kerner, »aber da dürfte nichts mehr zu machen sein. Der Mann ist tot.«

Durch die Gruppen der Umstehenden ging ein Raunen.

Der Leitende Oberstaatsanwalt erfasste die Situation sofort und wandte sich an die umstehenden Menschen.

»Meine Herrschaften, würden Sie bitte zurücktreten, das ist ein Tatort.«

»Ich rufe Brunner an, damit er zurückkommt«, erklärte Kerner und verließ die Toilette. Der Kriminalbeamte war sicher erst auf halbem Weg in die Stadt. Er erreichte Brunner sofort. Mit wenigen Sätzen informierte er seinen Freund, der daraufhin umdrehte. Zehn Minuten später rollte er wieder auf den Parkplatz. Um die Toilette hatte sich mittlerweile eine kleine Menschentraube gebildet.

»Brunner, Kriminalpolizei, bitte machen Sie Platz! Lassen Sie mich durch!«, rief der Leiter der Mordkommission in die Menge, die sich daraufhin teilte und den Blick auf die offene Tür der Herrentoilette freigab. Kerner war seinem Freund gefolgt.

Brunner zog sich Gummihandschuhe an und beugte sich über den Toten. Auf der Brust des Mannes hatte sich mittlerweile ein großer Blutfleck gebildet, der sich noch immer ausdehnte und einen schaurigen Kontrast zu dem weißen Hemd bildete, das er trug. Die umstehenden Menschen traten langsam zurück und gingen auf Distanz. Es entstanden heftige Diskussionen. Brunner hatte mittlerweile sein Handy am Ohr und verständigte die Spurensicherung und seine Mitarbeiter. Nachdem er geendet hatte, trat er vor die Tür und rief: »Meine Damen und Herren, wenn Sie sich bitte zur Verfügung halten, wir müssen jeden von Ihnen vernehmen. Jede Aussage kann uns weiterhelfen.«

Kerner war in der Nähe Brunners stehen geblieben. »Das ist der junge Rechtsanwalt Redelberger«, erklärte er. »Sag mal, diese Schüsse in die Augen. Sind das nicht die gleichen Verletzungen, die Dr. Kürschner hatte?«

Brunner zeigte eine ernste Miene. »Das ist innerhalb von einer Woche das dritte Opfer, das nach demselben Muster getötet wurde.«

Kerner warf Brunner einen fragenden Blick zu. »Wieso drei Opfer? Ich weiß nur von Dr. Kürschner.«

»Vorgestern hatten wir einen Leichenfund im Guttenberger Forst. Die gleichen Merkmale wie bei Dr. Kürschner und dem Opfer hier.« Er fragte: »Kennst du den Mann näher?«

Kerner nickte knapp. »Es handelt sich um Rechtsanwalt Konrad Redelberger. Er ist Mitglied der Rechtsanwaltssozietät Andreotti, Redelberger und Partner, Fachanwalt für Strafrecht. Ein noch junger Kollege, der häufig als Pflichtverteidiger bestellt wurde.«

Kerner sah seinen Freund nachdenklich an, dann flüsterte er mit gesenkter Stimme, damit es die Umstehenden nicht hören konnten. »Drei Opfer! Das sieht mir ganz nach einem Serientäter aus. Oder was meinst du?«

Brunner atmete tief durch. »Verdammt, du hast recht, das ist ein Serientäter! Alles deutet darauf hin. Wir haben allerdings noch keine Ahnung, nach welchen Kriterien er seine Opfer aussucht. Er mordet offenbar nicht immer nach dem gleichen Muster, schießt ihnen aber immer in beide Augen. Er tötet so erschreckend kurz hintereinander, dass uns bisher kaum Zeit geblieben ist, die einzelnen Morde genau zu analysieren. Das ist eine Katastrophe!«

Kerner rieb sich das Kinn. »Er scheint auf jeden Fall sehr kaltblütig zu sein. Es gehört schon etwas dazu, jemanden am Rande einer Beisetzung zu töten, wo viele Menschen beisammen sind, die ihn möglicherweise sehen können.«

Brunner nickte zustimmend. Bevor er noch etwas erwidern konnte, wurde er abgelenkt, denn es fuhren drei Fahrzeuge auf das Gelände. Eines war der auffällig gekennzeichnete Wagen des Notarztes. In den anderen beiden saßen die angeforderten Beamten der Spurensicherung und Brunners Kollegen aus dem Morddezernat.

Der Notarzt kniete sich neben dem Toten nieder und suchte pro forma an der Halsschlagader nach dem Puls. Nach einigen Sekunden schüttelte er den Kopf und erhob sich. »Tut mir leid, aber das ist offensichtlich ein Fall für die Kollegen von der Rechtsmedizin.«

»Sind schon verständigt«, gab Brunner zurück und gab dem Notarzt die Hand, der anschließend wieder zu seinem Fahrzeug eilte und den Friedhof verließ.

Brunner gab seinen Kollegen ein paar Anweisungen, worauf sich eine Frau und zwei Männer daran machten, systematisch die Personalien der wartenden Zeugen zu erfragen.

Kerner verabschiedete sich kurz von Brunner. Der hatte nun alle Hände voll zu tun. »Wir telefonieren!«, rief er ihm zu, dann wandte er sich ab, um seine Kollegin zu suchen. Frau Memmel stand etwas abseits des Geschehens und machte Kerner winkend auf sich aufmerksam.

»Mein Gott, was ist denn da passiert? Ich habe nur einen kurzen Blick auf die Leiche geworfen.«

»Ich erzähle es Ihnen auf der Rückfahrt«, erklärte Kerner. Wenig später fuhren sie vom Parkplatz.

Brunner stellte sich zu den Zeugen und bat um Aufmerksamkeit. »Meine Damen und Herren, hat jemand von Ihnen hier in der Nähe der Toilette etwas beobachtet, was ihm im Nachhinein verdächtig erscheint? Ich denke dabei an eine Person, die aus der Toilette gekommen ist und sich dann, vermutlich eilig, entfernt hat.«

Es dauerte einen Moment, dann trat eine gut gekleidete, ältere Dame einen Schritt vor.

»Ich habe vorhin die Damentoilette aufgesucht. Als ich sie verließ, kam ein jüngerer Mann aus der Herrentoilette. Ich habe ihm natürlich keine besondere Aufmerksamkeit geschenkt, aber mir ist aufgefallen, dass er es ziemlich eilig hatte. Sein Gesicht hatte er abgewandt, so dass ich es nicht sehen konnte. Er ist dann irgendwo zwischen den Menschen verschwunden.«

»Ist Ihnen etwas an ihm aufgefallen? Können Sie ihn beschreiben?«

Die Frau überlegte einen Augenblick, dann erklärte sie: »Er war schlank, schwarz gekleidet und hatte ungefähr Ihre Größe. Sein Haar war brünett, und er trug eine dunkle Sonnenbrille. Ich habe ihn zuvor weder bei der Aussegnungsfeier noch danach unter den Trauergästen gesehen. Mehr kann ich leider nicht sagen.«

Brunner bedankte sich bei der Dame und ließ von einem Beamten ihre Personendaten aufnehmen. Wie es aussah, könnte sie den Täter gesehen haben.

13

Der Mann war nackt. Mit einem Schritt trat er in die geräumige Duschkabine, die mit durchsichtigen Glaswänden eingefasst war. Er schloss die Schiebetür, deren Gummilippen sich mit einem leisen Schmatzen wasserdicht aneinanderschmiegten. Mit einem Griff an die Mischbatterie stellte er die gewünschte Temperatur ein, dann schoss auch schon das Wasser aus zahlreichen Düsen, die überall an den Wänden der Dusche verteilt waren, auf seinen Körper. Die Augen geschlossen, blieb er eine ganze Zeitlang regungslos unter den heißen Wasserstrahlen stehen und genoss die entspannende Wirkung der Wärme auf seine Muskulatur.

Wie fast jeden Freitag lag ein zweistündiges Gerätetraining in einem Fitnesscenter in Frankfurt am Main hinter ihm. Seiner athletischen Statur konnte man ansehen, dass er bestens durchtrainiert war. Dabei hatte er absolut nichts mit den von anabolen Steroiden aufgeblasenen Körpern so mancher Bodybuilder gemein, die häufig in den Centern anzutreffen waren. Fitness war für ihn nicht Selbstzweck, sondern Grundvoraussetzung für seine Profession.

In dem Pass, den er in seinem bürgerlichen Leben benutzte, stand Stefan Pfisterer; hier in Frankfurt war er nur unter dem Namen Peter Strom bekannt. Er war 42 Jahre alt, ledig, 1,82 m groß, 92 Kilo schwer, hatte militärisch kurz geschnittene, weißblonde Haare, blaue Augen und einen Dreitagebart. Er trat ein Stück zur Seite, als er durch das vom Dampf beschlagene Glas der Schiebetür die schattenhaften Konturen einer Gestalt erkannte, die sich der Kabine näherte. Eine Sekunde später wurde die Tür geöffnet, und eine

Frau huschte zu ihm unter die Dusche. Sie war sicher nicht älter als 25 Jahre und hatte eine atemberaubende Figur, dabei reichte sie ihm gerade bis zum Kinn. Als das heiße Wasser auf ihren Solariumgebräunten Körper traf, gab sie wohlige Laute von sich. Ihre leicht gewellten, brünetten Haare hingen ihr jetzt, im nassen Zustand, fast bis zu den drallen Pobacken hinunter. Mit einem Griff fasste sie sie hinten zusammen und band sie mit einem Haargummi, den sie am Handgelenk trug, zu einem Pferdeschwanz. Schnurrend wie eine Katze schmiegte sie sich an Pfisterers Körper. Ihre Hände fuhren streichelnd über seinen Rücken, dabei ließ sie ihre Zunge immer tiefer über seine haarlose Brust wandern. Wenig später stieß er ein wohliges Brummen aus, dann fasste er sie plötzlich an den Schultern und drehte sie mit einer einzigen Bewegung herum. Willig ließ sie sich führen. Während er sie mit der Linken an der Hüfte packte, legte er seine kräftige Rechte an ihr Genick und drückte sie energisch nach vorne. Als er sie von hinten nahm, stieß sie einen spitzen Lustschrei aus; dann begann sie, ihren erregenden Hintern in kreisende Bewegungen zu versetzen. Kurze Zeit darauf erreichte er mit einem heißeren Laut den Höhepunkt. Einen Moment später zog er sich aus ihr zurück und gab ihr einen klatschenden Klaps auf den nassen Po.

»Genug für heute«, erklärte er knapp und öffnete auffordernd die Schiebetür. Die junge Frau zog einen Schmollmund, aber er blieb unnachgiebig. Grummelnd verließ sie die Nasszelle und schnappte sich ein bereitliegendes Badetuch. Pfisterer, alias Peter Strom, schloss wieder die Tür, griff sich das Duschgel von der Ablage und begann, sich zu waschen.

Eine halbe Stunde später verließ er die Wohnung Silvanas, deren Dienste er nach dem Training in Anspruch genommen hatte, nicht ohne ihr einen großzügigen Geldbetrag auf dem Wohnzimmertisch hinterlassen zu haben. Auf ihre in ein professionelles Lächeln gehüllte Bitte, ihn doch bald wieder zu besuchen, reagierte er nur mit einem vagen Schulterzucken. Die Kleine war richtig gut gewesen, das musste er zugeben. Sie hatte ihn dabei fast überzeugend glauben lassen, dass es ihr auch Spaß gemacht hatte.

Als er sich wenig später hinter das Steuer des silberfarbenen Porsche Cayenne Turbo S gleiten ließ, hatte er ihren Namen allerdings schon wieder vergessen. Mona, Sylvia, Doris und wie sie alle hießen, deren Dienste er in den letzten Jahren in Anspruch genommen hatte. Eine so austauschbar wie die andere. Er würde sie, genau wie die anderen Liebesdienerinnen, nie wieder treffen. Hier in Frankfurt gab es eine unübersehbare Anzahl von Damen mit gehobenem Niveau, die sich für derartige Zwecke anboten.

Zehn Minuten später lenkte er den auf Peter Strom zugelassenen 550 PS starken Wagen auf die Autobahn A 3 in Richtung Würzburg und gab Gas. Der Porsche lag bei 220 km/h auf der Straße wie ein Brett.

Es war kurz nach 23 Uhr, als der Mann den Porsche Cayenne in die Markttiefgarage in Würzburg lenkte. Bei der Parkbucht 266 handelte es sich um einen Dauerparkplatz, der ebenfalls auf den Namen Peter Strom angemietet war. Er steuerte das Fahrzeug auf den Platz, stieg aus, schnappte sich die Sporttasche von der Rückbank und schloss den Wagen mit der Fernbedienung. Mit zielsicheren Schritten eilte er die Parkreihe entlang in Richtung Ausgang Marienkapelle. Auf dem Weg dorthin ließ er Peter Strom hinter sich, dann öffnete er mit einer anderen Fernbedienung einen abgestellten schwarzen Mitsubishi Pajero. Dieses Fahrzeug war auf seinen richtigen Namen, Stefan Pfisterer, zugelassen. Er warf die Tasche auf die Rückbank und setzte sich hinter das Steuer. Es war jedes Mal eine deutliche Umstellung, wenn er den Porsche gegen sein Alltagsfahrzeug eintauschte. Nachdem er mit einem Dauerparkticket, das ihm den Weg zur Kasse ersparte, die Schranke geöffnet hatte, fuhr er auf die Karmelitenstraße hinaus und bog auf den Mainkai ab. Da um diese späte Uhrzeit wenig Verkehr herrschte, erreichte er schnell die Veitshöchheimer Straße und steuerte seinen Geländewagen über die B 27 in Richtung Main-Spessart. Bei Retzbach bog er ab und folgte der Landstraße in Richtung Retzstadt.

Kurz nach Mitternacht lenkte er den Pajero auf das bäuerliche Anwesen in der Wethstraße, das sein Bruder Sebastian und er vor fünf Jahren von ihrem Vater geerbt hatten. Der Wagen rollte in die Doppelgarage, in der neben dem Geländewagen ein betagter Traktor stand. Man konnte ihn bereits als Oldtimer bezeichnen, aber dank einer guten Pflege war er immer noch voll funktionsfähig.

Stefan Pfisterer bewohnte das Anwesen allein. Sein Bruder Sebastian war Forstingenieur und Geschäftsführer einer großen Forstbetriebsgemeinschaft bei Bad Staffelstein und lebte schon über ein Jahrzehnt mit Frau und zwei Kindern in Oberfranken. Als der Vater verstarb, zeigte er kein Interesse am elterlichen Anwesen, zu dem auch zwei Hektar Weinberge gehörten. Das traf sich gut, denn Stefan suchte zu diesem Zeitpunkt einen neuen Lebensmittelpunkt, da sich in seinem beruflichen Umfeld ein radikaler Umbruch ereignet hatte.

Stefan Pfisterer war mehr als neun Jahre Mitglied der Sondereinheit Kommando Spezialkräfte (KSK) der Bundeswehr gewesen. Mit 25 Jahren hatte er das härteste Auswahlverfahren bestanden, das man einem Soldaten in einer Demokratie gerade noch legal zumuten konnte. Angetrieben hatte ihn der Ehrgeiz, einer Eliteeinheit anzugehören, die so geheim war, dass man lange Zeit in der Öffentlichkeit nichts von ihrer Existenz wusste. Sie waren die Ausputzer, dazu bestimmt, im Ausland die Probleme zu lösen, die mit Mitteln der Diplomatie, der Politik oder regulären Truppen nicht mehr zu lösen waren. Er hatte mit seinen Kameraden Touristen aus Krisengebieten gerettet und Geiseln befreit. Er hatte Terroristen aufgespürt und soweit erforderlich auch eliminiert. Als Mitglied dieser Einheit war er dazu ausgebildet worden, in einer Art Schattenreich zu agieren, zusammen mit seinen Kameraden in feindlichem Gebiet zu überleben und, falls nötig, auch kompromisslos zu töten. Sein Training ermöglichte es ihm, dies mit und ohne Waffen effizient und schnell zu erledigen. Bei mehreren gefährlichen Einsätzen in Afghanistan, im Land der Taliban, und in anderen Krisengebieten hatte er dies auch konsequent umgesetzt. Sehr bald war er zum Hauptfeldwebel aufgestiegen und konnte damit als Anführer eines Kommandotrupps eingesetzt werden.

Einer dieser Einsätze war ihm dann zum Verhängnis geworden:

Seine Kommandotruppe, bestehend aus ihm und vier Kameraden, hatte den Befehl erhalten, einen höheren Al-Qaida-Führer, der sich laut pakistanischem Geheimdienst mit Hilfe der Taliban im Hindukuschgebirge versteckt hielt, gefangen zu nehmen. Der Mann sollte auf jeden Fall lebend ergriffen werden, da man sich von ihm Auskünfte über den Aufenthalt weiterer Führer des Al-Qaida-Netzwerks versprach. Auch die Amerikaner waren an dem Mann interessiert, überließen es aber den Deutschen, ihn zu ergreifen.

Pfisterer erinnerte sich, als wäre es gestern gewesen. Jede

Minute des Einsatzes hatte sich tief in seine Erinnerung eingebrannt.
Er und seine Männer wurden mit dem Helikopter in einiger Entfernung des vermuteten Verstecks abgesetzt. Von da an waren sie auf sich allein gestellt. Der Kommandotrupp spürte die Zielperson schließlich in der vom Geheimdienst bezeichneten Gebirgshöhle auf.
Die Sachlage veränderte sich allerdings schlagartig, als die Aufklärer des Trupps feststellten, dass sich noch weitere Männer in der Höhle aufhielten. Zumindest bestätigten die Beobachter verschiedene männliche Personen vor dem Höhleneingang. Die Soldaten ließen sich Zeit. Hauptfeldwebel Pfisterer entschied, die anderen Männer ebenfalls festzunehmen. In der Nacht erkundeten die Soldaten, ausgestattet mit Nachtsichtbrillen, vorsichtig die Umgebung. Sie kamen zu dem Ergebnis, dass die Höhle keinen zweiten Ausgang hatte.
Früh um vier Uhr, kurz vor Sonnenaufgang, wenn nach militärischen Erfahrungen die Menschen am unaufmerksamsten sind, befahl Pfisterer dann den Zugriff. Seine Männer näherten sich von zwei Seiten dem Höhleneingang, schossen Tränengas- und Blendgranaten hinein und griffen an. Als die Soldaten das Versteck stürmten, trafen sie zu ihrer Überraschung auf zwei Frauen und drei Kinder. Keine Männer! Für einen kurzen, aber folgenschweren Augenblick waren die Angreifer perplex. Pfisterer sah die Sprenggürtel um die Körper der Frauen zuerst. Sein Warnruf kam jedoch zu spät. Zwei Explosionen erschütterten die Höhle und rissen seine Soldaten, die Frauen und die Kinder in den Tod. Pfisterer überlebte leicht verletzt, weil er sich mit einem reaktionsschnellen Sprung in einen schmalen Seitengang der Höhle retten und damit der Hauptdruckwelle entziehen

konnte. Zunächst blieb er wie betäubt liegen. Der Explosionsdruck hatte sein Gleichgewichtsorgan beeinträchtigt. Als er sich wieder einigermaßen orientieren konnte, hörte er nichts mehr. Seine beiden Trommelfelle waren traumatisiert. Von Gesteinssplittern trug er blutende Wunden im Gesicht und an den Extremitäten davon. Vermutlich hatte ihm die Schutzweste, die er trug, Schlimmeres erspart. Die Frauen und Kinder jedoch, die sich im Zentrum der Explosion befunden hatten, waren bis zur Unkenntlichkeit zerfetzt, ebenso zwei seiner Männer. Und auch die anderen beiden Soldaten starben wenige Minuten später in seinen Armen. Trotz seiner harten Ausbildung, in der er darauf vorbereitet worden war, Männer im Kampf zu verlieren, stand Pfisterer kurz vor einem Nervenzusammenbruch. Er gab sich die Schuld am Tod seiner Kameraden und dieser Frauen und Kinder.

Wie paralysiert kauerte er in einer Ecke der Höhle. Irgendwann gewann sich sein kühler Verstand die Oberhand über seine Verzweiflung. Kalte Wut und ein abgrundtiefer Hass auf diese Verbrecher, denen das Leben von Frauen und Kindern so gar nichts bedeutete, traten an ihre Stelle.

Pfisterer versorgte seine Verletzungen so gut es ging, dann überprüfte er seine Ausrüstung. Der Versuch, sein Funkgerät zu benutzen, scheiterte, da es offenbar durch die Explosion Schaden genommen hatte. Auch die Funkgeräte seiner toten Kameraden funktionierten nicht mehr. Kontakt zu seiner Kommandostelle war also nicht möglich. Daher musste er allein eine Entscheidung treffen. Das traumatische Erlebnis der letzten Stunde hatte in Hauptfeldwebel Stefan Pfisterer einen massiven Wandel ausgelöst. Seine Selbstbeherrschung, die ihn bisher in Einsätzen vor irrationalen, emotional gesteuerten Reaktionen geschützt hatte, war zusammengebrochen. Er wollte nur noch Rache. In dieser einsamen Höhle im Hindukusch, zwischen den Leichen der zivilen Opfer und seiner Kameraden, traf er eine Entscheidung, die sein gesamtes bisheriges Leben ändern sollte. Er würde diese Männer, die so rücksichtslos Menschenleben nahmen, verfolgen und töten. Alle.

Pfisterer wandte seine ganze Willenskraft auf, um seine Emotionen in den hinteren Teil seines Gehirns zu verbannen. Dort glimmte die Glut jedoch weiter und würde irgendwann wieder zu einem lodernden Feuer werden. Die Männer, die er verfolgen wollte, hatten den Vorteil, dass sie sich hier in diesem Gebirge gut auskannten. Wahrscheinlich gab es hunderte Höhlen und Verstecke, in denen sie Unterschlupf finden konnten. Pfisterer würde sie aufspüren, egal wo sie sich verkrochen. Bei seinen Überlegungen ging er davon aus, dass sie wahrscheinlich weiterziehen würden, um sich mit Gleichgesinnten zu treffen. Sicher waren sie in dem Glauben, die Explosionen in der Höhle hätten alle getötet. Vermutlich gehörten die Männer, die den Al-Quaida-Führer begleiteten, zu einem der hier ansässigen Stämme.

Pfisterer war klar, er würde bei dieser Aktion völlig auf sich allein gestellt sein. Aber das schreckte ihn nicht. Sicher würde ziemlich bald, nachdem sein Trupp als vermisst galt, nach ihnen gesucht werden. Doch wollte er gar nicht gefunden werden. Noch nicht. Zuerst kam die Vergeltung, von der ihn seine Vorgesetzten sicher abgehalten hätten.

Er überprüfte seine Ausrüstung. Einige Gegenstände aus seinem Rucksack würde er aus Gründen der Gewichtsersparnis hier lassen müssen. In der Hitze und Trockenheit des Hindukusch benötigte er vor allen Dingen Wasser. Er hatte nicht die Kenntnis der Eingeborenen, die überall verborgene Wasserstellen kannten. Pfisterer durchsuchte die herumliegende Ausrüstung seiner Kameraden, soweit sie heil geblieben war. Zwei Wasserflaschen in den Rucksäcken seiner Soldaten waren unversehrt. Zusammen mit seinem eigenen Wasservorrat würde er bei sparsamem Verbrauch einige Zeit damit auskommen. Eine Hand voll Konzentratriegel waren als Energiequelle ausreichend. Ebenso wichtig waren für ihn die technische Ausrüstung und seine Bewaffnung. Im rechten Oberschenkelholster trug er eine Pistole Heckler & Koch, Kaliber 9 mm, am anderen Oberschenkel das Einsatzmesser. Standardmäßig führte er eine Maschinenpistole mit sich, die mit einem Schalldämpfer ausgestattet war. Im Rucksack bewahrte er die für die beiden Waffen erforderliche Ersatzmunition auf, außerdem die Nachtsichtbrille. Er überlegte kurz, ob er sich damit belasten sollte, dann entschied er, das Scharfschützengewehr, das einer seiner Kameraden in einer Hülle auf dem Rücken getragen hatte, ebenfalls mitzunehmen. Die Maschinenpistole war für präzise Fernschüsse ungeeignet. Es fiel ihm schwer, die Waffe vom geschundenen, toten Körper des Soldaten zu lösen. Auch die hierfür erforderliche Munition steckte er in die Beintasche seines Kampfanzugs. Pfisterer überprüfte noch das Fernglas, das er am Riemen um den Hals trug. Es war unbeschädigt. Bevor er ging, warf er einen letzten Blick auf die grausige Szenerie. Schließlich traf er eine Entscheidung. Er zog aus den Rucksäcken seiner Kameraden die tarnfarbenen Zeltbahnen heraus, die zur Standardausrüstung gehörten, und deckte damit die Leichen zu. Selbstverständlich auch die der getöteten Frauen und Kinder. Er keuchte, als er die Planen an den Seiten mit Felsbrocken beschwerte und auch die Körper, so gut es in der Eile ging, mit Steinen bedeckte. Es war ihm klar, dass dies kein vollständiger Schutz gegen die Schakale war, aber es gab ihm ein besseres Gefühl. Schließlich schulterte er seinen Rucksack, hängte sich die

Waffen über die Schulter und folgte dem schmalen Seitengang, der ihn gerettet hatte. Ein leichter Luftzug ließ ihn vermuten, dass er ins Freie führte und von den flüchtigen Männern benutzt worden war. Schon nach wenigen Metern verengte sich der Gang zu einer schmalen Spalte, so dass er Mühe hatte, sich mit der Ausrüstung durchzuquetschen. Als er das Ende der Spalte erreicht hatte, blieb er stehen und kontrollierte vorsichtig die Umgebung. Vor dem Ausgang wuchsen einige Büsche, sodass seine Männer ihn vor ihrem Angriff bei der Suche nach einem zweiten Ausgang der Höhle übersehen hatten. Ein fataler Fehler!

Als sich Pfisterer sicher war, dass draußen niemand lauerte, schob er sich vorsichtig ins Freie. Er wurde nicht beschossen. Die Taliban waren also weg. Die Temperatur war trotz der frühen Morgenstunden außerhalb der Höhle merklich höher. Die Spalte mündete in einen schmalen Gebirgspfad. Links davon fiel der Berg etwa vierzig Meter steil ab, rechts erhob sich eine Steilwand. Die Flüchtigen konnten also nur diesem Pfad gefolgt sein.

Wie ein Spürhund nahm Pfisterer die Verfolgung auf. Zügig, wenn er den Pfad eine Strecke weit einsehen konnte, langsam und mit schussbereiter Maschinenpistole, wenn der Weg hinter einem Felsvorsprung verschwand. Er hatte keine Ahnung, wie groß der Vorsprung der Männer war. Pfisterer hatte sich nach der Explosion etwa noch eine dreiviertel Stunde in der Höhle aufgehalten. In dieser Zeit hatten die berggewohnten Taliban wahrscheinlich an die zwei Kilometer zurückgelegt. Vielleicht etwas mehr. Sie waren offenbar davon überzeugt, dass niemand die Explosionen in der Höhle überlebt hatte, sonst wären sie zurückgekommen und hätten nachgesehen. Für diese Menschen waren diese Frauen und Kinder Märtyrer, die sofort ins Paradies kommen würden. Ein Denken, das Pfisterer absolut nicht nachvollziehen konnte. Er war nicht gläubig. Was sollte das für ein Gott sein, der all das zuließ, was er schon in seinem Soldatenleben an Leid und Grausamkeit gesehen hatte? Nach seiner Auffassung gab es keinen Gott. Er kannte nur Freunde und Feinde und wenig dazwischen.

Pfisterer folgte dem Pfad etwa eine halbe Stunde lang. Nachdem er einen Felsvorsprung schussbereit umrundet hatte, konnte er den weiteren Verlauf des Bergpfades fast einen Kilometer weit einsehen. Ziemlich am Ende des überschaubaren Wegstücks glaubte er eine Bewegung zu erkennen. Er blieb stehen und spähte durch sein Fernglas. Seine Vermutung war richtig. Winzig klein auf die Entfernung konnte er drei Gestalten erkennen, die hintereinander zügig voranmarschierten. Mit ihren fahlblauen und hellgrauen Gewändern hoben sie sich kaum von der Felswand ab. Alle drei waren mit Gewehren bewaffnet. Er vermutete, dass es sich dabei um AK 47 handelte. Ein russisches Schnellfeuergewehr, das auf der ganzen Welt verbreitet war und auch von den Taliban benutzt wurde. Soweit er erkennen konnte, sahen sie sich nicht um. Sie fühlten sich offenbar sicher und hatten keine Ahnung, dass sie verfolgt wurden. Aber selbst wenn sie nach hinten gesichert hätten, wäre er nur schwerlich entdeckt worden. Sein Kampfanzug war in der Tarnzeichnung dem Einsatzgebiet angepasst. Er dürfte sich auch für ein scharfes Auge kaum von der Felswand hinter ihm abheben.

Pfisterer überlegte einen Augenblick, ob er sie von hier aus mit dem Scharfschützengewehr abschießen sollte. Dann entschied er sich dagegen. Sie waren schon nahe am nächsten Felsvorsprung, der sie seinen Blicken wieder entziehen würde. Vielleicht gelang es ihm, einen der Taliban zu treffen, aber dann waren die anderen gewarnt. Also beherrschte er sich. Früher oder später mussten sie eine Rast machen und er würde seine Chance bekommen. Mittlerweile wurde es Zeit für einen Schluck Wasser. Er setzte sich nieder, nahm den Helm ab und ließ seine Beine in die Schlucht baumeln. Höhenangst kannte er nicht. In ihm schwelte eine kalte Wut. Als er kurz die Augen schloss, spielte sich vor seinem geistigen Auge wieder der Film des schrecklichen Geschehens ab. Diese Verbrecher waren bereits tot, nur wussten sie das noch nicht.

Pfisterer gönnte sich knapp zehn Minuten und aß dabei einen der Energieriegel, dann packte er die Wasserflasche wieder in den Rucksack und stand auf. Ohne Ermüdungserscheinung folgte er dem Pfad. Bei seiner Aufnahmeprüfung in das KSK hatte er, wie alle Bewerber, einen 160 Kilometer Gepäckmarsch unter härtesten Bedingungen zu absolvieren gehabt. Da war diese Verfolgungsjagd dagegen ein regelrechter Spaziergang. Bis jetzt.

Mit größter Wachsamkeit folgte er ihnen weiter. Dabei achtete er darauf, dass der Vorsprung der Taliban in etwa gleich blieb. Ihm war klar, sie würden irgendwann eine Rast einlegen; außerdem waren sie als gläubige Muslime verpflichtet, fünfmal am Tag zu beten. Da sein Trupp vor Sonnenaufgang die Höhle angegriffen hatte, waren die Taliban womöglich nicht zum Morgengebet gekommen, das in der Dämmerung vor dem Sonnenaufgang zu verrichten war. Das mussten sie so schnell wie möglich nachholen. Vielleicht legten sie aufgrund ihrer Situation dieses Gebet mit dem Mittagsgebet zusammen, das vor dem Höchststand der Sonne zu erfolgen hatte. Er warf einen Blick zum Himmel. Bis dahin war es noch etwas Zeit.

Etwa einen Kilometer weiter senkte sich der Pfad, wurde breiter und mündete schließlich in eine ausladende Senke.

Pfisterer wurde extrem vorsichtig. Er legte sich auf einen Felsvorsprung und suchte das Gebiet vor ihm mit dem Fernglas ab. Er konnte ziemlich weit in die Senke hineinsehen. Wie es schien, mündete sie im weiteren Verlauf in ein Tal. Hier zeigten sich erste Pflanzen, die aber vorwiegend aus anspruchslosen Gräsern und Moosen bestanden. Tiefer im Tal konnte er satteres Grün erkennen. Es sah aus wie Felder. Von den Männern war nichts zu sehen.

Pfisterer verließ seinen Aussichtspunkt und folgte dem Trampelpfad. Immer wieder blieb er stehen, um das Gebiet vor ihm mit dem Glas abzusuchen. Nach einer Stunde stieß er tatsächlich auf Felder. Es wunderte ihn nicht, hier Mohnplantagen anzutreffen – die Haupteinnahme der armen Bauern dieser Region. Sie lieferten das Rohopium, den Basisstoff für Heroin.

Die Felder waren für Pfisterer das Zeichen, dass er sich einer Siedlung näherte. Wahrscheinlich war sie das Ziel der Verfolgten.

Als er bei einer weiteren Kontrolle des vor ihm liegenden Geländes in der Ferne eine Hütte entdeckte, blieb er in Deckung. Erst als er keine verdächtige Bewegung vor sich ausmachen konnte, pirschte er vorsichtig zu einem Felsen und erklomm ihn. Ein geeigneter Aussichtspunkt, der es ihm ermöglichte, das Tal in voller Breite bis zu der Hütte einzusehen. Er musste herausfinden, ob sich die drei Männer in der Hütte befanden und welche Personen sich außerdem dort aufhielten. Die Sonne stand hoch am Himmel und brannte heiß auf den Felsen herab. Er warf einen beiläufigen Blick auf seine Armbanduhr: 12.42 Uhr. Die Hitze machte ihm zu schaffen. Hier oben gab es keinerlei Schatten. Er nahm seinen Helm ab und legte ihn neben sich auf den steinigen Untergrund. Pfisterer wischte sich den Schweiß von der Stirn, dann nahm er einige kräftige Schlucke aus der Wasserflasche.

Plötzlich glaubte er an der Hütte eine Bewegung zu erkennen. Er hob erneut das Fernglas. Zwei bärtige Männer. Kein Zweifel, einer war der gesuchte Al-Quaida-Führer, der andere einer der Begleiter. Diese Gesichter würde er sein Leben lang nicht mehr vergessen. Die beiden Männer unterhielten sich mit heftigen Gesten. Wieder ging die Tür der Hütte auf und zwei weitere Männer gesellten sich dazu. Einer dieser Männer war der zweite Begleiter des Terroristen, der andere deutlich älter. Pfisterer vermutete, dass es sich um den Eigentümer der Behausung handelte. Sie unterhielten sich angeregt, wobei der Al-Quaida-Mann mehrmals mit der Hand in die Richtung wies, aus der er mit seinen beiden Begleitern gekommen war und wo jetzt der Verfolger lag. Anschließend zeigte er in die entgegengesetzte Richtung.

Vier Männer, registrierte Pfisterer. Er sah darin kein Problem. Bei einem Angriff war das Überraschungsmoment auf seiner Seite. Mit kalter Wut im Bauch beobachtete er sie, bis sie nach ungefähr zehn Minuten wieder in der Hütte verschwanden.

Pfisterer überlegte. Er wollte den Angriff so schnell wie möglich hinter sich bringen. Dort in der Hütte hatte er alle beisammen und konnte sie mit der Maschinenpistole schnell erledigenden. Dass dort noch ein weiterer Mann lebte, war ihm egal. Er würde ihn auf jeden Fall beseitigen müssen. Für diese Aktion konnte er keine Zeugen gebrauchen. Im Übrigen machte der Kerl mit den Taliban gemeinsame Sache, wodurch er automatisch auf der Seite des Feindes stand.

Der KSK-Soldat erhob sich, holte die kugelsichere Weste aus dem Rucksack und zog sie an. Dann schulterte er sein

Marschgepäck, setzte den Helm auf, schnappte sich die Waffen und verließ seinen Beobachtungsposten. Am Fuß des Felsens angekommen, überprüfte er nochmals die Maschinenpistole. Das Magazin mit dreißig Schuss würde genügen. Den Schalldämpfer ließ er auf der Waffe. Da er nicht wusste, ob in der Nähe weitere Häuser standen, war es gut, wenn die Schüsse nicht zu hören waren. Dann stellte er die Waffe auf Dauerfeuer, so dass er Feuerstöße abgeben konnte. Auch die Pistole kontrollierte und entsicherte er. Sie war ebenfalls einsatzbereit.

Im Schutz der Mohnpflanzen näherte er sich in geduckter Haltung der Hütte. Als er nur noch knappe hundert Meter vom Ziel entfernt war, kniete er nieder, zog den Rucksack von den Schultern und deponierte ihn zwischen den Pflanzen. Auch das Scharfschützengewehr ließ er zurück. Es würde ihn in der Hütte nur behindern.

Vorsichtig näherte er sich der Behausung von der Seite, an der sich die Tür, aber kein Fenster befand. Eine frühzeitige Entdeckung war damit ausgeschlossen.

Dicht an die Hauswand gedrückt, verharrte er neben dem Eingang und lauschte. Durch die Bretterwand hörte er Stimmengemurmel. Pfisterer atmete kurz durch, dann entsicherte er die Maschinenpistole, hob das rechte Bein und trat mit seinem Einsatzstiefel mit aller Wucht auf Höhe des Türgriffs gegen das Holz. Mit einem lauten Krachen brach die einfache Verriegelung aus den Brettern und die Tür schlug nach innen. Einen lauten Kampfschrei ausstoßend sprang Pfisterer geduckt in den Raum. Schussbereit hetzte er seinen Blick durch das düstere Innere und erfasste die Gegebenheiten. Die vier Männer saßen rechts von ihm auf einem auf dem Boden ausgebreiteten Teppich gegen Kissen gelehnt und hielten die Mundstücke einer Wasserpfeife in den Händen. Der Schock hatte sie regelrecht paralysiert. Ihre Gewehre lehnten an der Wand. Der Al-Quaida-Mann fasste sich zuerst. Blitzschnell griff er unter sein Gewand. Pfisterer ließ ihm keine Chance! Ein Feuerstoß schleuderte ihn gegen das Kissen. Die anderen Männer hatten sich ebenfalls von ihrem Schock erholt und griffen nach den Waffen. Drei weitere Garben ließen sie ebenfalls tödlich getroffen zusammenbrechen. Ihre zuckenden Beine schleuderten die Wasserpfeife zur Seite und verstreuten die Holzkohle auf dem Teppich.

Geduckt verharrte Pfisterer einen Augenblick. Er hielt die Spannung. Es war der bloße Instinkt, der Hauch einer Ahnung, der ihn veranlasste, seinen Kopf schnell zur Seite zu drehen. Da war die Gestalt, einen schrillen Schrei ausstoßend, auch schon über ihm. Die verschleierte Frau war so schnell, dass es ihr gelang, von der Seite einen Messerstich gegen seine Brust zu führen. Wenn er nicht die Schutzweste getragen hätte, wäre ihr das auch gelungen.

Seine Reflexe, in zahllosen Trainingseinheiten optimal geschult, ließen ihn ohne Überlegung handeln. Mit einer schnellen Drehung schlug er das Messer mit dem Lauf der Maschinenpistole zur Seite, gleichzeitig gab er einen weiteren Feuerstoß ab. Die Frau wurde von der Wucht der Einschläge nach hinten geschleudert, wo sie neben der rauchenden Feuerstelle der Hütte zusammenbrach.

Keuchend warf Pfisterer einen Blick zurück zu den Männern. Der Al-Quaida-Mann lebte offenbar noch. Im Zeitlupentempo kroch seine Hand wieder unter sein Gewand. Mit wenigen Schritten war Pfisterer bei ihm. Die Augen des sterbenden Mannes spiegelten einen abgrundtiefen Hass wider. Sein Mund, aus dem ein schmaler Blutfaden in seinen Bart lief, stieß ein paar gemurmelte Worte aus, die nicht zu verstehen waren, selbst wenn der KSK-Mann die Landessprache gesprochen hätte. Pfisterer hatte für den Mann keinerlei Mitgefühl. Mit einer kaum bemerkbaren Bewegung seines rechten Daumens stellte er seine Waffe auf Einzelfeuer.

»Du bringst keine Frauen und Kinder mehr um«, presste er hervor, dann schoss er dem Terroristen eine Kugel in die Stirn. Die Gestalt sackte in sich zusammen. Pfisterer bückte sich und schob mit dem Lauf seiner Waffe das Gewand des Mannes zur Seite. In einem Schulterholster steckte eine Pistole. Pfisterer zog sie heraus. Wie er sehen konnte, handelte es sich um eine Makarow, eine ursprünglich in Russland hergestellte Waffe. Er steckte sie in den Einsatzgürtel.

Plötzlich stutzte er. Teilweise verdeckt vom Gewand eines der anderen Männer erkannte er darunter einen kleinfingerdicken schwarzen Stab. Pfisterer legte das Teil frei und stieß einen erstaunten Pfiff aus. Es handelte sich eindeutig um ein Satellitentelefon! Die Taliban waren anscheinend auf dem neusten Stand der Technik. Es bestand die Gefahr, dass diese Männer Kontakt mit einer anderen Gruppe aufgenommen hatten und bereits unerwünschter Besuch im Anmarsch war. Pfisterer musste schnellstens von hier verschwinden!

Er hatte sich bisher noch keine Gedanken gemacht, wie er zu seiner Einheit zurückkehren sollte. Dieses Telefon konnte sein Problem lösen. Er schaltete es ein. Es funktionierte. Bevor er allerdings Verbindung zu seiner Einheit suchte, musste er hier noch einige Dinge erledigen.

Pfisterer stieg über die Leichen und legte die drei Kalaschnikows in der Mitte der Hütte auf den Boden. Zuletzt ging er zu der Frau. Mit einem Griff zog er ihr den Schleier vom Gesicht. Sie war nicht mehr jung. Sicher war sie die Frau des Mannes, dem die Hütte gehörte. Er spürte Bedauern, weil er normalerweise nicht gegen Frauen und Kinder kämpfte. Wenn er allerdings keine Schutzweste getragen hätte, hätte sie ihn schwer verletzt, wenn nicht gar getötet. Das hier war ein Scheißkrieg, und Krieg war grausam!

Er legte mehrere in einer Kiste liegende Holzprügel auf die glimmende Holzkohlenglut der Feuerstelle und entfachte die Flammen, indem er hineinblies. Schnell loderte das Feuer auf. Suchend sah er sich um. Auf einem Regal standen mehrere Petroleumlampen. In einer Ecke entdeckte er einen Kanister, der noch reichlich gefüllt war. Pfisterer übergoss die Leichen mit Petroleum und tränkte auch den Teppich, die Kissen und die Holzwände. Der penetrante Gestank des Brandbeschleunigers reizte seine Schleimhäute. Es war Zeit zu verschwinden. Pfisterer nahm mehrere brennende Holzprügel und verteilte sie in der Hütte. Das Petroleum entzündete sich nicht so explosionsartig wie Benzin, aber nachdem die Flammen einmal Nahrung gefunden hatten, züngelte das Feuer immer schneller die Wände hoch und griff nach der Kleidung der Toten. Pfisterer schnappte sich das Funktelefon und verließ eilig die Behausung.

Bei seinem Gepäck angekommen, lud er seine Maschinenpistole nach, dann warf er sich den Rucksack und das Gewehr auf den Rücken und machte sich auf den Weg. Er wollte so schnell wie möglich eine ordentliche Distanz zwischen sich und die brennende Hütte bringen, die mittlerweile lichterloh in Flammen stand. Eine fette, schwarze Qualmwolke stieg zum Himmel. Der Rauch war sicher kilometerweit zu sehen, und es bestand die Gefahr, dass andere Bauern, die in der Nähe wohnten, zu Hilfe eilen würden.

Als er nach ungefähr dreihundert Metern stehen blieb und zurückblickte, war die Behausung ein einziges Flammenmeer. Jeder Löschversuch musste hier zu spät kommen. Das Feuer würde alle Spuren vernichten.

Pfisterer eilte weiter, ohne sich nochmals umzusehen.

Bald ging es bergauf, und das Tal schloss sich wieder hinter ihm. Sein Kompass sagte ihm, dass er einem bergigen Saumpfad in Richtung Westen folgte.

Zwei Stunden später öffneten sich die Felsformationen erneut zu einem weiteren Tal. Pfisterer hatte im Augenblick keine Ahnung, wo er sich befand. Er machte unter einem Felsvorsprung Rast, trank und stärkte sich mit einem Energieriegel. Während er fast mechanisch kaute, kam er langsam zur Ruhe. In Gedanken ging er den Kampf durch, der hinter ihm lag. Er hatte fünf Menschen getötet – und während er sich diese Tatsache vergegenwärtigte, stellte er bei einer nüchternen Selbstanalyse mit Erstaunen fest, dass dies nichts in ihm auslöste. Während der Aktion war die Glut des Zorns in ihm zu einem tosenden Feuersturm angewachsen. Da war kein Mitleid, kein Bedauern gewesen. Aber auch jetzt, da alles vorbei war, spürte er keine Befriedigung. Die Glut in seinem Herzen war erloschen und hinterließ eine gewisse Leere. Der Tod dieser fünf Menschen machte seine Kameraden nicht wieder lebendig. Was jetzt massiv in ihm keimte, war ein niederschmetterndes Gefühl des persönlichen Versagens. Er war für seine Männer verantwortlich gewesen, und es war die verdammte Pflicht eines Anführers, seine Männer heil nach Hause zu bringen. Das hatte er nicht geschafft. Pfisterer riss sich zusammen. Es war Zeit, das Satellitentelefon auszuprobieren. In der Ausbildung hatte man ihn auch mit dem Gebrauch dieser Geräte vertraut gemacht. Genau genommen konnten sie wie ein Mobiltelefon benutzt werden, nur dass die Verbindung nicht über terrestrische Sender, sondern über einen Satelliten zustande kam. Pfisterer schaltete es ein. Eine grüne Signallampe zeigte die Betriebsbereitschaft an. Hoffentlich war der Ladezustand der Batterien und damit die Sendeleistung so gut, dass man ihn von der

Basis aus orten konnte. Nach mehreren Standortwechseln bekam er überraschend Kontakt.

Zwei Stunden später wurde Hauptfeldwebel Stefan Pfisterer von einem Hubschrauber aufgenommen und zu seiner Einheit zurückgeflogen. Dort wurde er sofort von seinem Vorgesetzten zum Verlauf der Mission befragt. Pfisterer berichtete ohne Beschönigung sein Vorgehen. Er erklärte, er bereue keine seiner Handlungen und übernehme hierfür auch die Verantwortung.

Hier erfuhr er, dass eine andere Gruppe seiner Einheit, nachdem man von Pfisterers Gruppe nichts mehr gehört hatte, zu der Berghöhle geflogen war und die Leichen geborgen hatte. Aus der vorgefundenen Szenerie hatten die Soldaten auf den Ablauf des Desasters geschlossen.

Pfisterers Vorgesetzter befand sich in einem Zwiespalt. Der private Rachefeldzug des Hauptfeldwebels konnte natürlich nicht hingenommen werden. Auf der anderen Seite hatte er das ursprüngliche Ziel, die Ausschaltung des Al-Quaida-Führers, erfüllt. Nach dem Scheitern der Mission hätte er allerdings an den Absetzpunkt zurückkehren müssen, um sich dort wieder aufnehmen zu lassen. Insofern waren die Befehle der KSK-Einheiten bei derartigen Einsätzen eindeutig.

Nach der Vernehmung wurde Pfisterer zunächst einmal unter Hausarrest gestellt. Er durfte den Stützpunkt nicht verlassen. Sein Kommandeur nahm Kontakt mit der Behörde des Wehrdienstanwalts auf. Dieser hielt Rücksprache mit dem Bundesverteidigungsminister.

Da die Einsätze des KSK streng geheim waren, wurde von der Durchführung eines Disziplinarverfahrens abgesehen. Man legte Pfisterer nahe, einen Antrag auf Entlassung aus der Bundeswehr zu stellen, was er dann auch schweren

Herzens tat. Er erhielt die ihm zustehende Abfindung eines Zeitsoldaten, dann war KSK-Mann Pfisterer von einem Tag auf den anderen Zivilist. Ein Umstand, den er nur schwer verwinden konnte. Pfisterer empfand es als unehrenhafte Entlassung. Er war mit Leib und Seele Soldat gewesen. Er fühlte sich von seinen Vorgesetzten verraten und von der Bundeswehr betrogen.

Während seines Entlassungsprozesses und seines Hausarrests starb sein Vater, was ihn zusätzlich traf. Mit seinem Bruder einigte er sich dann darauf, den elterlichen Hof zu übernehmen.

Pfisterer betrat das Haus und ging ins Wohnzimmer. Er hatte von seiner Abfindung, die er von der Bundeswehr erhalten hatte, alle Räume umgestaltet und die alten Möbel der Eltern, bis auf wenige nostalgische Ausnahmen, durch eine moderne Einrichtung ersetzt.

Mit einem Knopfdruck schaltete er seinen Laptop ein. Ein Doppelklick auf das Icon seines E-Mail-Programms öffnete es. Es befand sich eine neue Nachricht im Postfach. Der Absender bestand nur aus einer Nummernkombination. Der Text war kurz: »Sie haben Post.«

Pfisterer wusste, was das bedeutete.

14

Stefan Pfisterer parkte seinen Geländewagen auf dem Platz hinter dem Dom. Um 9 Uhr früh war es noch kein Problem, hier einen Parkplatz zu bekommen.

Vor dem Eingang des Postamtes blieb er an einem Briefmarkenautomaten stehen und las die Bedienungsanweisung. Jedenfalls sah es für einen Außenstehenden so aus. In Wirklichkeit suchte sein Blick den Paradeplatz ab. Eingehend musterte er die wenigen Passanten, die auf dem Platz unterwegs waren. Erst als er sicher war, dass sich niemand auffällig unauffällig auf dem Platz herumtrieb und dabei die Besucher des Postamtes beobachtete, entspannte er sich. Vorsicht war zu seiner zweiten Natur geworden. Ein gesunder Schuss Paranoia konnte in seiner Situation lebenserhaltend sein.

Schließlich betrat er das Postamt, wandte sich dort aber nicht in Richtung Schalterhalle, sondern nach links, wo sich die Postfächer befanden. Ohne Zögern lenkte er seine Schritte auf die mit kleinen nummerierten Metalltüren ausgestattete Briefkastenwand zu. Mit einem Schlüssel, den er an seinem Schlüsselbund trug, öffnete er das Schließfach mit der Nummer 77.

Pfisterer wusste von zahlreichen Postfächern in der Bundesrepublik Deutschland. Sie dienten ausschließlich der Kommunikation innerhalb der Gruppe, der er seit jenem schicksalhaften Gespräch mit dem Unbekannten in den Straßen von Retzstadt angehörte. Seitdem arbeitete er für eine europaweit agierende Organisation, deren Geschäftsmodell ganz spezielle Problemlösungen für ihre Kunden beinhaltete.

Es befand sich lediglich ein brauner Umschlag im Format DIN A5 in dem Postschließfach, den er an sich nahm. Dann schloss er das Fach wieder ab und verließ das Postamt. Während er zu seinem Wagen eilte, behielt er erneut die Umgebung im Auge. Aber da war niemand, der sich speziell für ihn interessierte. Er schlüpfte hinter das Steuer, legte den Umschlag auf den Beifahrersitz und startete den Motor. Den Inhalt des Briefumschlags würde er sich in Ruhe zu Hause ansehen. Pfisterer gab Gas und fuhr rückwärts aus der Parkbucht. Sofort rollte hinter ihm ein anderes Fahrzeug auf den freigewordenen Platz. Parkraum war rar in Würzburg.

In Retzstadt angekommen, betrat er sein Haus, warf seine Autoschlüssel in eine Schale im Flur und ging in die Küche. Mit einem Messer schlitzte er den Umschlag auf und schüttete den Inhalt auf den Küchentisch. Vor ihm lagen die erwarteten Unterlagen. Er bereitete sich eine Tasse Kaffee, dann setzte er sich an den Tisch und begann, die Papiere eingehend zu studieren. Als er die sehr detaillierten Anweisungen zur Kenntnis nahm, huschte ein Grinsen über sein Gesicht. Das war einmal ein Auftrag ganz nach seinem Geschmack.

15

Dr. Anton Bruckner schaltete sein Diktiergerät aus, mit dem er gerade die dritte Sitzung mit seinem Probanden, dem Untersuchungshäftling Yüksel Arslan, aufgenommen hatte. »Gut, Herr Arslan, dann sind wir fertig«, erklärte er dem gerade mal 28 Jahre jungen Mann, der ihm im Sprechzimmer der Justizvollzugsanstalt Würzburg gegenübersaß. Da er Untersuchungshäftling war, musste er keine Anstaltskleidung tragen. Er war allerdings mit Hand- und Fußfesseln gesichert.

Arslan saß wegen Verdachts des Totschlags in zwei Fällen in U-Haft und galt als ausgesprochen gewaltbereit. Nach den polizeilichen Ermittlungen hatte er seine jüngere Schwester Merve beim Verlassen der Wohnung ihres deutschen Freundes auf offener Straße erschossen. Die junge Frau war von dem Deutschen schwanger. Damit war die Familienehre der sehr traditionell lebenden und denkenden Türkenfamilie massiv beschmutzt. Als ältester Sohn war es Yüksels Verpflichtung, diese Schande mit Blut abzuwaschen. Nach der Bluttat an der Schwester war er sofort in das Haus des Freundes seiner Schwester gestürmt, hatte das Schloss der Wohnungstür herausgeschossen und den jungen Mann mit einem Schuss in die Stirn getötet. Danach ließ er sich von der Polizei ohne Gegenwehr festnehmen.

Yüksel Arslans Verteidiger machte verminderte Schuldfähigkeit zum Tatzeitpunkt geltend. Daraufhin war vom Gericht die Untersuchung des U-Häftlings durch Dr. Bruckner angeordnet worden.

Der junge Türke saß mit finsterer Miene auf seinem Stuhl und bohrte seine fast schwarzen Augen in das Gesicht des Psychiaters.

»Merve und dieser Deutsche haben den Tod verdient!«, stieß er hervor. »Sie war eine Hure und hat die Ehre meiner Eltern und der ganzen Familie beschmutzt. Der Deutsche wird keine Türkin mehr entehren. Mein Vater ist krank und konnte die Ehre daher nicht selbst wiederherstellen.«

Dr. Bruckner sah ihn offen an. »Herr Arslan, es ist nicht meine Aufgabe, Ihre Schuld festzustellen. Das ist Aufgabe des Schwurgerichts, wenn gegen Sie Anklage erhoben wird. Meine ausschließliche Aufgabe besteht darin, in einem Gutachten festzustellen, ob Sie während der beiden Taten voll schuldfähig waren oder nicht. Nicht mehr und nicht weniger.« Bruckner tastete mit der Hand nach dem unter der Schreibtischplatte angebrachten Knopf, um den auf dem Flur vor dem Zimmer wartenden Vollzugsbeamten hereinzurufen. Die ständige Anwesenheit eines Beamten im Raum hatte er abgelehnt, um das Untersuchungsergebnis nicht zu gefährden.

Sofort öffnete sich die Tür und ein etwas untersetzter, kräftiger, grün uniformierter Mann kam herein. Der Psychiater nickte ihm zu und erklärte knapp: »Wir sind fertig. Sie können ihn wieder mitnehmen.« Dabei räumte er seine Unterlagen in seine Aktentasche.

»Also, auf geht's, Herr Arslan«, forderte der Beamte den Untersuchungshäftling auf und griff ihm unter den Arm. Die Beamten waren angehalten, gegenüber jedem Häftling höflich zu sein. Mit einer heftigen Bewegung schüttelte der Türke die Hand seines Bewachers ab. Seine fast schwarzen Augen glühten vor Wut.

»Na, na«, brummte der Beamte gelassen, »jetzt bleiben

wir aber mal schön ruhig, sonst bleiben die Hand- und Fußfesseln dran.« Er sah den jungen Mann eindringlich an. »Haben wir uns verstanden?«

Arslan musterte ihn zwar finster, nickte dann aber. Der Beamte bückte sich und schloss die Fußfesseln auf, die Handschellen blieben. Wortlos schob er Arslan in Richtung Tür, um ihn wieder in seine Zelle zu bringen. Kurz bevor er den Raum verließ, drehte er sich noch einmal um.

»Ich sage einem Kollegen Bescheid, der Sie zur Pforte bringt.«

Dr. Bruckner bedankte sich. Während er auf den anderen Beamten wartete, blätterte er in seinem Terminplaner. Er musste schleunigst in seine Praxis. Neben seiner Tätigkeit als bestellter Gutachter für Strafprozesse betrieb er auch noch eine gut gehende Privatpraxis in der Stadt. Der Rest des heutigen Tages war mit mehreren Patientengesprächen ausgefüllt.

Zehn Minuten später hatte der Psychiater alle Türschleusen der Justizvollzugsanstalt passiert und steuerte auf seinen Porsche zu, den er auf dem Parkplatz vor der Strafanstalt geparkt hatte. Bruckner liebte schnelle Autos. Eine seiner Schwächen. Einen Augenblick später brauste er den Friedrich-Bergius-Ring entlang.

Der Tag wurde, wie erwartet, sehr anstrengend. Der letzte Termin war in seinem Terminkalender für 18.00 Uhr eingetragen. Seine Sekretärin Lisa, eine Teilzeitkraft, war schon vor Stunden nach Hause gegangen. Sie hatte ein kleines Kind, das die alleinerziehende Mutter pünktlich aus der Kindertagesstätte abholen musste.

Der angemeldete Patient war ein Neuzugang. Neue Patienten bestellte Dr. Bruckner gerne für den letzten Termin eines Tages, weil er sich dann nach hinten hinaus etwas mehr

Zeit nehmen konnte. Der Psychiater hatte nur eine vage Vorstellung, was den Mann zu ihm führte, da seine Sekretärin den Termin vereinbart hatte. Im Kalender stand als Stichwort »Höhenangst«. Was das konkret bedeutete, würde er ja gleich erfahren.

Nachdem der vorletzte Patient, eine junge Frau mit einer ausgeprägten Essstörung, gegangen war, erhob sich Dr. Bruckner und bereitete sich einen doppelten Espresso zu. Seit dem Frühstück hatte er nichts mehr zu sich genommen. Der starke Kaffee würde sein Hungergefühl etwas unterdrücken. Er lehnte seinen Bürosessel in die hinterste Stellung und schloss für einen Augenblick die Augen, um einen Moment mit autogenem Training zu entspannen.

Er war sehr zufrieden mit seinem Leben. Die Praxis lief gut und brachte ordentlich was ein, da er nur Privatpatienten behandelte. Die Gutachtensaufträge des Gerichts kamen auch regelmäßig. Was wollte er mehr? Bruckner hatte sich vorgenommen, sich spätestens mit 60 Jahren in den Ruhestand zurückzuziehen. Er war gut situiert, gesundheitlich, dank regelmäßigem Sport, in ausgezeichneter Form. Häufig wurde er deutlich jünger eingeschätzt, und sein Marktwert beim weiblichen Geschlecht war bemerkenswert hoch. Seine Zielgruppe, Singlefrauen zwischen 35 und 45, fand ihn attraktiv und charmant. Allerdings verbarg sich hinter seiner jugendlichen Erscheinung ein wohlgehütetes, kleines Geheimnis: Vor drei Jahren hatte er in einer sehr diskreten Privatklinik am Starnberger See ein paar kleine operative Korrekturen durchführen lassen. Eine Kapitalanlage, die sich ausgesprochen bezahlt gemacht hatte.

Er ließ nach einigen Minuten seinen Sessel in die Ausgangsposition zurückgleiten und warf einen Blick auf die Standuhr auf seinem Schreibtisch. Während der Praxisstunden trug er keine Armbanduhr; er wollte verhindern, dass er seine Patienten durch unbewusste Blicke auf sein Handgelenk aus ihrem Redefluss riss.

Eigentlich müsste der Patient jetzt kommen, dachte er. Da ertönte auch schon die Haustürglocke. Dr. Bruckner erhob sich, verließ sein Sprechzimmer und eilte mit elastischen Schritten über den langen Flur seiner Praxisräume zur Tür. Es war gleich zu Beginn eine Vertrauen schaffende Maßnahme, wenn der behandelnde Arzt seine neuen Patienten persönlich an der Tür empfing.

Der Mann, der mit ernster Miene vor ihm stand, vermittelte auf den ersten Blick alles, nur nicht den Eindruck eines ängstlichen Menschen. Er war etwa so groß wie Bruckner, aber deutlich jünger und hatte eine sportliche Figur, trug Jeans und eine Lederjacke. Der Psychiater wusste jedoch, dass ein selbstsicheres Auftreten oftmals tief sitzende Unsicherheiten kaschierte.

»Herr Müller?«, fragte Dr. Bruckner freundlich. Der Mann nickte.

»Dann treten Sie doch ein.« Bruckner öffnete dabei die Tür so weit, dass der Mann an ihm vorbei eintreten konnte, dabei reichte er ihm die Hand. Beide Hände des Besuchers steckten in engen, dünnen Lederhandschuhen, die er zum Gruß auch nicht auszog. Könnte ein Hinweis auf mögliche Kontaktprobleme sein, konstatierte der Psychiater für sich. Bruckner dachte sich nicht viel dabei; er war es gewohnt, dass seine Patienten manchmal die merkwürdigsten Marotten hatten. Dem Vorliegen einer Unsicherheit widersprach aber der Händedruck des Mannes, der fest und kraftvoll war. Bruckner hasste es, Menschen die Hand geben zu müssen, deren Griff so lasch war wie ein totes Stück Fleisch. Aber auch das hatte nichts zu sagen, denn man konnte sich einen respektablen Händedruck unproblematisch antrainieren. In der anderen Hand trug sein Besucher eine Plastiktüte.

»Gehen Sie doch bitte geradeaus durch«, wies Bruckner mit ausgestrecktem Arm den Weg ins Sprechzimmer und folgte selbst nach.

Wortlos trat der Mann ein.

Der Psychiater steuerte eine Sitzgruppe an, die sich vor einem großen Fenster befand.

»Nehmen Sie doch bitte Platz«, bot Bruckner ihm den Sessel auf der gegenüberliegenden Seite des Besprechungstisches an. Müller setzte sich und legte die Plastiktüte neben sich auf den Fußboden. Bruckner nahm ein Klemmbrett vom Tisch, auf dem ein Formular befestigt war, und reichte es hinüber.

»Herr Müller, würden Sie bitte das Anmeldeformular hier ausfüllen, wir benötigen das für unsere Unterlagen und die Abrechnung.« Er nahm sein Diktiergerät aus der Jackentasche und legte es auf den Tisch. »Haben Sie etwas dagegen, dass ich unser Gespräch aufzeichne? Ich kann dann meine Notizen später in den Computer eingeben. Und wir sind nicht abgelenkt.«

Der Mann nahm das Klemmbrett zwar entgegen, legte es aber unbeschrieben vor sich auf den Tisch.

»Benötigen Sie etwas zum Schreiben?« Bruckner warf einen suchenden Blick zu seinem Schreibtisch.

»Nein, danke.«

Der Mann mit Namen Müller hatte eine volle, wohltönende Stimme, sprach aber relativ leise. Dem Psychiater wurde bewusst, dass dies der erste halbwegs vernünftige Satz war, den sein später Patient von sich gab.

»Nun ja, wir können die Formalitäten auch gerne später erledigen.«

Etwas irritiert nahm Bruckner sein Aufnahmegerät zur Hand, um es einzuschalten.

»Lassen Sie das!«

Obwohl der Besucher nach wie vor leise sprach, klangen diese Worte irgendwie bedrohlich und duldeten keinen Widerspruch. Bruckner legte das Gerät zur Seite auf das Fensterbrett.

»Kein Problem, Herr Müller, wenn Sie das nicht wollen, kann ich mir selbstverständlich auch handschriftliche Aufzeichnungen machen.«

»Sie machen gar nichts mehr«, erklärte der Mann gelassen, griff unter seine Jacke und zog eine Pistole hervor. Bruckner hatte immer wieder mal unangenehme Erlebnisse mit Patienten gehabt. Mit einer Waffe war er bisher aber noch nie bedroht worden. Er erschrak zwar, hatte sich aber schnell wieder unter Kontrolle. Dabei registrierte irgendein Teil seines Gehirns, dass die Waffe einen Schalldämpfer hatte. In seiner gerichtlichen Praxis hatte er schon derartige Pistolen gesehen. Dem Psychiater wurde langsam heiß. Er hatte keine Ahnung, wie er das Verhalten des Mannes einordnen sollte. Fieberhaft überlegte er, was er unternehmen konnte, um die Situation wieder in den Griff zu bekommen. Sein Blick glitt unwillkürlich zur Tür.

»Denken Sie nicht einmal daran«, erklärte der Mann nach wie vor ruhig, als würde er sich gerade über das Wetter unterhalten. Die Waffe in seiner Hand sprach aber eine andere Sprache.

»Ich habe persönlich nichts gegen Sie, Dr. Bruckner, aber es gibt einen Menschen in diesem Land, der Sie gerne tot sehen möchte. Ich bin ein Dienstleister, ähnlich wie Sie. Mein Handwerk ist allerdings etwas spezieller.«

Der Mann, von dem Bruckner sicher war, dass er garantiert nicht Müller hieß, griff erneut in seine Jacke und holte ein Foto hervor, das er vor Bruckner auf die Tischplatte legte. Dabei wich der Pistolenlauf keinen Zentimeter vom Brustkorb seines Gegenübers ab.

»Von dieser Person soll ich Ihnen die besten Wünsche ausrichten.«

Der Psychiater warf einen Blick auf das Foto. Es dauerte einen Augenblick, ehe es in seinem Kopf klick machte. In seinem Gesicht musste sich das Erkennen widergespiegelt haben, denn der Mann, der sich Müller nannte, stellte fest: »Ich sehe, Sie wissen, wer das ist.« Er steckte das Bild in seine Jackentasche zurück. »Dann ist es jetzt Zeit, zu gehen.«

Dr. Bruckner spürte einen harten Schlag gegen die Brust, der ihm schlagartig den Atem nahm und ihn in seinen Sessel zurückwarf. Mit aufgerissenen Augen starrte er sein Gegenüber an. In seinem Blick war blankes Unverständnis. Den zweiten Schuss, der durch das rechte Auge in den Schädel eindrang, spürte er nicht mehr. Der dritte Schuss fand den Weg durch das andere Auge. Da war er bereits tot.

Müller sicherte die Waffe und steckte sie in sein Schulterholster zurück. Dann kontrollierte er konzentriert den Raum. Er überprüfte das Diktiergerät. Die Displayanzeige entlockte ihm ein Knurren. Dieser verdammte Seelenklempner hatte das Teil tatsächlich heimlich mitlaufen lassen. Entschlossen steckte er es in seine Jackentasche. Nach einem letzten Rundblick verließ er die Praxis. An der Tür blieb er kurz stehen und lauschte in das Treppenhaus. Kein Geräusch war zu hören. Es handelte sich um ein reines Bürogebäude, in dem sich keine Wohnungen befanden. Vorsichtig zog er die Praxistür hinter sich zu.

Zehn Minuten später betrat er die Domstraße. Die Handschuhe ließ er in einen Abfallkorb auf Höhe eines großen

Elektrogeschäfts fallen. Nun würde er sich erst einmal einen gepflegten Kaffee gönnen.

Dr. Bruckners Sekretärin fand die Leiche ihre Chefs am nächsten Tag, als sie gegen 9 Uhr in der Praxis eintraf. Zutiefst geschockt, rannte sie schreiend in das Sekretariat einer auf dem gleichen Stockwerk residierenden Firma. Die Mitarbeiter alarmierten sofort die Polizei. Bruckners Sekretärin war für die Kriminalbeamten vorerst nicht vernehmungsfähig.

16

Simon Kerner rief am nächsten Morgen im Amtsgericht an und erklärte seiner Sekretärin, er würde heute zu Hause arbeiten. Zum Glück hatte er für heute keine Sitzungstermine angesetzt. Er wollte dabei sein, wenn Eberhard Brunner und seine Mitarbeiter die Umgebung rund um sein Haus bei Tageslicht in Augenschein nahmen.

Er hatte sich heute Morgen beim Frühstück sehr ernsthaft mit Steffi unterhalten. Aber wie erwartet, war sie trotz ihrer Ängste nicht bereit, sich wegschicken zu lassen. Sie wollte Simon Kerner nicht allein lassen. Pünktlich war sie in die Physiopraxis aufgebrochen.

Nachdem Kerner überraschenderweise bis elf Uhr nichts von Brunner gehört hatte, griff er zum Telefon und rief seinen Freund auf dem Mobiltelefon an. Der Kriminalbeamte meldete sich nach dem dritten Läuten.

»Hallo Eberhard, hier Simon. Du wolltest doch heute noch einmal vorbeikommen, um den Tatort zu untersuchen …«

Brunner unterbrach ihn. »Ich weiß, Simon, ich weiß, du musst entschuldigen, aber leider gibt es schon wieder einen Mord. Wir kommen, aber es wird sicher Nachmittag werden.«

»Schon wieder einen Mord?«, wiederholte Kerner betroffen.

»Ja. Du entschuldigst bitte, aber im Augenblick ist es schlecht. Können wir uns später unterhalten?«

»Natürlich«, gab Kerner kurz zurück, aber Brunner hatte

die Verbindung bereits unterbrochen. Nachdenklich steckte Kerner das Handy in die Tasche zurück. Brunners Stimme hatte sehr angespannt geklungen. Schon wieder ein Mord. Das konnte doch nur bedeuten, dass es in dieser Serie ein weiteres Opfer gab. Die Existenz eines Serientäters war damit nicht mehr zu leugnen. Er wusste, unter welchem Stress Brunner unter diesen Umständen stand. Die Medien würden ihren Teil dazu beitragen, den Druck auf die ermittelnden Beamten zu erhöhen.

Kerner verbrachte den Tag mit Schreibtischarbeit.

Es war kurz nach 15 Uhr, als sein Mobiltelefon klingelte. Am Display konnte er Brunners Nummer erkennen.

»Grüß dich, Simon. Wir sind gerade losgefahren und werden in einer dreiviertel Stunde bei dir eintreffen.«

Kerner bedankte sich. Brunners Stimme hatte sehr gehetzt geklungen.

Während die Männer der Spurensicherung den Tatort und die Umgebung des Hauses nach Spuren untersuchten, saß Kerner mit Brunner bei einer Tasse Kaffee am Wohnzimmertisch.

»Zurzeit ist ja bei dir die Hölle los«, stellte Kerner fest und schob ihm den Zuckertopf über den Tisch. »Willst du darüber reden?«

Brunner war sehr ernst und angespannt. Kerner hatte den Eindruck, dass der Freund schon lange nicht mehr richtig geschlafen hatte.

»Heute haben wir bereits das vierte Opfer, das auf diese spezielle Weise getötet wurde. Allen vieren wurde in beide Augen geschossen. Die Handschrift des Täters ist eindeutig. Ein Serienmörder verlangt besondere Maßnahmen. Ich werde heute bei der Polizeipräsidentin die Einsetzung einer Sonderkommission beantragen. Die Mordkommission kann diese Fälle nicht neben ihren anderen Aufgaben lösen. Wir brauchen mehr Personal, das sich ausschließlich mit diesen Morden beschäftigt.«

Kerner zog die Augenbrauen in die Höhe. Er wusste, was diese Erkenntnisse für die Polizei und ganz besonders für seinen Freund bedeuteten. Hier ging es um möglichst schnelle Aufklärung, da man davon auszugehen hatte, dass der Killer weiter mordete. Außerdem würde der Druck der Öffentlichkeit auf die Kriminalpolizei immens zunehmen.

Brunner nahm einen Schluck von seiner Tasse und atmete tief durch.

»Lieber Simon, für mich ist nach der heutigen Leiche eines sicher: Es muss zwischen dir und den Ermordeten einen Bezug geben! Eine Verbindung, auf die uns der Täter deutlich hinweist!«

»Mein Gott, wie kommst du denn zu diesem Schluss?« Kerner war sichtlich betroffen.

Brunner holte tief Atem. »Du wirst es nicht glauben, aber auf dem Schoß von Dr. Bruckner lag eine tote Krähe. Beide Augen ausgestochen! Der Vogel sah genauso aus wie die, die du in der letzten Zeit zugestellt bekommen hast.«

Kerner sah seinen Freund fragend an. Im Moment hatte es ihm die Sprache verschlagen. Schließlich stieß er hervor: »Aber ich habe keine Vorstellung, was das bedeuten soll!«

Die beiden schwiegen einen Augenblick, dann fuhr Brunner fort: »Wie ich dir versprochen hatte, habe ich mich beim Landeskriminalamt erkundigt. Es gibt im Augenblick keinerlei Anzeichen auf Aktivitäten der Mafia im Main-Spessart-Bereich. Der Emolino-Klan ist zerschlagen. Trospanini, der damals den ermordeten Paten beerbt hat, hat sich ins Ausland abgesetzt, weil ihm die Steuerfahndung an den Hacken hing. Natürlich könnte er auch von dort aus gewisse

Fäden ziehen, aber das glauben die Fachleute eher nicht. Was sollte er bei nüchterner Betrachtungsweise auch gegen dich haben? Wenn man es genau betrachtet, hat er es dir zu verdanken, dass er die Organisation Emolinos übernehmen konnte. Die Handlungsweisen dieser Ganoven werden in erster Linie von ihren Geschäftsinteressen bestimmt.« Er schüttelte entschieden den Kopf. »Nein, die Mafia hat mit dieser Krähengeschichte sicher nichts zu tun. Der Täter gibt mit diesen Vögeln einen Hinweis! Nachdem er die Krähe beim letzten Opfer direkt deponiert hat, ist das offensichtlich.

Wir müssen bei unseren Überlegungen anders ansetzen. Gibt es irgendeine Verbindung zwischen dir und den vier Opfern? Und wenn ja, welche? Sämtliche Morde wurden meines Erachtens von einem Profi ausgeführt. Da bin ich ganz sicher. Wir haben keinerlei verwertbare Spuren gefunden. Selbst die Projektile, die bei Dr. Kürschner und bei Rechtsanwalt Redelberger die Schädel der Opfer durchschlagen haben, wurden von uns nicht gefunden. Kürschner lag auf Asphalt, Redelberger auf den Steinfließen der Friedhofstoilette, Großmann im Wald. Auch da haben wir im Erdreich unter seinem Kopf keine Kugeln gefunden. Bei Bruckner waren die Projektile hinter ihm in die Zimmerwand eingeschlagen – auch beide weg. Die Kaltblütigkeit, diese Projektile jeweils nach der Tat zu beseitigen, hat nur ein Profi. Falls meine Vermutung zutrifft, können wir die Morde nur mit deiner Hilfe lösen. Und das sollte schnell gehen, denn wir wissen nicht, wie oft dieser Typ noch zuschlägt. Möglicherweise bist auch du selbst in Gefahr. Das halte ich für sehr wahrscheinlich.«

Es knirschte leise, als sich Kerner nachdenklich über sein unrasiertes Kinn strich.

»So wie du das schilderst, muss man tatsächlich zu diesem Schluss kommen. Ich habe allerdings keinen Schimmer, was das alles mit mir zu tun haben könnte. Natürlich kannte ich alle vier Opfer mehr oder weniger gut aus meinem beruflichen Umfeld. Das allein kann es aber nicht sein. Ich kenne beruflich jede Menge Menschen. Wir müssen in die Tiefe gehen und detailliert überprüfen, was die ermordeten Männer und ich im Speziellen gemeinsam haben. Es muss da eine besondere Schnittmenge geben. Ich denke, wir sollten vertieft mein berufliches Umfeld durchleuchten. Immerhin waren drei der Toten Juristen.«

Es klopfte an die Tür. Nachdem Kerner »Herein« gerufen hatte, betrat Kriminalhauptkommissar Jankowich, der Leiter der Spurensicherungsgruppe, die Brunner mitgebracht hatte, das Wohnzimmer. In seinem weißen Schutzanzug aus Papier sah er aus wie ein Schneemann im Sommer.

»Wir sind dann fertig«, erklärte er knapp.

»Habt Ihr verwertbare Spuren gefunden?«, fragte Brunner.

Jankowich hob mit einem zufriedenen Lächeln eine kleine Plastiktüte in die Höhe. »Endlich haben wir ein Projektil gefunden. Es ist zwar ziemlich gestaucht, aber so wie es aussieht, handelte es sich um ein Geschoss im Kaliber 5,6 mm, womit es unter die Gruppe der Kleinkaliber fällt. Diese Geschosse sind aber durchaus geeignet, einen Menschen auf die vom Schützen gewählte Distanz zu töten. Leider ist es so deformiert, dass eine Zuordnung zu einer bestimmten Waffe nicht möglich sein wird. Aber besser als nichts, wie in den letzten Fällen.«

Brunner nahm die Tüte und legte sie auf die Hand. »Endlich ein kleiner Fortschritt!«

Kerner betrachtete den kleinen unscheinbaren Bleiklumpen, dann fragte er: »Sie wissen, von wo geschossen wurde?«

Jankowich nickte. »Wie vermutet, vom Waldrand.«

Kerner erhob sich. »Das würde ich mir gern ansehen.«

Brunner machte seinem Kollegen ein zustimmendes Zeichen.

Jankowich drehte sich wortlos um und ging zur Haustür. Die Männer verließen das Gebäude und gingen die wenigen Schritte zum Waldrand. Da Kerners Anwesen direkt an diesen angrenzte, begannen die Bäume bereits wenige Meter hinter dem Zaun, der das Grundstück umgab.

»Wir müssen zu der Buche dort drüben«, erklärte Jankowich und zwängte sich durch die Büsche. Einen Augenblick später hatten sie den Baum erreicht. Der Stamm hatte einen Durchmesser von ungefähr zwanzig Zentimetern und war circa zehn Meter hoch.

»Hier ist es deutlich zu sehen«, erläuterte Jankowich und wies mit der Hand auf eine größere Anzahl von regelmäßigen, punktuellen, tiefen Verletzungen der Baumrinde, die in zwei ziemlich geraden Linien, aber in versetzten Abständen, am Stamm nach oben führten.

»Diese Löcher stammen von den Krallen von Steigeisen, wie sie sich beispielsweise Techniker von Telefongesellschaften umschnallen, um hölzerne Masten zu erklettern.« Er wies auf die Kerners Haus zugewandte Seite des Stammes. »Hier ist eine zwar schwach ausgeprägte, aber relativ durchgehende Schleifspur in der Rinde. Kletterer mit Steigeisen tragen einen breiten Ledergurt, den sie um den Stamm schlingen, damit sie Halt finden und die Hände für die Arbeit frei haben. Bei jedem Schritt mit dem Steigeisen wird die Schnalle des Gurtes über den Stamm ein Stück nach oben geschoben. Das erzeugt diese Schleifspur.«

Kerner und Brunner musterten konzentriert die Abdrücke in der Baumrinde.

»Ist das Klettern schwierig?«, wollte Kerner wissen.

Jankowich zuckte mit den Schultern. »Ein sportlicher Mensch bringt das sicher hin.« Er zeigte nach oben. »Der Schütze ist ungefähr sechs Meter hoch gestiegen. Wenn Ihr genau hinseht, enden dort die Spuren. In dieser Höhe gibt der Stamm unter dem Gewicht eines Menschen noch nicht so nach, außerdem befindet man sich noch nicht im Bereich des Blätterdachs. Für einen geübten Schützen eine gute Ausgangsposition, um einen sicheren Schuss abzugeben. Ich denke, von dort hat man einen guten Blick auf Ihre Veranda. Meiner Meinung nach hat der Kerl ganz bewusst auf den Blumentopf gezielt. Wenn er gewollt hätte, wäre es für ihn sicher kein Problem gewesen, Ihre Freundin und Sie auf der Hollywoodschaukel zu treffen.

Die ganze Aktion war auch nicht sonderlich riskant. Nach dem Schuss waren Sie beide wahrscheinlich ziemlich geschockt und verwirrt. Da hatte ein nervenstarker Täter genügend Zeit, wieder vom Baum herabzusteigen und sich zu entfernen. Soweit wir feststellen konnten, hat er am Fuße des Baumes ein paar verwischte Schuhabdrücke hinterlassen, die aber nicht verwertbar sind. Auch im weiteren Verlauf sind keine Profilabdrücke zu finden. Eine Patronenhülse gibt es auch nicht. Also, wenn Ihr meine Einschätzung hören wollt, das war hundertprozentig ein Profi. Er kam, schoss und verschwand, wie ein Gespenst.«

Die drei Männer gingen zum Haus zurück. Kerner war sehr schweigsam. Ihn erfüllte ein Gefühl der Hilflosigkeit. Bei nüchterner Betrachtung der Lage war er dem Killer regelrecht ausgeliefert. Wenn er nur den Hauch einer Ahnung gehabt hätte, was das alles zu bedeuten hatte. Irgendeinen Anhaltspunkt, an dem er ansetzen konnte. Da die Mafia nicht in Frage kam, mussten diese Ereignisse ihren Ursprung in seiner ferneren Vergangenheit haben. Vielleicht aus seiner Zeit als Mitglied einer Spezialeinheit bei der Bundeswehr? Den Gedanken verwarf er aber gleich wieder. Keiner der Ermordeten hatte in irgendeiner Form hierzu einen Bezug. Auch Verknüpfungen mit seinem Privatleben schloss er aus. Blieb, wie Brunner vermutete, nur seine Tätigkeit als Jurist. In den Jahren war er zahllosen Gesetzesbrechern massiv auf die Füße getreten. Da gab es reichlich Auswahl. Aber was hatte das mit den Ermordeten zu tun? Wo hatten sich seine Wege mit ihren und denen des Täters gekreuzt? Er musste die Botschaft der Krähen entschlüsseln! Aber wie?

Brunner und seine Männer verabschiedeten sich. Der Kommissar bat seinen Freund eindringlich, auf sich aufzupassen und Steffi doch wegzuschicken. Kerner war klar, dass er mit weiteren Anschlägen rechnete.

Kerner ging ins Haus zurück. Für einen Augenblick stand er ratlos im Wohnzimmer und sah gedankenverloren hinaus auf die Veranda. Schließlich gab er sich einen Ruck, ging in die Küche und holte einen Besen und eine Kehrrichtschaufel. Jetzt würde er erst einmal die Spuren des Anschlags beseitigen. Wenn Steffi nach Hause kam, sollte sie nichts mehr an den Vorfall erinnern.

Nachdem er Ordnung geschaffen hatte, setzte er sich in seinem Arbeitszimmer an den Schreibtisch, griff sich ein paar Blatt Papier und einen Stift. Wie immer, wenn er es mit einem komplexen Sachverhalt zu tun hatte, half es ihm, den Versuch einer nüchternen Analyse zu unternehmen und dabei seine Gedanken in eine grafische Struktur zu bringen.

Er begann, die Namen der Opfer und das, was er beruflich von ihnen wusste, aufzuschreiben.

17

Die Person saß am Küchentisch und schob den Stapel Tageszeitungen beiseite, die sie in den letzten Tagen zusammengetragen hatte. Auf der Tischplatte lagen aufgefächert mehrere ausgeschnittene Artikel. Je nach den Gepflogenheiten des jeweiligen Presseorgans, waren die Schlagzeilen teilweise in halbseitigen Lettern dargestellt. Mittlerweile widmete die Presse der ganzen Bundesrepublik ihre Aufmerksamkeit den Morden, wie die meisten Medien die von ihr angeordneten Hinrichtungen nannten. Die Person stellte mit Befriedigung fest, dass die Nachrichten im Laufe der Aktivitäten des Vollstreckers vom Innenteil immer stärker auf die erste Seite rückten. Alle waren sich darin einig, dass im Bereich Würzburg und Main-Spessart ein Serientäter sein Unwesen trieb, dessen Motive den Ermittlungsbehörden Rätsel aufgab. Sie würden schon noch dahinterkommen und das Erwachen würde für die Verantwortlichen schrecklich sein. Seit die Person aktiv geworden war, hatte sich der Schmerz in ihrem Inneren nicht vermindert. Im Gegenteil. Sie spürte, wie das Menschliche in ihr von ihrem Hass langsam zerstört wurde. Doch das war ihr gleichgültig. Für sie war ihre Rache der einzige Grund, weshalb sie noch existierte.

Die Person trank ihre Tasse Kaffee aus, dann griff sie sich die Ausschnitte und verließ den Raum. Sie betrat das Schlafzimmer mit dem großen Doppelbett, dessen eine Seite mit frischen Blüten bestreut war. Im rechten Winkel zum Fuß des Bettes war an der Seitenwand des Zimmers ein Tisch aufgestellt und mit einer weißen Decke verhüllt, die fast bis zum Boden reichte. An der Wand über dem Tisch hing ein großes, gerahmtes Foto, das quer über die obere linke Ecke eine schwarze Trauerschleife trug. Rings um das Bild waren mehrere kleinere, auf Glasträger aufgebrachte Fotos angebracht, die das große Bild gewissermaßen umrahmten. Auf dem Tisch brannte ein Öllicht und warf flackernde Schatten auf die Fotos. Die Person strich mit der Hand über verschiedene Gegenstände, die neben dem Öllicht auf der Tischdecke verteilt waren. Schließlich riss sich die Person aus ihren schweren Gedanken, griff sich aus einer Schachtel mehrere Pinnadeln und befestigte die Zeitungsartikel neben das jeweilige Foto der Person, deren Hinrichtung bereits vollzogen war. Danach setzte sich die Person auf den vor dem Tisch stehenden Stuhl, schloss die Augen und verharrte unbeweglich in stillem Gedenken. Sie war innerlich aufgewühlt. Wie immer, wenn sie in diesem Raum war, fühlte sie unendlichen Schmerz und tiefe Trauer. Sie wusste, irgendwann in diesen Minuten des Gedenkens würde der Zeitpunkt kommen, an dem die schmerzhaften Gefühle vom Hass abgelöst und schließlich dominiert wurden. Der Hass machte es leichter.

Die Person bekam nach einiger Zeit ihre Emotionen so in den Griff, dass sie in der Lage war, sich wieder auf ihre selbst gestellte Lebensaufgabe zu konzentrieren. Sie war noch ein ganzes Stück von ihrem Ziel entfernt.

Irgendwann erhob sich die Person mit einem Seufzer und verließ das Zimmer. Seit dem Ereignis, das ihr Leben und ihre Seele zerstört hatte, schlief die Person nicht mehr in diesem Raum. Der Hass war ihr ständiger Begleiter.

18

Eberhard Brunner betrat drei Tage später den Besprechungsraum der Sonderkommission Kürschner. Sie war nach dem ersten Mordopfer benannt. Die Polizeipräsidentin hatte Brunner als Leiter eingesetzt und ihm eine Kriminalbeamtin und drei Kriminalbeamte zugeteilt. Außerdem konnte er auf eine erfahrene Profilerin zugreifen. Seine bisherige Aufgabe als Leiter des Kommissariats 1 der Würzburger Mordkommission übernahm derweil kommissarisch seine Stellvertreterin. Die Kommission hatte sofort mit Hochdruck die Arbeit aufgenommen. Heute sollten die ersten Ermittlungsergebnisse besprochen werden.

Der Raum war nüchtern und zweckmäßig eingerichtet. Ein langer Besprechungstisch, rundherum eine ausreichende Anzahl Stühle, mehrere Computer, Telefone, ein Fax, ein Kopierer. Gegenüber der Stirnseite befand sich ein großes Fenster, das im Augenblick mit verstellbaren Lamellen verhangen war, um das Tageslicht auszusperren. An der Stirnseite eine Leinwand, die aus einer Deckeninstallation herabgelassen worden war. Daneben ein Flipchart, an der Längswand eine Magnettafel, an der mehrere Bilder befestigt waren.

Kriminalhauptkommissar Kauswitz hatte einen Beamer aufgestellt und einen Laptop angeschlossen. Er war gerade dabei, eine Präsentation auf der Leinwand vorzubereiten.

Brunner ging zu der Kaffeemaschine, die auf einem Sideboard stand, und goss sich eine Tasse Kaffee ein. Dann schlenderte er zu einem der freien Stühle und ließ sich nieder. Er räusperte sich. Die Mitglieder der Sonderkommission, die sich gerade unterhielten, stellten ihre Gespräche ein.

»Guten Morgen, Kolleginnen, Kollegen«, eröffnete er die Besprechung, »Kollege Kauswitz hat auf meine Bitte hin unsere bisherigen Ermittlungsergebnisse in einer Powerpoint-Präsentation zusammengefasst, die er uns nun zeigen wird. Jeder, der etwas zu den Fakten zu sagen hat, möge dies bitte während des Vortrags tun. Kollege Hacker wird alle Ausführungen schriftlich festhalten.« Er warf Hacker, der an einem Laptop saß, einen Blick zu; dann gab er Kauswitz ein Zeichen, der mit einem Mausklick die Präsentation startete.

Auf den ersten zehn Seiten wurden alle Mordopfer in Bildern und mit ihren Biografien vorgestellt. Das Bildmaterial bestand dabei aus Aufnahmen, die man von den Hinterbliebenen der Mordopfer bekommen hatte, und aus Tatortbildern. Ergänzt wurden sie durch Fotos, die in der Rechtsmedizin bei der Obduktion der Leichen angefertigt worden waren. Dabei wurden die Verletzungen der Augen eindrucksvoll in farbigen Nahaufnahmen gezeigt.

»Hat jemand eine Idee, was diese Konzentration auf die Augen der Opfer bedeuten könnte?«, warf Brunner eine Frage in den Raum. Mit dem roten Leuchtpunkt eines Laserpointers markierte er die blutroten Augenlöcher von Dr. Bruckner, dem letzten Mordopfer, das auf der Leinwand gezeigt wurde.

»Wir müssen uns darüber im Klaren sein, dass der Täter mit diesen Verletzungen etwas zum Ausdruck bringen will«, warf Dr. Ellen Seiler, die Profilerin, ein. »Meines Erachtens handelt es sich hierbei nicht um eine bloße Grausamkeit, sondern um eine Botschaft, die wir entschlüsseln müssen, um weiterzukommen. Vielleicht haben die Opfer etwas gesehen, was sie nicht sehen sollten? Oder, die andere Variante, sie hätten etwas sehen müssen, haben es aber nicht getan oder möglicherweise übersehen. Jedenfalls will der Täter bestrafen, davon bin ich überzeugt. Meines Erachtens müssen wir, bevor wir uns mit der Zeichendeutung befassen, herausfinden, was die Opfer gemeinsam haben. Es muss eine Verbindung zwischen den Ermordeten geben, die den Täter veranlasst, seine Opfer auf diese Art und Weise zu misshandeln.«

»Auffällig ist seine große Gewaltbereitschaft«, gab die zweite Frau in der Runde, Kriminaloberkommissarin Schuster, zu bedenken. »Ein Teil der Ermordeten wurden ziemlich brutal getötet. Sie haben gelitten, ehe sie starben. Er hätte den Tod auch schneller und schmerzloser herbeiführen können. Dies spricht für den Wunsch des Täters, seine Opfer leiden zu lassen. Ich schließe mich der These an, dass wir es hier mit einer Bestrafung oder Racheaktion zu tun haben.«

»Es ist nur rätselhaft, was diese tote Krähe bedeuten soll, die wir erstmals beim letzten Opfer gefunden haben«, warf Kriminalhauptkommissar Kauswitz ein. »Bei den vorangegangenen drei Ermordeten war das nicht der Fall.«

Er klickte einige Bilder weiter und auf der Leinwand erschien eine Nahaufnahme des Kadavers des Rabenvogels, den sie bei Dr. Bruckner gefunden hatten. In Detailausschnitten wurden die ausgestochenen Augen in Nahaufnahme gezeigt. »Die Parallelität der Augenverletzungen ist ja offensichtlich, sie stellt meines Erachtens die Verstärkung einer Botschaft dar.«

»Kollegen«, ergriff Brunner schließlich das Wort, »dazu muss ich etwas anmerken. Es gibt ein paar Fakten, die ich bis jetzt nicht in die Diskussion eingeführt habe, weil die Zusammenhänge mit unseren Fällen nicht auf den ersten Blick erkennbar waren.«

Ausführlich schilderte er nun den erstaunten Mitgliedern der Sonderkommission die Vorkommnisse in Zusammenhang mit Rabenkrähen, die Simon Kerner widerfahren waren.

»Die Zusammenhänge mit Herrn Kerner ergeben sich aus der Tatsache, dass ihm offenbar vor jedem dieser Morde eine Krähe mit ausgestochenen Augen zugestellt wurde. Mit Ausnahme der letzten Tat, als die Krähe direkt beim Opfer hinterlassen wurde. Wir müssen daher davon ausgehen, dass der Direktor des Amtsgerichts Gemünden in diese Mordserie in irgendeiner Form involviert ist. Wir sollten auch davon ausgehen, dass er auch in die Gruppe der Zielpersonen des Täters einzuordnen ist. Das bedeutet, er ist extrem gefährdet. Meines Erachtens kommt das Motiv für die Taten wahrscheinlich aus dem beruflichen Umfeld Kerners. Beachten Sie dabei, die ersten drei Opfer sind Juristen, wie Kerner. Möglicherweise ist er sogar der Schlüssel zur Lösung des Falls. Ich schließe dies aus folgender Tatsache: Die Art und Weise, wie Kerner die Krähen zugestellt wurden, lässt auf einen Profi schließen. Die entsprechenden Ergebnisse der Untersuchungen der Spurensicherung habe ich Ihnen in einer Datei auf dem Server zusammengestellt, Sie können darauf zugreifen. Es sieht so aus, als würde der Täter auf eine perverse Weise mit Kerner spielen. Fakt ist, dass er Kerner jedes Mal, wenn er ihm eine tote Krähe zustellte, auch hätte töten können.

Kollegen, ich gebe ihnen recht, wenn Sie annehmen, der Täter will für etwas Rache nehmen. Die Inszenierung der Morde und die Zustellung der Krähen tragen die Handschrift eines Profis. Unser Killer ist meiner Ansicht nach nur ausführendes Organ. Der eigentliche Täter und Auftraggeber bleibt im Hintergrund. Alle Morde wurden mit kühler

Kalkulation ausgeführt. Die Augenverletzungen der Opfer sind immer gleich. Wie soll ich es sagen, mir fehlen bei diesen Taten irgendwie die Emotionen, die man bei einem Racheakt eigentlich erwarten dürfte. Der Täter geht sehr kalkuliert vor. Er geht nach einem vorgegebenen Plan, fast möchte ich sagen, einem Drehbuch, vor. Ich weiß nicht, wie ich es anders ausdrücken soll. Um das alles in letzter Konsequenz beurteilen zu können, fehlt uns aber bedauerlicherweise noch eine ganze Reihe von Erkenntnissen.«

Brunner sah sich im Kreise seiner Kollegen um. Seine Informationen und Ansichten lösten bei den Ermittlern eine heftige Diskussion aus. Schließlich meldete sich Frau Schuster zu Wort: »Herr Brunner, augenfällig ist, wie Sie sagten, dass die ersten drei Opfer Juristen waren. Auf Herrn Kerner trifft dies ebenfalls zu. Die Motivation für die Morde im beruflichen Umfeld zu suchen liegt also nahe.«

»Aber Dr. Bruckner, der Psychiater, das letzte Opfer, passt nicht ins Bild«, warf Hacker ein.

»So kann man das nicht sagen. Dr. Bruckner war zwar kein Jurist, aber ein gefragter psychiatrischer Sachverständiger, der ständig bei Strafprozessen Gutachten erstattet hat«, widersprach ihm Dr. Seiler.

»Resümee der bisherigen Erkenntnisse: Alle Opfer haben sich mit Strafrechtsfällen beschäftigt. Das heißt, wir müssen diese Opfer daraufhin untersuchen, wo sie gemeinsam an Strafprozessen mitgewirkt haben, an denen auch Direktor Kerner beteiligt war«, überlegte Brunner laut. »Da Dr. Kürschner bereits im Ruhestand war, kann es sich also nur um Fälle aus der Vergangenheit handeln, als Herr Kerner noch Oberstaatsanwalt in Würzburg war. Da wir nicht wissen, wie weit wir in die Vergangenheit ermitteln müssen, steht uns da ziemlich viel Arbeit ins Haus. Wir

müssen gnadenlos Gas geben. Kollegen, das heißt Nacht-
schichten!«

Keiner widersprach. Sie wussten, dass von ihrem Einsatz
das Leben von Menschen abhing.

»Ich schlage vor«, fuhr Brunner fort, »dass jeder unserer
Gruppe sich ein Opfer vornimmt. Übermorgen setzen wir
uns wieder zusammen und tauschen unsere Erkenntnisse
aus.« Er erhob sich. »Also, los geht's! Wenn wir nicht bald
Ergebnisse vorweisen können, wird uns die Presse in der
Luft zerreißen.« Er trank im Stehen seine Tasse leer und verließ im Eilschritt den Besprechungsraum.

Simon Kerner saß am nächsten Morgen in seinem Dienstzimmer im Amtsgericht Gemünden und bereitete sich an-
hand der Akten auf eine am Nachmittag stattfindende Schöf-
fengerichtsverhandlung vor. Er hatte dabei große Mühe, sich
zu konzentrieren, weil seine Gedanken immer wieder zu der
Aufstellung wanderten, die er neben sich auf dem Schreibtisch liegen hatte. Sie enthielt das Ergebnis seiner Überlegungen des gestrigen Tages. Kerner war bei Abwägung
aller Fakten, wie sein Freund Brunner, zu dem Schluss gekommen, dass die Wurzel des Übels während seiner Zeit als
Oberstaatsanwalt zu suchen war. Dabei hatte er einen Gedanken, der ihn regelrecht elektrisierte. Wenn seine Vermutung zutraf, würde das Morden mit hoher Wahrscheinlichkeit weitergehen. Ein ganz bestimmter enger Personenkreis
war dann akut gefährdet. Kerner hoffte sehr, dass er sich ir-
te. Er musste unbedingt Brunner erreichen und mit ihm über
seine Vermutung sprechen. Kerner hatte es schon im Büro
versucht, aber sein Freund war, wie ihm ein Mitglied der
Sonderkommission erklärt hatte, im Augenblick dienstlich

unterwegs. Daher hinterließ er auf der Mobilbox eine Bitte um Rückruf.

Kurz vor 17 Uhr betrat Simon Kerner in Begleitung zweier Schöffen sein Büro. Sie hatten sich hierher zur Urteilsberatung zurückgezogen. Kerner hatte während der Verhandlung einige Mühe gehabt sich auf den Prozess zu konzentrieren. Immer wieder war ihm sein Verdacht in den Sinn gekommen. Er warf verstohlen einen Blick auf das Display seines Handys. Dort war ein Anruf in Abwesenheit verzeichnet. Das war sicher Brunner gewesen. Für einen Moment war Kerner versucht, gleich zurückzurufen, aber dann riss er sich zusammen. Er konnte hier nicht unterbrechen. Zuerst musste er diesen Prozess zu Ende bringen.

19

Steffi war die Tochter des Bürgermeisters von Partenstein, einem Dorf im Spessart. Seitdem ihre Mutter vor einigen Jahren verstorben war, unterstützte sie ihren Vater bei repräsentativen Terminen, bei denen ihn früher ihre Mutter begleitet hatte. Dieses Engagement brachte ihr in der Bevölkerung der Spessartgemeinde große Sympathien ein. Als sich seinerzeit herumsprach, was sie durch ihre Entführung durch den Emolino-Klan erleiden musste, hatte man ihr großes Mitgefühl entgegengebracht. Eine Folge dieser Bekanntheit war auch, dass sich viele Bürger von Partenstein von ihr in der Physiopraxis in Gemünden behandeln lassen wollten, bei der sie angestellt war. Alle Patienten waren sich einig, dass die junge Frau goldene Hände hatte.

Heute war ein besonders stressiger Tag. Seit 8.00 Uhr behandelte Steffi im 25 Minuten-Takt ihre Patienten und Patientinnen. Kurz nach zehn, gerade hatte sie eine jüngere Frau mit einem Schulter-Nacken-Syndrom entlassen, gönnte sie sich im Personalraum eine kleine Pause und schenkte sich eine Tasse Kaffee ein. Kaum hatte sie den ersten Schluck genommen, öffnete sich die Tür, und Werner, ihr Chef, kam herein.

»Steffi, es tut mir leid, ich weiß, dass du heute voll ausgelastet bist, aber draußen steht ein Herr Metzger, der, wie er sagt, vor Schmerzen kaum aufrecht stehen kann. Er ist zwar bisher noch kein Patient von uns, aber es geht ihm offenbar tatsächlich schlecht. Es sieht so aus, als hätte sich bei ihm ein Wirbel verschoben und dabei einen Nerv eingeklemmt, also dein Spezialgebiet. Könntest du mal nach ihm sehen? Er hat außerdem speziell nach dir gefragt. Ich habe ihn schon mal in dein Behandlungszimmer geschickt. Ich hoffe, das geht in Ordnung?«

Steffi atmete tief durch und nickte ergeben. »Kein Problem, ich werde gleich mal nach ihm sehen.«

Sie wusste, dass Patienten mit derartigen Problemen heftige Schmerzen ertragen mussten. Sie nahm noch einen Schluck aus der Tasse, dann goss sie den Rest Kaffee in die Spüle, stellte die Tasse in die Spülmaschine und ging hinaus.

In ihrem Behandlungsraum saß ein hochgewachsener Mann mittleren Alters auf der Massageliege. Er musterte sie eindringlich. Seine Haltung war leicht nach vorne gekrümmt, sein Gesicht vor Schmerz verzogen. Als er sich bewegte, gab er ein leises Stöhnen von sich.

»Grüß Gott, Herr Metzger, mein Name ist Steffi«, begrüßte sie den Patienten und gab ihm vorsichtig die Hand. Sein Händedruck war bemerkenswert fest. Beiläufig stellte sie fest: längere dunkle, fast schwarze Haare und ein Oberlippenbart. Seine hellgrauen Augen kontrastierten auffällig hierzu.

»Sie haben Probleme mit dem Rücken? Wo genau tut es denn weh?«

»Ich habe zu Hause einen schweren Sessel in den Keller getragen. Dabei muss ich mich irgendwie verdreht haben. Jedenfalls fuhr mir ein heftiger Schmerz durch den Rücken, und dann konnte ich mich nicht mehr normal aufrichten.« Er stieß gepresst die Luft aus.

»Ich werde mir das mal ansehen«, erklärte Steffi freundlich. »Ziehen Sie sich bitte bis auf die Unterhose aus, dann stellen Sie sich bitte neben die Liege.«

Da das Entkleiden offenbar sehr schmerzhaft war, half

Steffi ihm dabei. Dabei stellte sie fest, dass ihr Patient einen sehr durchtrainierten Körper mit ausgeprägter Rückenmuskulatur hatte. Am Rücken und an der Seite konnte sie ein paar deutliche Narben erkennen. Es war etwas ungewöhnlich, dass sich bei einem derart sportlichen Mann ein Wirbel verschob. Aber ausgeschlossen war es natürlich nicht. Daher dachte sie nicht weiter darüber nach. Nachdem sie nach den Angaben des Patienten durch Abtasten der Lendenwirbelsäule den Schmerzpunkt gefunden hatte, wies sie den Mann an, sich auf der Massageliege auszustrecken. Dann begann sie systematisch, den betroffenen Bereich chiropraktisch zu behandeln. Am Ende der Behandlung bat sie den Patienten, sich langsam zu erheben. Dieser stand vorsichtig auf und stellte sich aufrecht hin.

»Na, Herr Metzger, wie geht's jetzt?«, wollte Steffi wissen und beobachtete dabei die Miene des Mannes, der sich mit geschmeidigen Bewegungen erhob.

»Sie haben wirklich goldene Hände«, erklärte er und lächelte sie kurz an, dabei fixierte er sie auf eine sehr direkte Weise. Irgendwie erreichte das Lachen nicht seine Augen, schoss es Steffi kurz durch den Kopf.

»Wie es aussieht, bin ich wieder fit«, stellte er fest. Er griff nach seinen Kleidern und begann, sich flott wieder anzuziehen. Von einer Einschränkung seiner Bewegungsfreiheit war nichts mehr zu bemerken.

»Freut mich, dass ich Ihnen helfen konnte«, erklärte Steffi und verabschiedete sich. Als sie den Raum verließ, hatte sie das unangenehme Gefühl, dass sich seine Augen in ihren Rücken bohrten. Sie ignorierte es, da es für sie nicht ganz ungewöhnlich war, wenn sich die Männer nach ihr umdrehten. Steffi ging in den Personalraum und wusch sich gründlich die Hände. Draußen traf sie auf Werner.

»Na, konntest du dem Mann helfen?«

Steffi nickte. »Es war schon bemerkenswert. Fast kann man von einer Spontanheilung sprechen. Normalerweise benötigt man für seine geschilderten Beschwerden mindestens zwei bis drei Behandlungen. Er war körperlich extrem fit. Eigentlich kein Anwärter auf Rückenbeschwerden.«

»Vielleicht war er nur wegen dir hier?«, frotzelte Werner und zwinkerte ihr zu. »Er hatte kein Rezept dabei und zahlte die Behandlung privat. Da stelle ich keine Fragen.«

Steffi lachte, dann ging sie ins Wartezimmer und rief ihren nächsten Patienten auf. Als sich der Mann, ein älterer Landwirt aus Partenstein, nach einer knappen halben Stunde etwas schwerfällig von der Liege erhob, bemerkte Steffi zufällig in der Ecke des Behandlungsraums eine weiße Plastiktüte, die halb hinter dem bodenlangen Vorhang verborgen und ihr daher bisher nicht aufgefallen war.

»Herr Tännig, wir sehen uns dann wieder in der nächsten Woche«, erklärte Steffi, »und vergessen Sie Ihre Plastiktasche nicht.« Sie deutete auf Tüte.

Der Mann, der sich gerade sein Hemd zuknöpfte, warf der Tasche einen verwunderten Blick zu, dann meinte er: »Die gehört mir aber nicht. Die stand schon da, als ich hereingekommen bin.«

»Aha«, gab Steffi von sich, »dann hat sie sicher der Patient vor Ihnen vergessen.« Irgendwie beschlich sie ein ungutes Gefühl. Sie hatte bei dem ominösen Herrn Metzger keine Tragetasche bemerkt. Steffi bückte sich und hob die Tasche auf. Sie war relativ leicht, enthielt aber einen Gegenstand, dessen Konturen sich nur undeutlich durch das blickdichte Plastikmaterial abzeichneten. Die junge Frau öffnete die Tüte und warf einen kurzen Blick hinein. Der alte Landwirt zuckte vor Schreck zusammen, als sie plötzlich einen spitzen Schrei ausstieß und die Tasche fallen ließ, als hätte sie sich daran die Finger verbrannt. Geschockt taumelte sie gegen die Massageliege.

»Um Gottes willen, Mädle, was ist denn?«, fragte der Patient und griff ihr unter den Arm, um sie zu stützen.

Steffis Schrei war bis nach draußen gedrungen. Werner stürmte ohne Klopfen herein und warf einen prüfenden Blick auf die Szene. Es kam zwar äußerst selten vor, aber es hatte schon Fälle gegeben, dass sich männliche Patienten gegenüber weiblichen Physiotherapeutinnen etwas daneben benommen haben. Als er das verdatterte Gesicht des alten Mannes und die bleiche Miene Steffis sah, war ihm schnell klar, dass dies hier offensichtlich nicht das Problem war. Herr Tännig zog sich fertig an und verabschiedete sich eilig.

»Was ist los?«, wollte Werner wissen, nachdem er hinter dem Patienten die Tür des Behandlungsraumes wieder geschlossen hatte.

Steffi deutete auf die am Boden liegende Tüte. »Da ist was drinnen«, stotterte sie.

Werner musterte sie kurz, dann ging er hin und hob die Plastiktasche auf. Steffi war eine resolute junge Frau, die nicht so leicht zu beeindrucken war. Ihr Verhalten musste schon einen Grund haben. Er öffnete die Tüte und sah hinein.

»Was soll denn das?«, fragte er verwundert und sah seine Mitarbeiterin verständnislos an. »Wenn mich nicht alles täuscht, ist das ein toter Vogel. Da ist auch Blut.«

Steffi hatte sich mittlerweile wieder etwas gefangen. Ihr war sofort klar, dass sie ihrem Chef nichts von den Ereignissen der letzten Tage erzählen durfte. Er war ausgesprochen kommunikativ. Hastig suchte sie nach einer halbwegs plausiblen Ausrede.

»Ich weiß auch nicht, was das bedeuten soll. Vermutlich hat der Patient von vorhin die Tüte dort abgestellt und vergessen. Davor war sie jedenfalls noch nicht da, das weiß ich sicher.«

Werner schüttelte den Kopf. »Was kann ein Mensch mit einem toten Vogel anfangen? Höchst mysteriös. Wenn das ein Scherz sein soll, dann ist er höchst makaber. Vielleicht sollten wir die Polizei verständigen, sollen die sich doch darum kümmern.«

Steffi hatte sich wieder gefasst. Simon würde es sicher nicht recht sein, wenn sich die Landespolizei um die Angelegenheit kümmerte. Die hatten ja keine Ahnung von den Zusammenhängen. Zunächst interessierten sie ein paar Fakten.

»Hat dieser Herr Metzger eine Telefonnummer hinterlassen? Ruf ihn doch einfach an, er soll das Tier gefälligst abholen.« Insgeheim war sie sich sicher, dass es keine Telefonnummer gab.

Werner sah sofort im Computer nach. Zu Steffis Verwunderung hatte der mysteriöse Herr Metzger wider Erwarten eine Mobiltelefonnummer angegeben. Nachdem Werner sie gewählt hatte, erklärte allerdings eine freundliche Frauenstimme, dass unter dieser Nummer kein Anschluss möglich sei. Werner sah seine Mitarbeiterin Schulter zuckend an.

»Lass mich raten, kein Anschluss unter dieser Nummer?«

Als Werner nickte, fuhr sie fort: »Wahrscheinlich ist die angegebene Adresse auch falsch.«

Werner war ziemlich sauer. »Was soll denn dieser Unfug? Das ist doch total krank! Ich werde jetzt die Polizei verständigen!«

Steffi winkte ab. »Lass es gut sein! Genau genommen ist ja nichts passiert. Die Behandlung hat er ja bar bezahlt. Ich würde das an deiner Stelle ganz einfach abhaken.«

Steffi gab sich größte Mühe, ihre Betroffenheit über den Vorfall zu verbergen. Es war ihr klar, dass der Besuch des Mannes nur dem Zweck gedient hatte, ihr diesen toten Vogel zukommen zu lassen. Sie hoffte, dass es keine weitergehenden Gründe gab. Ihr Verstand kämpfte mit einem aufkommenden Gefühl der Bedrohung.

Werner überlegte einen Augenblick, dann stimmte er ihr zu. »Wahrscheinlich hast du recht.« Er musterte die Tüte. »Was sollen wir damit machen? Kann man einen so großen Vogel einfach in die Mülltonne werfen?«

»Am besten nehme ich die Krähe mit nach Hause. Wie du weißt, ist Simon Jäger, er kann sie im Wald entsorgen. Ich denke, die Füchse werden sich darüber freuen.«

Werner verzog zwar etwas das Gesicht, war dann aber damit einverstanden.

Den Rest des Tages verbrachte Steffi in großer Anspannung. Die weiteren Patienten behandelte sie fast wie in Trance. Sie hatte größte Mühe, sich zu konzentrieren. Mit einem Mal nahm die Bedrohung ein Gesicht an, war ihr körperlich nahegekommen. Ein Schauer lief ihr über den Rücken. Das Bild der toten Rabenkrähe auf der Veranda erschien vor ihrem geistigen Auge. Der Zusammenhang zwischen den beiden Ereignissen war unübersehbar. Aber welchen Sinn ergab das alles? Was steckte dahinter?

So bald es möglich war, beendete sie ihre Arbeit und verließ die Physiopraxis. Sie wollte zu Simon, ihm alles erzählen und mit ihm über ihre Angst sprechen. Nur mühsam konnte sie sich während der Heimfahrt auf den Straßenverkehr konzentrieren.

Als Direktor Kerner die Verhandlung schloss, war es bereits kurz vor 18.00 Uhr. Er eilte in sein Dienstzimmer und nahm sich nicht einmal die Zeit, die Robe auszuziehen. Wie er auf seinem Mobiltelefon feststellte, hatte Brunner in der Zwischenzeit noch zweimal angerufen. Außerdem waren da drei Anrufe von Steffi von zu Hause aus. Letztere alle innerhalb weniger Minuten hintereinander eingegangen. Beim letzten Anruf hatte sie eine Nachricht auf der Mailbox hinterlassen.

»Hallo, Simon, wann kommst du nach Hause? Es ist etwas sehr … Bedrohliches passiert. Ich habe Angst.« Dann hatte sie aufgelegt.

Kerner erschrak zutiefst. Hastig wählte er die Nummer seines Privatanschlusses. Steffi nahm sofort ab, anscheinend hatte sie direkt neben dem Telefon gewartet.

»Simon, kommst du bitte nach Hause. Ich habe wirklich Angst. Ein Mann hat heute in der Praxis eine tote Krähe mit blutigen Augen liegen lassen. Simon, was hat das alles zu bedeuten?« Er hörte ihren erregten Atem.

Kerner war sehr betroffen, versuchte aber, sich nichts anmerken zu lassen.

»Liebes, ich mache mich sofort auf den Weg. Bleib bitte im Haus, bis ich da bin. Fünfzehn Minuten, höchstens.«

Er unterbrach das Gespräch und wählte Brunners Nummer. Einen Augenblick später hatte er seinen Freund am Apparat.

Kerner kam er sofort auf den Punkt.

»Eberhard, kannst du bitte heute noch zu uns nach Partenstein kommen? Steffi wurde bedroht. Außerdem habe ich einen begründeten Verdacht, wie diese Morde und diese Geschichte mit den toten Vögeln zusammenhängen könnten.«

Brunner zögerte einen Moment, dann erwiderte er: »Hat das vielleicht Zeit bis morgen früh? Ich war heute fast den ganzen Tag nicht im Büro und habe gerade für die Sonderkommission noch einen Besprechungstermin angesetzt. Weißt du, wir stehen ziemlich unter Zeitdruck.«

»Es tut mir Leid, Eberhard, ich kann das gut nachvollziehen, aber mein Problem hat definitiv keine Zeit. Glaub mir das. Nur so viel, Steffi hat heute an ihrer Arbeitsstelle eine tote Krähe zugestellt bekommen. Ich habe Angst, dass es beim nächsten Mal nicht mehr bei der bloßen Übergabe einer Krähe bleibt.«

Brunner benötigte einen Augenblick, bis er diese Nachricht verarbeitet hatte, dann erklärte er: »Alles klar, Simon, ich werde die Besprechung verschieben. In etwa einer Stunde bin ich in Partenstein.«

Kerner erhob sich, zog seine Robe aus und warf sie über einen der Stühle rund um den Besprechungstisch. Dann schnappte er sich die Blätter mit seiner Zusammenstellung, schob sie in seinen Aktenkoffer und schlüpfte in sein Jackett. Durch das leere Vorzimmer und an der verlassenen Pforte vorbei stürmte Kerner auf den Parkplatz. Eine Minute später lenkte er seinen Defender vom Hof und schlug den Weg in Richtung Partenstein ein. Während der Fahrt sah Kerner mehrfach in seinen Rückspiegel. Er konnte sich des Gefühls nicht erwehren, ständig unter Beobachtung zu stehen. Nach einigen Kilometern tauchte im Spiegel ein Fahrzeug auf. Kerner verlangsamte sein Tempo. Ein möglicher Verfolger hätte sich nun sicher seiner Geschwindigkeit angepasst, um den Abstand beizubehalten. Das Auto holte jedoch schnell auf und überholte ihn zügig. Er konnte durch die getönten Scheiben des Fahrzeugs keine Insassen erkennen. Kerner atmete tief durch. Wurde er jetzt schon paranoid?

Als Kerner sein Haus von der Garage aus betrat, kam ihm Steffi schon im Flur entgegen. Wortlos fiel sie ihm in die

Arme und legte ihren Kopf an seine Schulter. Ihr Atem ging gepresste und er spürte ein leichtes Zittern. Sanft fuhr er ihr über den Rücken.

»Komm, wir setzen uns erst mal hin, und du erzählst mir alles der Reihe nach.«

Sie betraten das Wohnzimmer. Es brannte jede Lampe. Der Raum war von Licht durchflutet. Steffi hatte alle Jalousien runtergelassen. Alles Zeichen dafür, wie sehr sie sich ängstigte. Sie setzten sich auf die Couch. Zuerst etwas stockend, dann immer flüssiger erzählte ihm Steffi ihr Erlebnis in der Physiopraxis.

»Kannst du den Mann beschreiben?«, wollte Kerner wissen. Steffi bejahte.

»Ich schätze, er war einige Jahre jünger als du. In etwa deine Größe, längere, dunkle, fast schwarze Haare und ein Oberlippenbart. Hellgraue Augen, unangenehm durchdringender Blick. Körperlich war er sehr durchtrainiert. Auf dem Rücken und an der Seite hatte er zwei Operationsnarben.«

»Glaubst du, du könntest Angaben für ein Phantombild machen?«

Steffi nickte.

»Wo ist die Krähe?«, wollte Kerner wissen.

»Ich habe sie mitgebracht. Die Tüte liegt in der Garage. Werner habe ich gesagt, dass du sie im Wald entsorgen würdest. Ich konnte ihm ja schlecht unsere momentane Situation erklären.«

»Das hast du gut gemacht«, lobte Kerner, »dann kann ich sie gleich Eberhard übergeben. Er ist schon auf dem Weg zu uns. Unabhängig von der Sache mit dir und dem Vogel habe ich auch einige andere Sachen mit ihm zu besprechen.« Er sah sie aufmerksam an. »Wie ich dich kenne, hast du noch nichts gegessen?«

Steffi lächelte leicht. »Du kennst mich. Ich hatte wirklich keinen Appetit.«

Kerner erhob sich. »Ich habe heute, außer dem Frühstück, auch noch nichts zu mir genommen. Eberhard geht es sicher genauso, er hat zurzeit heftigen Stress. Ich werde in die Küche gehen und uns eine Kleinigkeit zubereiten.«

»Ich helfe dir«, erwiderte Steffi und folgte ihm. Kerner war klar, dass sie in ihrer angespannten Stimmung nicht allein bleiben wollte. Die Essenszubereitung würde sie etwas ablenken. Kerner war sich sehr sicher, dass Steffi Besuch von dem unbekannten Killer gehabt hatte. Dieses Verhalten war eine arrogante Demonstration von Überheblichkeit und zeugte von einer Kaltblütigkeit, die ihn erschreckte. Wieso hatte der Bursche kein Problem damit, Steffi sein Gesicht zu zeigen? Entweder hatte er sein Äußeres so verändert, dass man ihn im normalen Leben nicht wiedererkennen würde, oder es war ihm egal. Letzteres konnte nur bedeuten, er war der Meinung, Steffi konnte ihm mit ihrem Wissen nicht schaden. Dieser Gedanke beunruhigte Kerner sehr. War nun auch Steffi direkt bedroht? Er musste sich sehr zusammennehmen, dass sie ihm seine Sorge nicht anmerkte.

Er bereitete eine Schüssel Salat zu, die Steffi mit gebratenen Putenstreifen garnierte. Dazu sollte es Baguette geben. Steffi hatte gerade auf dem Esszimmertisch eingedeckt, als es an der Haustür klingelte.

»Ich mach' auf!«, rief Kerner durch die Tür.

Schnell öffnete sie die Jalousien zur Veranda ein Stück. Sie wollte Brunner ihre Angst nicht so offensichtlich zeigen. In Anwesenheit der beiden Männer fühlte sie sich sicherer.

Kerner ließ den Freund herein.

Während Brunner Steffi mit einem Wangenkuss begrüßte, meinte Kerner: »Schön, dass du so schnell kommen konntest. Da Steffi und ich heute noch nichts Vernünftiges zu uns genommen haben, haben wir eine Kleinigkeit zubereitet. Wir haben dich mit eingeplant. Ich denke, das ist dir recht.«

Brunner lächelte.»Kannst du Gedanken lesen? Ich hatte schon Angst, dass das Knurren meines Magens zu hören ist. Ich nehme die Einladung gerne an.«

Sie betraten das Esszimmer und nahmen Platz. Brunner warf Steffi einen verstohlenen Blick zu. Sie gab sich zwar sichtlich Mühe, sich nichts anmerken zu lassen, aber die Blässe in ihrem Gesicht war nicht zu übersehen.

Brunner wollte zwar während des Essens das Thema nicht ansprechen, aber Steffi kam von sich aus darauf. Nachdem sie Brunner alles ausführlich geschildert hatte, machte der Leiter der Sonderkommission ein sehr nachdenkliches Gesicht.

»Und du bist sicher, dass die Krähe von diesem Mann bei euch zurückgelassen wurde?«

»Absolut! Ein anderer Patient kommt dafür nicht in Frage. Wenn ich es mir recht überlege, hat der Mann seine Beschwerden nur vorgetäuscht. Er ist nur gekommen, um diesen toten Vogel bei uns abzulegen. Außerdem hat er eine falsche Telefonnummer angegeben. Mein Chef und ich sind sicher, dass weder der Name Metzger noch die Adresse stimmt. Ich habe die Angaben trotzdem dabei.« Sie griff in die Tasche ihrer Jeans und schob einen zusammengefalteten Zettel zu Brunner hinüber.

»Wenn wir mit dem Essen fertig sind, werde ich das gleich überprüfen lassen«, erwiderte er und wischte sich mit einer Serviette den Mund ab.

»Tu dir keinen Zwang an«, erklärte Kerner. »Telefoniere ruhig.«

Brunner nickte und holte sein Handy aus der Jackentasche. Er nahm den Zettel mit der Adresse in die Hand, wählte und wartete darauf, ein Mitglied seiner Sonderkommission zu erreichen. Kriminalhauptkommissar Kauswitz nahm wenig später ab. Brunner gab ihm die entsprechenden Angaben und bat um eine sofortige Überprüfung der Daten. Kauswitz versprach, das Ergebnis seiner Ermittlungen umgehend telefonisch mitzuteilen. Nachdem Brunner aufgelegt hatte, fragte er Steffi: »Könntest du morgen nach Würzburg kommen, damit wir nach deinen Angaben eine Phantomzeichnung anfertigen können? Es ist durchaus denkbar, dass du tatsächlich den Killer gesehen hast. Wir müssen jeden Anhaltspunkt nutzen.«

Steffi sagte das zu. Sie hatte genügend Überstunden auf ihrem Konto.

Als das Essen beendet war, räumten alle drei das benutzte Geschirr in die Küche, dann holte Kerner die Unterlagen aus seiner Aktentasche, und sie ließen sich wieder am Tisch nieder. Bei der Erläuterung seiner Überlegungen hatte er Steffis und Eberhard Brunners volle Aufmerksamkeit.

20

Die Mordserie hat mir keine Ruhe gelassen, weil ich mittlerweile ebenso so wie du, Eberhard, der festen Überzeugung bin, dass sie auf irgendeine Weise mit mir in Verbindung zu bringen ist. Die toten Rabenkrähen, die mir und Steffi zugestellt wurden, sind Botschaften, deren Schlüssel irgendwo in meiner Vergangenheit zu finden sein muss. Ihr könnt mir glauben, das alles beschäftigt mich sehr. Ich kann mir den Kopf zerbrechen, wie ich will, ich komme dabei auf keinen grünen Zweig! Daher habe ich mich gestern hingesetzt und damit angefangen, alle Fakten dieser Mordserie, soweit sie mir bekannt sind, zusammenzuschreiben. Dabei bin ich auf eine Gemeinsamkeit gestoßen, die mir eigentlich schon längst hätte auffallen müssen, hätte ich die Ursache für diese Krähengeschichte nicht bei irgendwelchen Mafiaaktivitäten gesucht. Ich habe daraufhin im Gericht meine Ordner durchgesehen, in denen ich alle Protokolle meiner Fälle aufgehoben habe, in denen ich in der Vergangenheit als Staatsanwalt tätig gewesen war.«

Kerner zog die Blätter näher zu sich heran und legte sie aufgefächert nebeneinander. Er legte eine kurze Denkpause ein, um sich zu sammeln, dann fuhr er fort: »Als Ausgangspunkt meiner Analyse habe ich den Mord an Dr. Kürschner herangezogen. Ich bin dabei davon ausgegangen, dass sich der Mörder ganz bewusst ihn als erstes Opfer ausgesucht hat. Dr. Kürschner war Vorsitzender des Schwurgerichts. Er hat zwar auch schon vor seiner Zeit als Vorsitzender des Schwurgerichts als Richter Strafsachen verhandelt, aber in diesen Fällen war ich nie als Staatsanwalt tätig. Nach meiner These kamen also nur Schwurgerichtsverhandlungen in Frage, in denen ich als Vertreter der Staatsanwaltschaft aufgetreten bin. Das waren, rückwärts gerechnet vom letzten Schwurgerichtsprozess, in dem Dr. Kürschner als Vorsitzender tätig war, über die Jahre verteilt insgesamt elf Verfahren. Diese Protokolle habe ich herausgesucht und überprüft. Dabei habe ich die anderen Opfer als weitere Auswahlkriterien herangezogen. So war in den letzten zehn Verfahren das zweite Opfer, Richter am Landgericht Manfred Großberger, als Beisitzer beteiligt.«

Simon Kerner machte eine kurze Pause, um seine Blätter anders zu ordnen. Brunner sagte nichts, aber er bekam langsam eine Ahnung, worauf sein Freund hinaus wollte.

Da fuhr Kerner auch schon fort: »Der Name des dritten Ermordeten, Rechtsanwalt Konrad Redelberger, taucht in fünf Prozessen in den Protokollen auf. Redelberger war in jedem dieser Fälle als Pflichtverteidiger des Angeklagten gerichtlich bestellt worden.

Dr. Bruckner, das letzte Opfer in dieser Mordserie, war in all diesen fünf Fällen, in denen Redelberger Pflichtverteidiger war, als Gutachter eingesetzt. In jedem dieser Fälle hat er zum Nachteil des Angeklagten ausgesagt, also eine eingeschränkte beziehungsweise vollständige Schuldunfähigkeit ausgeschlossen. In all diesen fünf Fällen hat das Schwurgericht eine lebenslängliche Freiheitsstrafe ausgesprochen.«

Simon Kerner schob die Blätter zusammen und sah seine beiden Zuhörer gespannt an. Er wartete auf eine Reaktion.

Brunner räusperte sich. »Simon, verdammt gute Arbeit. So viele Übereinstimmungen können kein Zufall sein. Du meinst also, die Motive für diese Morde sind bei einem dieser Gerichtsprozesse zu finden?«

»Meines Erachtens ergibt sich hieraus zumindest ein Ansatzpunkt für eure Ermittlungen. Natürlich müssen wir davon ausgehen, dass alle Verurteilten aus diesen Prozessen noch in Haft sitzen dürften und somit selbst als Täter ausgeschlossen sind.«

»Das werde ich morgen sofort überprüfen lassen. Die Staatsanwaltschaft Würzburg als Vollstreckungsbehörde kann mir sicher sagen, ob die Verurteilten noch einsitzen. Ein Anruf, und wir haben darüber Klarheit.«

»Gut. Aber das beantwortet noch lange nicht die Frage, warum der oder die Mörder auf so spezielle Weise vorgehen. Wenn ich in erster Linie das Ziel wäre, hätten sie es doch schon lang versuchen können. Stattdessen schicken sie mir tote Krähen und töten dann andere Menschen. Ich habe keine Ahnung, wie diese Botschaften zu entschlüsseln sind.«

»Da führt jemand gegen dich einen richtigen Psychokrieg, will dich fertigmachen. Das kommt mir, so makaber das klingen mag, wie ein perverses Katz-und-Maus-Spiel vor.«

Steffi zog heftig die Luft durch die Zähne. »Nur dass dabei am Ende mit hoher Wahrscheinlichkeit die Maus tot ist!« Sie sah Kerner mit großen Augen an und legte ihre Hand auf seinen Handrücken.

Die beiden Männer schwiegen. Was sollten sie auch sagen? Steffi hatte lediglich das ausgesprochen, was beide dachten.

Brunner unterbrach schließlich die Stille. »Ich werde auf jeden Fall morgen früh als ersten Schritt überprüfen lassen, ob die Verurteilten der von dir herausgefilterten Strafverfahren noch einsitzen. Dann sehen wir weiter.« Er verabschiedete sich von Steffi und Simon und verließ das Haus. Kerner brachte ihn noch bis zum Auto. Bevor der Kriminalbeamte einstieg, legte er seinem Freund die Hand auf die Schulter:

»Simon, bis wir nähere Einzelheiten wissen, solltest du dich wirklich in Acht nehmen. Der Killer, mit dem wir es zu tun haben, ist im höchsten Maß gefährlich und unberechenbar, mit Sicherheit ein mit allen Wassern gewaschener Profi. Ich bin nach wie vor der Meinung, dass du Steffi im wahrsten Sinne des Wortes aus der Schusslinie bringen solltest. Noch besser wäre, wenn ihr beide einen längeren Urlaub antreten würdet. Fliegt irgendwohin in den Süden, bis wir hier die Fälle aufgeklärt haben.«

Kerner zog die Augenbrauen in die Höhe. »Mit Steffi hast du sicher recht. Ich werde noch einmal eindringlich mit ihr sprechen. Was mich betrifft: Wenn es der Täter tatsächlich auf mich abgesehen hat, bringt es gar nichts, wenn ich für zwei, drei Wochen von der Bildfläche verschwinde. Er wird seine Aktivitäten einstellen, bis ich wieder zurück bin. Dann sind wir genauso weit wie jetzt. Ich denke, das muss ich durchstehen. Vielleicht macht er irgendwann einen Fehler, damit ihr zuschlagen könnt.«

»Dann solltest du Polizeischutz in Anspruch nehmen.«

Kerner schüttelte den Kopf. »Gegen einen Heckenschützen nützt mir Polizeischutz gar nichts. Das weißt du genauso gut wie ich. Ich werde versuchen, mich nicht mehr als erforderlich zu exponieren. Ich mache mir nur Sorgen um Steffi! Wie es aussieht, hat sie ihn in der Physiopraxis gesehen. Du weißt, was das bedeuten kann.«

Brunner zögerte einen Moment, dann erklärte er: »Wenn er es auf sie abgesehen hätte, wäre das in der Physiopraxis leicht möglich gewesen. Trotzdem, rein vorsorglich, Planänderung: Steffi soll morgen nicht nach Würzburg kommen. Ich werde den Polizeizeichner hierher schicken. Wenn das erledigt ist, schaffst du sie weg. Du musst sie einfach überzeugen! Das muss sie doch einsehen!«

»Du hast leicht reden …«

Brunner zuckte mit den Schultern. »Trotzdem!«

Kerner bedankte sich, dann gaben sie sich die Hände, und Brunner fuhr los. Er hatte dabei ein sehr ungutes Gefühl.

Simon Kerner blieb noch einen Augenblick stehen und musterte den nahen Waldrand, der in der Nacht wie eine finstere, bedrohliche Wand aussah. Selbst für einen mittelmäßigen Scharfschützen war es ein Klacks, ihn hier zu töten. Er spürte, wie sich seine Nackenhaare aufstellten und ihm ein leichter Schauer über den Rücken lief. Ein Gefühl von Gefahr, das er letztmals in dieser Form bei einem Einsatz mit der Sondereinheit der Bundeswehr empfunden hatte. Obwohl diese Zeit schon viele Jahre hinter ihm lag, war diese Empfindung plötzlich wieder sehr gegenwärtig.

Kerner ging ins Haus zurück und schloss die Tür hinter sich ab. Ihm stand jetzt ein schweres Gespräch bevor.

Steffi saß noch immer am Tisch und sah ihm mit großen Augen entgegen. Sie sah seine ernste Miene und spürte seine Anspannung. Kerner setzte sich auf die Couch. Mit der Hand klopfte er auffordernd neben sich auf das Polster.

»Schatz, setzt du dich bitte zu mir? Wir müssen reden.«

Steffi stand auf und ließ sich neben ihm nieder. Langsam legte er seinen Arm um ihre Schulter. Statt sich wie sonst an ihn zu schmiegen, blieb sie aufrecht sitzen und sah ihn forschend an. Sie ahnte, was jetzt kommen würde. Ehe er etwas sagen konnte, stellte sie daher sehr bestimmt fest: »Simon, wenn du mir jetzt sagen willst, dass ich von hier weggehen soll, dann kannst du das gleich vergessen. Ich werde dich auf keinen Fall im Stich lassen! Wir gehen gemeinsam oder gar nicht!« Seiner Reaktion entnahm sie, dass sie den Punkt getroffen hatte.

Simon Kerner seufzte. Steffi war normalerweise ein sehr harmoniebedürftiger Mensch, aber in manchen Situationen war es sehr schwierig, sie von einem einmal gefassten Entschluss wieder abzubringen.

»Schatz, ich will ehrlich zu dir zu sein. Es hat den Anschein, als ob es jemand in irgendeiner Form auf mich abgesehen hat. Er oder sie begehen einen Mord nach dem anderen, lassen mir aber im Vorfeld jedes Mal eine tote Krähe zukommen. Meine Verbindung zu den Opfern kommt, wie es aussieht und wie ich vorhin zu beweisen versucht habe, aus meiner früheren beruflichen Tätigkeit als Staatsanwalt. Es ist wahrscheinlich, dass sich jemand an mir rächen will. Keine Ahnung warum. Eberhard und ich sind uns darin einig, dass es keinen Sinn ergibt, wenn ich mit dir ein paar Wochen verreise. Irgendwann muss ich zurückkommen, dann geht der ganze Mist weiter. Wir müssen die Sache aufklären und jetzt bereinigen.«

»Dann bleibe ich auch«, erwiderte Steffi bestimmt.

»Bitte, lass doch mit dir reden«, fuhr Kerner eindringlich fort, »du hast doch damals selbst erlebt, wie dich die Mafia instrumentalisiert hat, um mich zu treffen.« Kerner hasste sich dafür, dass er in ihrer alten Wunde rührte. »Die tote Krähe, die man dir zugestellt hat, spricht doch eine eindeutige Sprache. Man bezieht dich mit ein, um mir zu drohen. Das bedeutet, solange du in Reichweite der oder des Täters bist, bin ich erpressbar. Du bist meine Achillesferse. Wenn ich nur auf mich selbst aufpassen müsste, wäre vieles einfacher.« Er verstummte, um seine Worte auf sie einwirken zu lassen. Kerner konnte an ihrer Miene sehen, dass es in ihr arbeitete.

»Du willst dich wieder in Gefahr begeben«, stellte sie leise fest.

»Sicher nicht vorsätzlich oder leichtsinnig, das verspreche ich dir. Aber was ich dazu beitragen kann, den Killer zu fassen, werde ich tun. Eberhard wird zu meinem Schutz ein paar Beamte abstellen, bis der Täter gefasst ist.« Er hoffte, dass sie die kleine Notlüge nicht erkannte. Aber anders war sie nicht zu überzeugen.

»Also gut«, sagte sie schließlich leise. Sie gab ihre angespannte Körperhaltung auf und schmiegte sich in seinen Arm. »Zwei Wochen. Keinen Tag länger. Und du rufst mich jeden Tag an!«

»Danke«, erwiderte er und gab ihr einen sanften Kuss. »Sprich bitte gleich morgen früh mit deinem Chef. Eberhard schickt den Polizeizeichner hierher, damit du nicht nach Würzburg musst. Anschließend gehen wir ins Reisebüro.«

»Morgen schon?«

»Ja, bitte. Du hast doch gehört, wie skrupellos dieser Killer vorgeht. Ich möchte dich möglichst schnell in Sicherheit wissen. Sonst habe ich keine ruhige Minute mehr.«

Steffi stimmte schweren Herzens zu. Die beiden tranken noch ein Glas Wein, anschließend legten sie sich schlafen.

Es dauerte geraume Zeit, ehe Simon Kerner in einen unruhigen Schlummer fiel. Er wurde das Gefühl nicht los, bei seinen Recherchen etwas übersehen zu haben.

Am nächsten Morgen überraschte Steffi ihren Chef mit ihrem kurzfristigen Urlaubswunsch. Sie erklärte ihm, es ginge um eine überraschend eingetretene dringende familiäre Angelegenheit. Da sich eine gute Bekannte, die üblicherweise für sie die Urlaubsvertretungen machte, bereit erklärte, kurzfristig für sie einzuspringen, entsprach er ihrem Anliegen.

Für die Anfertigung der Phantomzeichnung benötigten

der Polizeibeamte und Steffi eine gute Stunde. Dabei kam eine moderne Software zum Einsatz, so dass die Zeichnung komfortabel am Laptop des Beamten erstellt werden konnte.

Im Reisebüro buchte Steffi wenig später noch für denselben Nachmittag einen Flug nach Südfrankreich. Sie hatte mit einer früheren Kollegin telefoniert, die mit ihr die Ausbildung zur Physiotherapeutin gemacht hatte und in der Nähe von Nimes lebte, und diese hatte sie gerne für zwei Wochen zu sich eingeladen. Noch am Nachmittag packte sie die nötigsten Dinge ein, dann führte sie ein längeres Telefonat mit ihrem Vater, dem sie schweren Herzens eine erfundene Geschichte auftischte. Anschließend fuhr Kerner seine Freundin nach Frankfurt zum Flughafen. Unauffällig behielt er während der Fahrt den Verkehr hinter sich im Auge. Es fiel ihm kein Fahrzeug auf, das sich ihnen an die Fersen geheftet hätte.

Kerner parkte in der Tiefgarage des Flughafens. Die Abflughalle war äußerst belebt. Sie fanden schnell den richtigen Counter und stellten sich in die Schlange. Steffis Miene konnte man ansehen, dass ihr der Abschied extrem schwerfiel.

»Soll ich nicht doch lieber hier bleiben? Ich komme mir vor, als würde ich flüchten und dich im Stich lassen. Ich kenne dich, wenn ich nicht hier bin, gehst du gefährliche Risiken ein. Versprich mir, dass du das nicht tust.« Sie sprach sehr gedämpft, damit die anderen Passagiere ihr Gespräch nicht mitbekamen.

»Mach dir keine Sorgen. Ich bin ja schließlich nicht lebensmüde. Wenn du im Flieger sitzt, muss ich mich nur noch um mich selbst kümmern. Ich bin schon groß und kann auf mich aufpassen«, scherzte er. »Außerdem ist Eberhard auch noch da.« Kerner versuchte, ihr die Angst zu nehmen. Sie ging aber nicht darauf ein. Er musste ihr versprechen, sie jeden Tag anzurufen oder ihr zumindest eine SMS zu schicken. Sie küssten sich noch einmal innig, dann passierte sie den Schalter. Kerner konnte noch beobachten, wie sie von einer weiblichen Sicherheitskraft mit einem Handscanner untersucht wurde, dann war sie mit einem letzten Handkuss hinter einer automatischen Tür verschwunden. Kerner atmete auf. Er verließ die Abfertigungshalle und eilte zum Aufzug, der ihn in die Tiefgarage brachte. Während die Stockwerke vor der Tür vorbeihuschten, wunderte er sich, dass sich Brunner noch nicht bei ihm gemeldet hatte. Der Freund wollte ihn doch anrufen. Er warf einen Blick auf das Display seines Mobiltelefons. Hier hatte er keinen Empfang. Kerner musste warten, bis er wieder aus der Unterwelt des Flughafens aufgetaucht war.

Als er sich seinem Defender näherte, durchzuckte es ihn wie ein Stromschlag: Am Scheibenwischer hing eine Plastiktüte! Simon Kerner blieb abrupt stehen und sprang in die Deckung zweier Fahrzeuge, die schräg gegenüber seinem Wagen abgestellt waren. Dabei glitt seine Hand unter die Jacke und umschloss den Griff seines Revolvers, den er seit heute Morgen wieder im Holster am Gürtel trug. Wagen für Wagen suchten seine Augen die nähere Umgebung seines Stellplatzes ab. Es war kein Mensch zu sehen. Langsam entspannte er sich wieder etwas. Die Wahrscheinlichkeit, den Absender der Plastiktüte noch anzutreffen, war höchst unwahrscheinlich. Für Simon Kerner bestand kein Zweifel über den Inhalt der Tragetasche. Er verließ seine Deckung und eilte zu seinem Fahrzeug. Mit einem Griff löste er die Tüte vom Scheibenwischer. Der Blick hinein bestätigte seine Vermutung. Die Rabenkrähe war noch frisch und trug die bekannten Verletzungen an den Augen. Kerner legte die Tüte auf den Rücksitz des Defenders und schob sich hinter das Steuer. Er war sehr erregt. Ihm war klar, er war während der Fahrt zum Flughafen verfolgt worden! Wie sonst war es möglich, ihm hier diese Botschaft zuzustellen? Wieder eine Demonstration der Überlegenheit des Killers. Er wollte ihm zeigen, dass er ihn jederzeit und überall erreichen konnte. Kerners Puls jagte! ... und er wusste von Steffis Flug nach Frankreich. Die Hauptbotschaft bestand aber darin, ihm mitzuteilen, dass ein weiterer Mensch sterben musste und er, verdammt noch einmal, nichts dagegen tun konnte!

Mit quietschenden Reifen suchte er den Weg ins Freie. Er musste sofort Eberhard Brunner anrufen.

21

Am späten Vormittag des nächsten Tages

Oliver Scheiner ließ seinen Blick über die Kunden-schlangen gleiten, die sich vor den vier Kassen der größten Würzburger Buchhandlung in Reihen bis in den Verkaufsraum hinein zurückstauten. Es war Samstag, einer der Tage mit den höchsten Umsätzen. Oliver Scheiner war seit neun Jahren Leiter dieser Filiale einer überregional agierenden Buchhandelskette und somit der Herr über Tausende von Büchern und fünfzehn Mitarbeiterinnen und Mitarbeiter. Im Augenblick stand er im ersten Stock der Buchhandlung, in der in einem Seitenbau eine italienische Cafébar untergebracht war, und beobachtete das Geschehen zwischen den Büchertürmen im Parterre. Zur Philosophie des Unternehmens gehörte es, den Kunden einen möglichst großzügigen Service zu bieten. Überall, auf Sitzgruppen, im Café und auf Treppen saßen Menschen und lasen in Büchern. Scheiner wusste, dass das Unternehmen alle Jahre mit einem gewissen Schwund rechnen musste. Der eine oder andere Kunde »vergaß« hin und wieder, ein Buch wieder zu-rückzulegen oder den Kaufpreis zu entrichten. Deshalb gab es auch einen diskreten Hausdetektiv, der dafür Sorge trug, die Verluste in erträglichen Grenzen zu halten.

Scheiner nippte an seinem doppelten Cappuccino to go. Dort unten lief alles wie am Schnürchen, seine Gegenwart war im Augenblick entbehrlich. Er nahm den Becher mit zum Aufzug. Mit Hilfe eines Schlüssels gab er für sich die Fahrt zum obersten Stockwerk des Hauses frei, wo die Verwaltungsräume der Buchhandlung untergebracht waren.

Diese Sperre war im Lift eingebaut worden, da der Aufzug auch von Behinderten und anderen Kunden benutzt wurde, die natürlich nicht bis in die Verwaltungsebene vordringen sollten. Sein Büro war ein kleiner Raum. Dessen Wände waren teilweise mit Regalen voll gestellt, deren Fächer schwer an zahlreichen Ordnern trugen. Obwohl natürlich die gesamte Buchhaltung und die Bestellungen per EDV erledigt wurden, liebte es Scheiner, bestimmte Vorgänge in Papierform abzuheften. Es wäre nicht das erste Mal gewesen, dass man nach einem Zusammenbruch des Firmennetzes auf seine Unterlagen zurückgreifen musste. Er ließ die Tür zu seinem Büro offen stehen, stellte den Becher neben das Keyboard seines Rechners und ließ sich dann in seinen Bürosessel fallen. Beiläufig warf er einen Blick auf seine Armbanduhr. Kurz vor 11 Uhr. In ein paar Minuten würde sich ein Buchhändler, ein gewisser Jens Götzner, bei ihm vorstellen. Im Haus war eine entsprechende Stelle durch die Schwangerschaft einer Kollegin frei geworden. Scheiner hatte die Stelle gar nicht ausgeschrieben. Die Vakanz war nur durch Mundpropaganda der Mitarbeiter bekannt geworden, und schon lag diese Bewerbung auf seinem Tisch. Obwohl es sich nur um eine zeitlich befristete Schwangerschaftsvertretung handelte, hatte der Mann echtes Interesse an der Stelle bekundet. Die Referenzen des Bewerbers waren durchaus vielversprechend. Scheiner war gespannt. Die Mitarbeiter unten im Ladengeschäft wussten Bescheid und würden dem Bewerber den Aufzug frei schalten, damit er zu ihm gelangen konnte.

Eine Minute vor 11 hörte der Filialleiter das singende Geräusch des Lifts. Er wartete einen Augenblick, weil er sicher sein wollte, dass der Aufzug auch in sein Stockwerk fuhr. Dann erhob sich Scheiner und trat auf den Flur hinaus.

Einen Augenblick später öffneten sich die Flügel der Lifttür und ein großgewachsener Mann trat heraus. Scheiner wunderte sich etwas, denn der Ankömmling schien deutlich älter zu sein, als es nach den ihm zugefaxten Bewerbungsunterlagen den Anschein hatte.

»Herr Götzner, nehme ich an«, sagte Scheiner und reichte dem Ankömmling die Hand. Der Mann nickte nur wortlos. Offenbar ein wenig schüchtern, bemerkte Scheiner bei sich. »Kommen Sie doch herein«, bat er. Der Filialleiter registrierte verwundert, dass Götzner Handschuhe trug und diese beim Gruß nicht auszog. Ein Minuspunkt. Höflichkeit war eine Grundvoraussetzung für den angestrebten Job. Scheiner machte eine halbe Drehung in Richtung seines Büros und ging die wenigen Schritte voran. Götzner folgte ihm dicht auf. Nachdem beide die Schwelle überschritten hatten, schloss Scheiner die Tür hinter sich.

»Nehmen Sie doch bitte Platz«, forderte der Filialleiter den Besucher auf und wies auf einen Stuhl vor seinem Schreibtisch. Nachdem sich beide niedergelassen hatten, eröffnete Scheiner das Gespräch. Er hatte die Angewohnheit, bei solchen Gelegenheiten zuerst einige Allgemeinplätze von sich zu geben, gewissermaßen als Eisbrecher, wie er zu sagen pflegte, um den Bewerbern etwas die Anspannung zu nehmen.

»Sie kommen aus dem Landkreis Main-Spessart, wie ich Ihren Unterlagen entnehmen konnte. Sind Sie mit dem Auto hier oder haben Sie den Zug genommen?«

Götzner sagte nichts, sondern sah ihn nur an. Scheiner hatte das Gefühl, als wolle ihn dieser Mann mit seinem stechenden Blick durchbohren. Irgendwie unangenehm. Der Filialleiter machte sich eine gedankliche Notiz. Wenn dieser Mann die Kunden des Hauses genauso musterte wie gerade ihn, würden diese sicher ebenso unangenehm berührt sein wie er jetzt.

Plötzlich schlug der Mann wortlos seine Lederjacke zur Seite und zog mit einer flüssigen Bewegung einen Gegenstand darunter hervor. Scheiner bekam einen gewaltigen Schrecken, als er eine Pistole erkannte.

»Mein Gott, was soll das ...?«, frage er völlig verdattert.

»Bleiben Sie ruhig«, forderte sein Besucher mit leiser, sonorer Stimme. Sie vermittelte eine Gelassenheit, die so gar nicht zu dieser bedrohlichen Situation passte.

»Wir haben hier kein Bargeld«, stotterte Scheiner. Sein erster Gedanke war der an einen Überfall.

»Es geht nicht um Geld«, erwiderte der Mann, wobei seine Waffe unverrückbar auf die Brust seines Gegenübers gerichtet blieb. Scheiner hatte in seinem Buchhändlerleben schon hunderte Kriminalromane gelesen und war so etwas wie ein Experte. Er erkannte daher mit Schrecken, dass diese Verdickung am Ende des Laufs der Waffe ein Schalldämpfer sein musste.

»Ja, um Gottes willen, was wollen Sie dann?« Scheiner hatte Mühe, das Zittern in seiner Stimme einigermaßen unter Kontrolle zu halten. Dabei überlegte er fieberhaft, wie er seine Mitarbeiter verständigen konnte. Im Augenblick befand er sich völlig allein auf diesem Stockwerk.

Der Mann griff mit der Linken in die Brusttasche seiner Lederjacke und holte ein Bild hervor. Mit einer lockeren Bewegung warf er es vor Scheiner auf den Schreibtisch.

»Sehen Sie sich die Fotografie gut an. Von diesem Menschen soll ich Ihnen schöne Grüße ausrichten.«

Der Filialleiter betrachtete benommen das Bild. Durch seine Angst hatte er große Mühe, sich zu konzentrieren. In seinem Kopf ratterten die Gedanken. Wer war das? Für gewöhnlich hatte er ein gutes Personengedächtnis. Im Umgang mit Kunden eine wichtige Eigenschaft.

Der Mann mit der Waffe ließ Scheiner nicht aus den Augen. Er würde sofort sehen, wenn seinem Gegenüber die Erkenntnis kam.

Plötzlich zuckten Scheiners Augenbrauen leicht in die Höhe. Er erinnerte sich. Das Gefühl, das mit der Erinnerung in ihm aufstieg, war höchst zwiespältig und unangenehm. Als er den Mund öffnete, um etwas zu sagen, hob der Bewaffnete die Hand.

»Wie ich sehe, wissen Sie jetzt, wer Sie grüßen lässt.« Er beugte sich nach vorne und nahm das Foto wieder an sich. »Dann ist es jetzt Zeit, Ihre Schuld zu begleichen.« Nach wie vor wirkte er völlig gelassen, so als würde er sich mit Scheiner lediglich über das Wetter unterhalten.

Ehe Scheiner den Sinn der Worte in ihrer Konsequenz erfassen konnte, spürte er einen harten Schlag gegen den Kopf. Bevor der Schmerz die Nerven des Gehirns erreichte, war der Filialleiter bereits tot.

Ohne dass sich an seiner gelassenen Haltung etwas änderte, traf sein zweiter Schuss genauso sicher wie der erste. Die Ordnerrücken hinter Scheiner färbten sich rot. Schnell trat der Mann hinter die Leiche und griff sich die Ordner, die betroffen waren. Zielstrebig suchte er die beiden Projektile, die den Schädel seines Opfers durchschlagen hatten und in den Papierschichten zwischen den Ordnerdeckeln steckten. Als er sie gefunden hatte, verwahrte er sie in einer kleinen Plastiktüte und steckte sie ein. Nachdem er sich vergewissert hatte, dass er keine Spuren hinterlassen hatte, die auf seine Person hindeuten könnten, verließ er das Büro.

Auf dem Flur blieb er kurz stehen und lauschte. Dieses Stockwerk schien im Augenblick wirklich menschenleer zu sein. Der Mann, der sich Götzner genannt hatte, holte den Aufzug. Er hatte für seinen Einsatz genau recherchiert. Für die Fahrt abwärts war kein Schlüssel erforderlich. Auf der Etage des Cafés trat er aus dem Lift. Wenig später verließ Pfisterer die Filiale durch den hinteren Ausgang und wandte sich in Richtung Dom. Durch die Arkaden erreichte er den Domvorplatz. Von hier aus schlenderte er gemütlich die Domstraße entlang. Dort setzte er sich in den Außenbereich eines italienischen Eiscafés und gönnte sich einen doppelten Espresso. Eine halbe Stunde später betrat er die Marktgarage.

Es verging eine gute Stunde, bis zwei Mitarbeiterinnen von der Ebene des Ladengeschäfts mit dem Aufzug nach oben fuhren, um hier, fern vom Trubel des Verkaufsraumes, eine kurze Mittagspause zu verbringen. Als sie wenig später ihren Chef mit blutenden Augenhöhlen tot in seinem Bürostuhl auffanden, gellten ihre Entsetzensschreie durch den Flur und drangen über den Aufzugschacht bis in den Verkaufsraum. Zwei Mitarbeiter fuhren sofort nach oben, um nach dem Rechten zu sehen. Als sie ihren ersten Schock überwunden hatten, griff einer nach dem Telefon und verständigte die Einsatzzentrale der Polizei.

22

Der Anruf eines sehr angespannt wirkenden Eberhard Brunner erreichte Kerner am späten Abend dieses verhängnisvollen Tages. Er war tief geschockt, als er vom erneuten Anschlag des Killers erfuhr. Ein gewisser Oliver Scheiner, Filialleiter einer großen Buchhandlung in Würzburg, war das bedauernswerte Opfer. Die Krähe am Flughafen war also auch hier, wie er befürchtet hatte, die Ankündigung dieses Mordes gewesen.

»Simon, du machst dir keine Vorstellung, was in der Sonderkommission los ist. Unsere Pressestelle wird mit Anfragen der bundesweiten Presse und Fernsehmedien regelrecht bombardiert. Die Polizeipräsidentin sitzt uns im Nacken, und wir sind dem Täter noch keinen Schritt näher. Die Handschrift des Killers ist wieder eindeutig. Die Inszenierung der Hinrichtung, ist identisch mit den bisherigen«, fuhr der Kriminalbeamte fort und umriss Kerner kurz die Umstände des Mordes in der Buchhandlung.

»Mein Gott, soll das denn immer so weitergehen«, stöhnte Kerner. »Wir müssen diesem Wahnsinn unbedingt ein Ende bereiten!« Er atmete kurz durch. »Hast du die fünf Schwurgerichtsfälle überprüft, die ich herausgefiltert habe?«

»Ich habe einen meiner Mitarbeiter in den Justizvollzugsanstalten anrufen lassen, in denen die in Frage kommenden Verurteilten einsitzen. Drei davon sind nach wie vor weggesperrt. In zwei Fällen sind die Verurteilten allerdings nicht mehr im Vollzug.«

Simon Kerner richtete sich kerzengerade auf.

»Wie das?«

»In dem Fall Rasvan Zahorneanu wurde der Verurteilte vor zwei Jahren nach Rumänien abgeschoben. Wir haben nachgeforscht. Er sitzt im Hochsicherheitsgefängnis in Bukarest wegen schwerer Körperverletzung eine langjährige Freiheitsstrafe ab. Ich denke, den können wir ebenfalls vergessen.

Zuletzt haben wir dann noch Alexander Thannenberger, der wegen Mordes zu lebenslänglicher Freiheitsstrafe verurteilt wurde. Er ist vor einigen Monaten in der Justizvollzugsanstalt an Krebs verstorben. Er wurde eingeäschert. Der scheidet damit auch aus. Es tut mir leid, Simon, aber ich befürchte, in dieser Richtung kommen wir nicht weiter. Irgendwie bin ich im Augenblick total blank!«

Als Kerner den Namen Thannenberger hörte, kam bei ihm leichtes Unbehagen auf. Es war der letzte Fall des Schwurgerichts unter dem Vorsitz des ermordeten Dr. Kürschner und sein letzter Einsatz als Vertreter der Staatsanwaltschaft, bevor er mit der Spezialaufgabe Main-Spessart-Mafia betraut worden war. Thannenberger wurde ebenfalls von Rechtsanwalt Redelberger als Pflichtverteidiger vertreten. Er, Kerner, war als Staatsanwalt immer ein sehr zielstrebiger Vertreter der Staatsmacht gewesen und hatte, insbesondere bei den seiner Meinung nach klaren Indizien des Falles, eine Verurteilung mit Höchststrafe angestrebt. Bei Dr. Kürschner und in Anbetracht der minderen Qualität des Verteidigers keine allzu schwierige Aufgabe. Ein besserer Anwalt hätte vielleicht ein günstigeres Urteil erreichen können, weil hier praktisch nur aufgrund von Indizien entschieden wurde. Es gab zwar im Prozess noch Beweisanträge, aber er hatte sich als Staatsanwalt gegen sie ausgesprochen. Auch das Schwurgericht lehnte sie ab. Ein guter Strafverteidiger hätte seinem

Mandanten geraten, gegen das Urteil Revision einzulegen. Das hatte Redelberger aber aus unerfindlichen Gründen nicht getan, und somit war die Verurteilung rechtskräftig geworden. Aus heutiger Sicht sah Kerner seinen unnachgiebigen Verfolgungsdrang kritisch. Vor allen Dingen, seit er selbst auf dem Richterstuhl saß und entscheiden musste.

In den drei Prozessen, in denen Dr. Kürschner, Richter Großmann und Dr. Bruckner beteiligt waren, war Redelberger Pflichtverteidiger. Mit erschreckender Klarheit sah er die Richtigkeit seiner These. Der ermordete Scheiner tauchte in seinen Protokollen ebenfalls auf. Er war dort als Schöffe tätig gewesen.

Brunner bemerkte, dass sein Freund mit einer Antwort zögerte. »Simon, siehst du das anders?«

»Eberhard, ich bin jetzt mehr denn je felsenfest davon überzeugt, dass die Ursache für diese Morde in den von mir genannten Schwurgerichtsprozessen liegt. Scheiner war in diesen Verfahren als Schöffe tätig. Du weißt, was das heißt: Der Killer bringt systematisch alle Prozessbeteiligten um!

Wir müssen schnellstmöglich die in Frage kommenden Verurteilten überprüfen. Vielleicht haben sie in der Haft irgendwelche Äußerungen gemacht, die darauf schließen lassen, dass sie an den Mitgliedern des Schwurgerichts Rache üben wollen. Wir wissen alle, auch aus einer Haftanstalt heraus kann man draußen Dinge steuern, wenn man die nötigen Verbindungen hat. Man muss Mithäftlinge befragen, den Briefverkehr überprüfen, ihre Besucher durchleuchten, einfach alles, woraus man Rückschlüsse ziehen kann!«

»Das ist eine Wahnsinnsarbeit«, entgegnete Brunner, »und kostet Zeit, die wir eigentlich nicht haben. Die Burschen sitzen ja auch in verschiedenen Haftanstalten. Morgen gibt es eine Pressekonferenz, bei der ich Ergebnisse vorweisen soll ..., die ich natürlich nicht habe. Irgendetwas Konkretes muss ich den Presseleuten erzählen, damit sie für eine Weile zufrieden sind.«

»Das ist natürlich eine vertrackte Situation, das ist mir klar, aber im Augenblick gibt es meines Erachtens keinen anderen Ansatzpunkt. Am besten du setzt gleich morgen früh deine gesamte Sonderkommission dran. Parallel dazu werde ich in meinen Protokollen nachsehen, wer bei diesen Prozessen noch beteiligt war. Wenn meine Theorie stimmt, kommen diese Personen alle als potenzielle Mordopfer in Frage.«

»Mein Gott, Simon, male nicht den Teufel an die Wand! Das ist ja eine ganze Reihe von Menschen. Wie sollen wir die alle schützen?«

Sie wechselten noch einige Sätze, dann endete das Gespräch. Simon Kerner ließ sich auf seine Couch fallen und starrte grübelnd an die Decke. Schließlich sprang er auf und holte die Gerichtsprotokolle aus seiner Aktentasche. Hastig blätterte er sich durch die Aufzeichnungen. Hier hatte er es schwarz auf weiß: In allen fünf Fällen war ein Oliver Scheiner als zweiter Schöffe eingesetzt gewesen!

Diese Nacht lag er lange wach und grübelte. Eberhard hatte recht. An einem Schwurgerichtsprozess waren außer den Hauptprotagonisten noch zahlreiche Justizbedienstete beschäftigt. Woher sollte man wissen, wie weit der Mörder gehen würde?

Es dauerte einen Moment, ehe der schrille Klingelton seines Mobiltelefons in seinen Schlaf drang und ihn unangenehm in die finstere Gegenwart seines Schlafzimmers beförderte. Er griff nach dem Telefon, das auf seinem Nachttisch lag.

»Kerner«, krächzte er verschlafen in den Hörer.

Zunächst vernahm er nur merkwürdige Geräusche, die er

nicht einordnen konnte. Es klang wie das leise Maunzen einer Katze.

»Hallo«, rief er, »wer ist denn da bitte?« Jetzt erst identifizierte er die Töne als verhaltenes Schluchzen.

»Simon, … ich …, ich habe solche Angst.«

»Steffi, Schatz, um Gottes willen, was ist denn passiert?« Kerner war schlagartig hellwach und setzte seine Füße neben das Bett.

Es dauerte einen Augenblick, ehe Steffi weitersprechen konnte. Offenbar versuchte sie, ihre Fassung wiederzufinden. Kerners Puls ging in die Höhe. Es musste etwas Dramatisches vorgefallen sein.

»Ich … ich schlafe hier in einem Gästezimmer … im Parterre. Weil es sehr warm ist, … habe ich beide Flügel des Fensters weit offen gehabt.« Ihre Stimme zitterte. »Gerade eben wurde ich aus dem Schlaf gerissen, weil … weil mir etwas ins Gesicht flog. Ich bin hochgeschreckt und habe das Licht angemacht … Simon, es ist schrecklich, vor mir auf der Bettdecke lag … eine tote Krähe! Ihre Augen waren ausgestochen. Wie bei uns zu Hause.« Sie schluchzte laut auf.

Kerner hatte sie nicht unterbrochen, vielleicht auch, weil ihm der Schreck für einen Augenblick die Worte raubte. Was sollte er auch sagen? Mit erschreckender Deutlichkeit wurde ihm klar, dass es vor dem Killer keine Sicherheit gab. Gegenüber Steffi riss er sich aber mühsam zusammen.

»Liebling, beruhige dich doch. Wer immer hinter dieser Sache steckt, meint mich und nicht dich. Indem man dich erschreckt, will man mich treffen. Glaube mir, du bist nicht in Gefahr.«

Kerner war von seinen Worten nicht so überzeugt, wie sie gegenüber Steffi ankommen sollten. Man wollte ihm offenbar zeigen, dass man seine Freundin jederzeit erreichen konnte – auch im Ausland. Damit war für ihn aber auch klar, hinter diesen ganzen Aktionen stand in irgendeiner Form eine Organisation. Es war unwahrscheinlich, dass der Killer schnell nach Südfrankreich gereist war, um Steffi zu bedrohen.

Simon Kerner redete noch geraume Zeit mit ihr, bis sie sich wieder etwas beruhigt hatte. Ihre Gastgeberin hatte mittlerweile die Aufregung ihrer Freundin mitbekommen und war ans Telefon gekommen. Kerner bat sie, Steffi zukünftig im oberen Geschoss des Hauses schlafen und sie nirgendwo allein hingehen zu lassen. Den Vorschlag, die französische Polizei einzuschalten, lehnte er allerdings ab.

Nachdem das Gespräch beendet war, erhob sich Kerner und ging ins Wohnzimmer. Es war kurz nach zwei Uhr. An Schlaf war nicht mehr zu denken. Er goss sich einen Cognac ein und setzte sich im Pyjama auf die Couch. Er konnte gar nicht sagen, wie sehr ihn Steffis Anruf aufgewühlt hatte. Wie es aussah, standen er und Steffi unter ständiger Beobachtung. Die Krähe am Flughafen bewies, dass man ihm dorthin gefolgt war. Jetzt der Vogel für Steffi in Frankreich. Diese Präsenz an vielen Orten konnte eine Person allein nicht leisten. Irrte er sich vielleicht, und es steckte doch die Mafia hinter diesen Aktionen? Noch während ihm dieser Gedanke durch den Kopf fuhr, verwarf er ihn gleich wieder. In dem Prozess gegen Emolino hatte das Schwurgericht eine ganz andere Besetzung, weil Dr. Kürschner bereits im Ruhestand war. Außerdem war es ja zu keiner Verurteilung gekommen, weil der Prozess letztlich scheiterte.

Kerner nahm einen Schluck Cognac, dann ergriff er sein Mobiltelefon und wählte Brunners Privatnummer. Es half alles nichts, er musste seinem Freund sofort Bescheid geben, damit er morgen früh gleich aktiv werden konnte.

Es dauerte einige Zeit, ehe sich Brunners verschlafene Stimme meldete.

»Entschuldige, Eberhard, dass ich dich mitten in der Nacht störe …«

In der Leitung war ein Schnauben zu hören, dann erwiderte der Kriminalbeamte: »Schon gut. Was ist passiert?« Innerhalb kürzester Zeit war Brunner hellwach und konzentriert. Ihm war sofort klar, dass etwas vorgefallen sein musste.

Kerner schilderte seinem Freund ohne Umschweife den Anruf von Steffi.

»Verdammt, verdammt!«, kam es aus dem Hörer. »Eigentlich hatte ich gedacht, dein Mädchen ist im Ausland sicher. Gab es einen Drohbrief oder etwas dergleichen?«

»Nein, das hätte sie mir gesagt.«

Brunner dachte einen Augenblick nach, dann fuhr er fort: »Die Sache wird immer verworrener. Aber vermutlich war das wieder eine an dich gerichtete Botschaft. Im Interesse von Steffi hoffe ich das jedenfalls. Gleich morgen früh werde ich Nîmes anrufen. Ich kenne dort einen Kollegen von Police judiciaire, der Kripo. Wir waren vor zwei Jahren zusammen auf einem Lehrgang. Ich werde ihn bitten, dafür zu sorgen, dass die Polizei ein Auge auf das Haus der Freundin deiner Steffi hat, ohne gleich den ganzen Polizeiapparat in Gang zu setzen. – Mehr kann ich leider nicht tun.«

Simon Kerner bedankte sich und beendete das Gespräch. Er ging zum Tisch, stellte den Cognacschwenker ab, nahm die Unterlagen, die er zusammengestellt hatte, vom Sideboard und setzte sich. Vielleicht steckte irgendwo in diesen Protokollen noch ein Hinweis, den er bisher übersehen hatte. Er hasste das Gefühl, irgendwie ausgeliefert zu sein.

23

Am Tag nach der Exekution des Buchhändlers saß Stefan Pfisterer schon wieder in seinem Geländewagen und fuhr in Richtung Würzburg. In seinem Postschließfach wartete laut einer E-Mail ein neuer Auftrag auf ihn. In der letzten Zeit hatten sich diese speziellen Einsätze, die offenbar alle vom gleichen Auftraggeber stammten, ungewöhnlich gehäuft. Er war gespannt, was ihn heute wieder erwartete. Zunächst musste er schon nach kurzer Strecke wieder abbremsen. Kurz vor Thüngersheim stand mitten auf der Fahrbahn der B 27 ein Polizeifahrzeug mit eingeschaltetem Blaulicht. Dann sah Pfisterer auch schon das Ende der Fahrzeugschlange, die sich in Richtung Würzburg staute. Wahrscheinlich ein Verkehrsunfall, wie es auf dieser häufig befahrenen Strecke öfters der Fall war. Pfisterer hielt hinter dem letzten Fahrzeug und schaltete den Motor aus. So wie es aussah, würde das etwas dauern. Er lehnte sich im Sitz zurück und schaltete den Verkehrsfunk ein. Während er so dasaß, dachte er zurück an den Tag, als seine einträgliche Beschäftigung begonnen hatte.

Wenige Tage, nachdem ihm nach seinem Einsatz im Hindukusch der Austritt aus der Bundeswehr nahegelegt worden war, saß er am Abend in der Heckenwirtschaft am Riesen in Retzstadt und genehmigte sich einige Schoppen. Mit ihm am Tisch saßen einige Einheimische, die er noch aus seiner Jugendzeit kannte. Sie unterhielten sich über alles Mögliche, insbesondere wollten seine Kumpels natürlich von Stefan wissen, was er in der Zeit seiner Abwesenheit von seinem Heimatdorf getrieben hatte. Ihnen war zwar bekannt, dass er sich bei der Bundeswehr als Zeitsoldat verpflichtet hatte. Sie wussten aber nicht, bei welcher Einheit er gedient hatte. Pfisterer speiste sie natürlich mit ausweichenden, nichtssagenden Antworten ab. Als die Männer merkten, dass er ziemlich wortkarg blieb, wechselten sie schnell zu anderen Themen über.

Es war kurz nach 22 Uhr, als Pfisterer die Heckenwirtschaft verließ und den Heimweg antrat. Er hatte mehrere Schoppen Wein getrunken, fühlte sich angeheitert, aber nicht betrunken.

Gemächlichen Schrittes ging er die Dorfstraße hinunter. Zu seinem Haus waren es nur knapp zehn Minuten Fußweg.

Plötzlich trat etwa fünf Meter vor ihm aus dem Schatten eines Hauses ein Mann. Mitten auf dem Gehweg blieb er stehen und sah Stefan Pfisterer entgegen. Pfisterer verlangsamte abrupt seinen Schritt und blieb ebenfalls stehen. Unwillkürlich nahm er eine kampfbereite Haltung ein. Die antrainierten Verhaltensweisen waren zu seiner zweiten Natur geworden. Pfisterers Instinkte schlugen Alarm. Wer war dieser Typ?

»Stefan Pfisterer?«, fragte der Unbekannte.

»Wer will das wissen?«, entgegnete der Angesprochene scharf. Seine Augen beobachteten die Hände des Mannes. Er hielt sie deutlich sichtbar. Pfisterer konnte sehen, dass er keine Waffe in der Hand hielt.

»Entspannen Sie sich«, erklärte der Mann mit ruhiger Stimme. »Ich will Ihnen nichts Böses. Sie können sich gerne davon überzeugen, dass ich unbewaffnet bin.« Er drehte sich um, stemmte seine Handflächen gegen die nächste Hauswand und spreizte leicht die Beine. »Los, tun Sie sich keinen Zwang an.«

Pfisterer zögerte einen Augenblick, dann trat er schnell von hinten an den Mann heran und tastete ihn professionell ab. Er war tatsächlich sauber.

»Können wir uns unterhalten?«, fragte der Unbekannte, nachdem er sich wieder umgedreht hatte.

»Ich wüsste nicht, was es mit Ihnen zu besprechen gäbe«, erwiderte Pfisterer, »ich kenne Sie nicht.« Innerlich war er noch immer sprungbereit. Auch ohne Waffe war Pfisterer unproblematisch in der Lage, sich mit seinen Händen wirksam zu verteidigen.

»Es ist mir klar, dass Ihnen die Umstände unseres Kennenlernens etwas merkwürdig vorkommen müssen. Zunächst soviel: ich möchte Ihnen ein ganz spezielles und sehr lukratives Jobangebot machen. Sobald ich Ihnen erklärt habe, um was es dabei geht, werden Sie verstehen, warum ich auf Diskretion achten muss. Ich schlage daher vor, dass wir ein paar Schritte gehen.«

Pfisterer entspannte sich etwas. Er war nun doch neugierig geworden. Was konnte ihm der Fremde für einen Job anbieten?

Sie liefen langsam die Wethstraße entlang. Pfisterer überlegte einen Moment, ob er den Unbekannten in sein Haus einladen sollte, ließ es dann aber sein.

Nachdem sie ein Stück wortlos nebeneinander hergelaufen waren, fing der Mann an: »Ich bin der Vertreter einer Organisation, die sich, mal ganz allgemein ausgedrückt, professionell der Lösung spezieller Probleme verschrieben hat. Probleme von Regierungen, Geheimdiensten oder auch Privatpersonen, die sich in schwierigen Situationen mit der Bitte um Hilfe an uns wenden.

Unsere Firma ist international. Gegründet wurde sie von französischen und amerikanischen Geheimdienstleuten, die ihren Ländern jahrelang gedient haben. Irgendwann kamen sie zu der Erkenntnis, die Aufgaben, die sie für ihre jeweiligen Regierungen für verhältnismäßig geringen Lohn und oftmals unter Einsatz ihres Lebens erledigten, konnten sie genauso gut auf eigene Rechnung durchführen. Zu ihrem Job gehörte beispielsweise die spurlose Beseitigung unliebsamer Politiker oder von Personen, die auf bilaterale Beziehungen zwischen Staaten negativ einwirkten. Ihr Handwerk hatten diese Frauen und Männer in speziellen Ausbildungslagern ihrer jeweiligen Regierungen gelernt. Ausbildungsstätten, die es offiziell natürlich nicht gab, ebenso wenig wie diese Personen selbst. Eine ähnliche Situation wie bei Ihnen.

Unsere Gründer sind vor vielen Jahren zu der Erkenntnis gekommen, dass der Bedarf am Einsatz ihrer speziellen Fähigkeiten auch außerhalb von Regierungskreisen enorm hoch ist. Eine sozialhygienische Aufgabe, wenn man so will. Daraufhin haben sie sich schließlich privatisiert. Uns gibt es natürlich weder im Internet noch in Telefonbüchern. Wir bekommen unsere Kundenkontakte ausschließlich über Mundpropaganda. Sie können mir glauben, wir sind erheblich ausgelastet.«

Pfisterer hörte dem Mann, der sich ihm nicht vorgestellt hatte, mit wachsendem Erstaunen zu. Was der Typ da ohne eine Miene zu verziehen von sich gab, war einfach irre. Er sprach ganz offenbar über Auftragsmorde. Und das so locker, als würde er mit ihm über das Wetter sprechen.

»… und was wollen Sie von mir?«

»Unsere Mitarbeiterinnen und Mitarbeiter sind alle Profis und Fachleute auf ihrem Gebiet. Heute findet man in unserer Organisation alle möglichen Nationalitäten, die weltweit eingesetzt werden.« Er warf Pfisterer einen Seitenblick zu. »Wir rekrutieren unsere Mitarbeiter auf der ganzen

Welt. Vorrangig treten wir dabei an Menschen heran, die bereits über eine einschlägige Ausbildung und Erfahrung verfügen – so wie Sie.« Der Mann verstummte und ließ seine Worte erst einmal bei seinem Gesprächspartner einsickern.

Nach einer kurzen Pause blieb Pfisterer mitten auf der schwach beleuchteten Dorfstraße stehen. »Verstehe ich Sie richtig? Sie wollen mich als ... professionellen Killer anwerben?« Pfisterer hatte etwas Hemmungen, das Wort auszusprechen.

Der Unbekannte stieß ein dunkles Lachen aus. »Wenn man es so direkt auf den Punkt bringen will, könnte man es so bezeichnen. Allerdings benutzen wir dieses Wort nicht. Problemmanager finden wir wesentlich zutreffender.«

»Wie kommen Sie denn auf die Idee, dass ich daran Interesse haben könnte? Was machen Sie, wenn ich jetzt zum Handy greife und die Polizei verständige?«

Das Lachen verstärkte sich. »Mein Guter, wir kennen Ihren Werdegang bei der Bundeswehr. Wir wissen, für welche Einheit Sie tätig waren, und wir kennen den Grund, weswegen Sie das KSK verlassen mussten. Außerdem, und das nur ganz nebenbei, befinden Sie sich während unseres Gesprächs ständig im Visier eines meiner Mitarbeiter.« Er machte eine vage Bewegung in die Nacht. »Sollten Sie mir gegenüber unfreundlich reagieren, wären Sie schnell ausgeschaltet. Der Griff zum Mobiltelefon wäre dem gleichzusetzen. Sie haben sicher Verständnis dafür, dass wir auf Nummer sicher gehen müssen.«

Pfisterer drehte sich um und musterte die Umgebung. Er konnte niemanden entdecken. Trotzdem zweifelte er nicht an den Worten seines Gesprächspartners.

»Woher haben Sie diese Informationen?« Pfisterer wusste, wie geheim alle Vorgänge bei seiner ehemaligen Einheit waren. Auf die ausgesprochene Drohung ging er nicht ein.

»Glauben Sie mir, wir haben in vielen Organisationen unsere Mittelsmänner, die uns gewünschte Informationen zukommen lassen. Wir haben immer wieder mal Bedarf nach neuen Mitarbeitern. Die natürliche Ausfallquote bei den Einsätzen ist zwar nicht hoch, aber ganz ausschließen kann man sie leider nicht. Genauso wenig wie wir Mitarbeiter akzeptieren, die Fehler begehen. In diesem Fall müssten wir eine Kündigung aussprechen.« Er sagte dies mit einem Unterton, der Pfisterer klar machte, dass sein Besucher keine schriftliche Kündigung mit anschließender Anmeldung bei der Agentur für Arbeit meinte. Nach einer kurzen Pause fuhr er fort:»Wir haben natürlich auch einen offiziellen Zweig unserer Organisation. Unter der Bezeichnung ›WWSP – Worldwide Secure & Prevention‹ sind wir global auf dem Feld des Personenschutzes aktiv. Sitz der Firma ist Genf.

Es ist mir klar, dass Sie von meinem Angebot völlig überrascht sein müssen. Bevor Sie sich jedoch eine Meinung bilden, lassen Sie mich Ihnen erst einmal die Operationsparameter unserer Organisation nennen: Sollten Sie sich uns anschließen, wäre ich Ihr Führungsoffizier. Kontakte würden nur über das Internet per E-Mail erfolgen. Wir haben hierfür ein hochgradiges Verschlüsselungsprogramm im Einsatz, das praktisch nicht zu knacken ist. Unterlagen hinterlegen wir in einem Postschließfach, das in unregelmäßigen Abständen wechselt. Das Honorar besteht aus einem monatlichen Fixum von netto 5.000 Euro, das Sie als angestellter Personenschützer der Firma WWSP erhalten. Wir versteuern Ihr Gehalt selbstverständlich und entrichten Sozialversicherungsbeiträge. Die Anstellung erfolgt unbefristet, gewissermaßen auf Lebenszeit.« Er sagte dies mit einer besonderen Betonung. Für Pfisterer war klar, eine Kündigung dieses Jobs war nicht möglich.

»Die Höhe der Honorare Ihrer eigentlichen Tätigkeit ergibt sich aus der Schwere der gestellten Aufgabe, jedoch mindestens 20.000 Euro pro Einsatz, plus eine Pauschale für Aufwendungen, wie Reisen oder Auslandsaufenthalte. Diese Honorare werden auf ein Auslandskonto eingezahlt und stehen Ihnen frei zur Verfügung.«

Nach diesen Ausführungen schwieg er eine Weile, dann ergänzte er: »Wir wissen, dass es Ihnen keine Schwierigkeiten bereitet zu töten. Sie haben dies ja schon mehrmals im Einsatz bewiesen. Insbesondere Ihre letzte Aktion war ausgesprochen beeindruckend und bemerkenswert. Ob Sie für Ihr Land für einen vergleichsweisen Hungerlohn töten und noch dazu Ihre Haut zum Markt tragen müssen oder ob Sie im Auftrag unserer Organisation im Rahmen eines durchaus lukrativen Jobs tätig werden, dürfte aus moralischer Sicht für Sie wohl keinen Unterschied machen. Im Übrigen sollten Sie wissen: Für uns arbeiten zahlreiche frühere Mitglieder von Sondereinheiten aus vielen Nationen. Sie befänden sich also in bester Gesellschaft einer Elite von Snipern und Einzelkämpfern.«

Pfisterer sah den Mann schräg von der Seite an. »… und das ist kein Fake?«

»Wir machen keine Scherze. Sollten Sie nein sagen, haben wir uns niemals gesehen, und dieses Gespräch hat nicht stattgefunden. Nur rein vorsorglich zur Warnung: Sollten Sie aus irgendeinem Grund irgendwelche Aktivitäten gegen die WWSP unternehmen, wäre dies Ihr Tod. Dafür haben Sie sicher Verständnis.

Sie können sich mein Angebot von jetzt an 48 Stunden

lang überlegen. Nach Ablauf der Frist werde ich wieder auf Sie zukommen. – Ich wünsche Ihnen noch einen schönen Abend.« Er blieb stehen. Einige Sekunden später kam mit hoher Geschwindigkeit ein schwarzer BMW die Wethstraße entlang, hielt kurz an, und der Unbekannte stieg ein. Da die Scheiben des Fahrzeugs abgedunkelt waren, konnte Pfisterer nichts erkennen. Auch das Kennzeichen war unkenntlich gemacht. Der Wagen wendete, dann entfernte er sich mit hoher Geschwindigkeit in Richtung Retzbach.

Stefan Pfisterer dachte damals die zwei zur Verfügung stehenden Tage intensiv über das Angebot nach. Der unbekannte Anwerber hatte mit seinen Ausführungen das Interesse Pfisterers geweckt. Nach seiner Zeit bei der KSK wäre es ihm sicher schwergefallen, in einen zivilen Beruf zurückzukehren. Er gab dem Mann recht: Es war im Prinzip gleichgültig, ob er für einen Staat tötete oder für diese Organisation. Wer sagte ihm denn, dass die Einsätze der KSK immer moralisch gerechtfertigt gewesen waren? Dem einzelnen Soldaten war es nicht möglich, die politischen Hintergründe eines Einsatzes zu bewerten. Er hatte einen Befehl erhalten und ihn ohne Widerspruch ausgeführt. Dabei riskierte er viele Male sein Leben, ohne zu wissen, ob er einen gerechten Kampf führte oder nicht.

Nach zwei Tagen stand der Unbekannte abends vor seiner Haustür. Diesmal befand er sich in Begleitung eines schweigsamen Mannes, der sich zwar im Hintergrund hielt, den jedoch eine spürbare Aura von Gewaltbereitschaft umgab. Pfisterer, der jahrelang in Gesellschaft solcher Männer gelebt hatte, konnte sie regelrecht riechen.

Pfisterers Entscheidung war positiv ausgefallen. Von da an war er Angestellter der Firma »WWSP – Worldwide Secure & Prevention«. Seine einzige Bedingung, niemals gegen Frauen und Kinder eingesetzt zu werden, wurde von der Organisation ohne Widerspruch akzeptiert. Schon bald bekam er seine ersten Aufträge, die er unproblematisch und zur Zufriedenheit seiner Auftraggeber erledigte.

Pfisterer sah auf seine Armbanduhr. Der Stau dauerte jetzt bereits dreißig Minuten. Über Radio hatte er erfahren, dass sich zwischen Veitshöchheim und Thüngersheim ein schwerer Verkehrsunfall ereignet hatte und die B 27 vollständig gesperrt war.

Erst nach weiteren zwanzig Minuten löste sich der Stau endlich auf, und er konnte weiterfahren.

Als Pfisterer mit den im Schließfach hinterlegten Unterlagen wieder zu Hause war, setzte er sich gleich an seinen Schreibtisch und studierte seine neuen Anweisungen. Der Auftrag rund um die Rabenkrähen war ebenso merkwürdig wie ungewöhnlich und unterschied sich dadurch erheblich von den Jobs, die er bisher erledigt hatte. Eine Besonderheit bestand in den zahlreichen Einzelaufträgen, die sich aber irgendwie in einem großen Ganzen zusammenzufügen schienen. Pfisterer wusste jedoch nicht wie. Zu jedem Job gab es zudem ein regelrechtes Drehbuch vom Auftraggeber, das vorschrieb, wie der Auftrag dramaturgisch ausgeführt werden sollte. Das war zwar ungewöhnlich, aber durchaus eine Herausforderung, die den Einsatz all seiner Fähigkeiten erforderte, den Job aber sehr reizvoll machte.

Die Würze in diesem Gesamtkonzept bildeten seine Attacken gegen diesen Simon Kerner.

Wie immer, wenn er einen Auftrag erhielt, hatte die Organisation ihm umfangreiches Informationsmaterial zusammengestellt, das die Zielperson selbst und ihr Umfeld so weit beleuchtete, wie es für die Durchführung seines Auftrags notwendig war. Im vorliegenden Fall war das Material besonders ausführlich. Wie er wusste, wurden die Zielpersonen von der Organisation mit sogenannten Aufklärern überwacht, die entsprechende Meldungen ablieferten, aus denen dann seine Informationen generiert wurden. Alles sehr zuverlässig und professionell. So wusste er, dass Simon Kerner der Chef des Amtsgerichts in Gemünden war. Ihm war bekannt, dass er eine Liaison mit einer jungen Frau namens Steffi hatte, in Partenstein in einem etwas abgelegenen Haus wohnte und als Jäger über eine Anzahl von Waffen verfügte. Viel interessanter für ihn war aber die Tatsache, dass Kerner, wie er, bei einer Sondereinheit der Bundeswehr gedient hatte und ebenfalls als Einzelkämpfer im Nahkampf und in der Handhabung von Waffen aller Art ausgebildet war. Kerner hatte es in den Offiziersrang geschafft und bei verschiedenen gefährlichen Einsätzen im Ausland eine Einheit geführt. Aus der Beschreibung ging hervor, welch ausgezeichnete Ausbildung Kerner genossen hatte. Sie dürfte seiner eigenen nur wenig nachstehen. Vermutlich war er bei der Vorgängerinstitution des Kommandos Spezialkräfte eingesetzt gewesen. Dadurch wurde der Mann zu einem Ziel, das sich deutlich von den üblichen Aufträgen unterschied und für Pfisterer zu einer Herausforderung wurde. Normalerweise erhielt Pfisterer einen Auftrag und erledigte ihn ohne Emotionen schnell und professionell. Die Menschen, die er tötete, hatten für ihn keine Persönlichkeit, waren einfach nur Ziele. Bei diesem Simon Kerner lagen die Dinge anders. Dieser Mann war kein schutzloses Opfer wie die anderen. Dieser Mann war vermutlich sehr gefährlich. Eine Aufgabe, die den Kämpfer in ihm ausgesprochen reizte.

Es war ihm ausdrücklich befohlen worden, dieses Ziel vorläufig nicht zu töten. Der Auftraggeber wollte offenbar mit diesem Kerner spielen. Hierzu gehörten die Aktionen mit den Krähen und auch die Attacken gegen Kerners Freundin Steffi. Unerkannt war er Kerners auffälligem Geländewagen gefolgt, als dieser seine Freundin zum Flughafen brachte. Pfisterer konnte sich das Gesicht des Mannes vorstellen, als er die Krähe am Auto vorgefunden hatte. Ihm war auch bekannt, dass man Kerners Freundin in Frankreich eine Krähe zugestellt hatte. Das war der Vorteil einer überregional agierenden Organisation. Hierbei war ein WWSP-Mitarbeiter in Nimes eingesetzt worden. Für Pfisterer stand außer Frage: Das Motiv des Auftraggebers war Rache. Es musste sich um eine tiefgreifende Verletzung handeln, denn diese Einsätze der Organisation verschlangen sicher ein Vermögen. Aber das war ihm gleichgültig. Wie das Spiel mit Kerner am Schluss enden würde, war für Pfisterer keine Frage. Bis jetzt hatte er immer nur bestimmte Handlungen gegen diesen Mann durchführen müssen, die ihn bedrohten, die ihn verunsichern und Angst erzeugen sollten. Unter dem Strich war das für ihn mit der Zeit etwas unbefriedigend. Daher quittierte er die neue Anweisung, wonach die nächste Aktion gegen Kerner spektakulär werden sollte, mit einem zufriedenen Lächeln. Die Vorbereitungen liefen bereits. Pfisterer hatte das Gefühl, dass sich diese ganzen Einzelaktionen langsam dem Finale näherten.

24

Die Erledigung seiner dienstlichen Aufgaben fiel Simon Kerner nach dem alarmierenden Anruf von Steffi extrem schwer. Nur mühsam konnte er sich auf die alltäglichen Routineaufgaben konzentrieren, die sein Amt mit sich brachte. Seiner Sekretärin fiel seine geistige Abwesenheit natürlich auf. Um Gerüchten im Haus entgegenzuwirken, erklärte er ihr, er habe sich einen grippalen Infekt eingehandelt und leide unter Kopfschmerzen. Dies führte dazu, dass sie nicht unbedingt erforderliche Telefonate und Besuche von ihm fernhielt.

Unruhig tigerte er durch sein Büro und starrte durch die Fenster hinüber zu den gegenüberliegenden Spessarthängen. Hier im Gericht konnte er sich sicher fühlen. Durch die Zugangskontrollen am Eingang kam keine Waffe. Vor zehn Minuten hatte er wieder ein Gespräch mit Steffi geführt. Nach dem Vorfall mit der Krähe war nichts weiter passiert. Brunners Kollege in Nimes hatte für einen gewissen Polizeischutz gesorgt. Steffi war allerdings nicht wirklich beruhigt.

Kerner lockerte seine Krawatte. Nach der bisherigen Praxis musste jedes Mal nach der Zustellung eines dieser Totenvögel ein Mensch sterben. Es belastete ihn schwer, nicht zu wissen, wen es als Nächstes treffen würde. Womöglich diesmal ihn selbst?

Er wusste, Brunner würde die Sonderkommission gnadenlos vorantreiben, um endlich ein verwertbares Ergebnis zu erzielen. Auf Kerners Schreibtisch stapelten sich mehrere Akten, die er dringend durcharbeiten musste. Er gab sich einen Ruck und ließ sich in seinen Bürostuhl fallen. Im Moment konnte er nichts ändern. Entschlossen schlug er den obersten roten Aktendeckel auf und begann zu lesen.

Das zweimalige, kurz hintereinander erfolgende Klirren einer Scheibe des Fensters links von seinem Schreibtisch war nicht besonders laut. Völlig überrascht riss Kerner seinen Kopf in die Höhe und starrte auf die beiden ausgestanzten Löcher in der Doppelverglasung des Fensters. Die Erkenntnis traf ihn wie ein Schlag: Das waren zwei Einschüsse! Seine Reaktion erfolgte fast zeitgleich. Mit einem Ruck stieß er seinen Bürosessel nach hinten und ließ sich auf den Boden in Deckung seines Schreibtisches fallen. Wie hypnotisiert starrte er auf die beiden etwa fingerdicken Löcher im Fenster, von denen spinnennetzartig Sprünge abgingen. Zwei Schüsse, von denen er nichts gehört hatte. Schalldämpfer!, fuhr es ihm durch den Sinn. Nüchtern stellte Kerner fest, er war unversehrt. Auf was hatte der Schütze geschossen? Hastig musterte er die dem Fenster gegenüber liegende Wand. Zuerst konnte er nichts erkennen, dann zuckte er zusammen. An dieser Wand hing ein historisches Ölgemälde aus der Zeit kurz nach 1900. Es handelte sich um ein großformatiges Portrait in den Ausmaßen 80 × 140 Zentimeter, das bereits zur Ausstattung des Zimmers gehörte, als er hier als Direktor einzog. Er hatte es dann nach kurzem Überlegen hängen lassen. Es stellte die Figur der Göttin Justitia dar, die auf einem Sockel stand. In der rechten Hand das Schwert, in der linken die Waage, die Augen mit einer Binde verschlossen, war sie das Symbol für die Gerechtigkeit der Justiz, ohne Ansehen der Person oder deren Stand. Dort, wo die Binde die Augen der Göttin verdeckten, entstellten nun zwei Löcher das Gesicht der Frauengestalt. Kerner krampfte sich der Magen zusammen. Das Katz- und Mausspiel rückte ihm immer näher. Ihm war klar: Der Schütze hätte genauso gut auch ihn erschießen können. Nichts anderes war die Botschaft hinter diesen Schüssen. Simon Kerner erhob sich. Er war sich sicher, es würde im Augenblick nichts weiter geschehen. Der Täter hatte seine Botschaft hinterlassen. Er stellte einen Stuhl unter das Gemälde, stieg darauf, so dass er sich auf Augenhöhe mit den Einschüssen befand und visierte über den erhobenen Daumen in Richtung der Schusslöcher im Fenster. Es gab keinen Zweifel, der Schütze musste von dem etwa sechzig Meter entfernt stehenden Wohnhaus geschossen haben, direkt gegenüber dem Gericht. Auch seine andere Vermutung bestätigte sich. Von dort aus hätte er ihn, als er am Schreibtisch saß, ohne Probleme treffen können. Noch im Nachhinein lief ihm ein Schauer über den Rücken.

Simon Kerner ging zum Telefon und drückte die Kurzwahl, die ihn mit Eberhard Brunner verband. Nachdem Kerner ihm mit dürren Worten über den erneuten Anschlag gegen sich informiert hatte, herrschte zunächst betroffene Stille in der Leitung, dann fragte Brunner knapp: »Du bist doch hoffentlich nicht verletzt?«

»Nein. Mir ist nichts passiert. Der Bursche hat mir nur wieder einmal seine Überlegenheit demonstriert. Dieses Gefühl der Ohnmacht macht mich noch wahnsinnig!«

»Kann ich gut verstehen«, gab Brunner zurück. »Verlass jetzt bitte dein Büro und verändere dort nichts. Ich komme mit meiner Mannschaft. In spätestens vierzig Minuten sind wir bei dir.«

Kerner befolgte die Anweisungen seines Freundes sofort. Bevor er das Zimmer verließ, stellte er sein Telefon noch auf den Apparat seiner Sekretärin um, dann ging er hinaus. Seine Sekretärin hatte von den Schüssen nichts mitbekommen. Zwischen ihrem Büro und seinem befand sich eine Doppeltür, die praktisch jedes Geräusch schluckte. Kerner entschloss sich, die Frau zu informieren. Wenn Brunner hier ankam, war die Sache sowieso nicht mehr geheim zu halten. Er erklärte seiner Mitarbeiterin also, was vorgefallen war, worauf dieser vor Schreck alles Blut aus dem Gesicht entwich. Sprachlos starrte sie ihn nur an.

»Machen Sie sich keine Sorgen«, versuchte Kerner sie zu beruhigen, »für Sie hat niemals eine Gefahr bestanden. Ich habe bereits die Kripo in Würzburg verständigt, die sind in einer knappen Stunde da. Lassen Sie bitte niemanden in mein Dienstzimmer und gehen Sie bitte auch nicht hinein. Wegen der Spuren. Sie verstehen. Ich setze mich derweil in das Zimmer des Kollegen Winter, der im Urlaub ist. Wenn die Kripo eintrifft, geben Sie mir bitte Bescheid. Und behandeln Sie die Sache bis dahin bitte diskret. Ich möchte nicht, dass hier die große Aufregung ausbricht und eventuell die Presse davon erfährt. Informieren Sie die Pforte, dass ich eine Gruppe Kriminalbeamter zu einer Dienstbesprechung eingeladen habe. Die Herren können ohne Kontrolle passieren.«

Die Sekretärin handelte exakt nach seinen Anweisungen.

Eberhard Brunner hatte sich wirklich beeilt. Vierzig Minuten später traf er mit seiner Mannschaft ein. Die Beamten bestätigten Kerners Einschätzung, dass die Schüsse nur vom Nachbarhaus aus abgegeben worden sein konnten. Die Spurensicherer setzten an den Einschüssen im Gemälde einen stark gebündelten Laser ein, dessen Strahl sie durch eines der Einschusslöcher im Fenster lenkten. Der Laser traf im Nachbargebäude ziemlich genau auf ein Dachfenster. Zwei der Männer machten sich sofort auf den Weg, um den vermutlichen Standort des Schützen zu finden und zu untersuchen. Hinter dem Bild hatten sich die beiden Projektile in den Putz der Wand gebohrt und konnten sichergestellt werden.

Aber wie bei dem Schuss auf den Blumentopf auf seiner Veranda waren auch diese beiden Geschosse so deformiert, dass man sie mit Sicherheit keinem Gewehr zuordnen konnte. Die Experten waren sich aber sicher, auch bei diesen Projektilen handelte es sich um das Kaliber 5,6 mm.

»Simon, du bist definitiv nicht mehr sicher«, erklärte Eberhard Brunner, nachdem er sich Kerners Bericht angehört hatte. »Du musst mit der Landgerichtspräsidentin sprechen und dich beurlauben lassen …«

»… und dann?«, entgegnete Kerner erregt. »Wo bitte soll ich hin? Du hast ja gehört, dass sie sogar Steffi in Frankreich erreicht haben. Nein, es gibt nur eine Lösung, wir müssen endlich den Grund für diese Morde und die Angriffe auf mich finden! Dann werden wir auch den Täter – oder seinen Auftraggeber – bekommen.«

Brunner war sichtlich gereizt. »Wir haben die Gerichtsakten der drei Strafgefangenen, die von den in Frage kommenden fünf Verurteilten noch einsitzen, angefordert. Sobald wir sie haben, werden wir eine Liste aller an diesen Prozessen Beteiligten zusammenstellen. Wir haben heute Morgen den gesamten Briefverkehr der betreffenden Strafgefangenen von den Strafanstalten bekommen. Zwei meiner Leute sind gerade dabei, die Briefe auf Hinweise zu überprüfen, die man in irgendeiner Form als Anweisungen für ein Mordkomplott deuten könnte. Die Post der Gefangenen wird zwar zensiert, aber die Beamten können ja etwas übersehen haben. Außerdem überprüfen wir alle Besucher, die sie hatten. Das ist jede Menge Kleinarbeit und kostet Zeit! Meine Leute und ich können leider nicht hexen! Schneller geht es einfach nicht!«

Kerner hatte für den Freund vollstes Verständnis. Der Druck auf ihn war sicher enorm.

»Eberhard, ich weiß nicht, ob wir nicht auch diesen abgeschobenen Rumänen mit einbeziehen sollten. Wie hieß er doch gleich?«

»Rasvan Zahorneanu.«

»Genau, diesen Zahorneanu.« Kerner stand auf, ging zum Schrank und holte sich den Ordner mit den aufbewahrten Protokollen der Schwurgerichtsprozesse heraus. Dann kam er zum Tisch zurück und legte ihn aufgeschlagen vor sich hin. Brunner sah ihn fragend an.

»Ich habe da was in Erinnerung. Im Prozess kam zur Sprache, dass Zahorneanu unter Ceausescu Mitglied der gefürchteten Securitate, der geheimen Staatspolizei Rumäniens, war. Als nach dem Tod des Diktators das alte rumänische Staatsgefüge zerfiel, haben sich Teile dieser Geheimpolizei zu kriminellen Vereinigungen zusammengeschlossen, die überall in Europa Straftaten begingen. Was, wenn Zahorneanu seine alten Seilschaften benutzt, um sich an dem Gericht, das ihn verurteilt hat, zu rächen? Das würde auch erklären, warum Steffi in Frankreich belästigt wurde. Diese alten Strukturen der Securitate sind doch noch in ganz Europa aktiv. Was meinst du?« Er sah Brunner fragend an.

»Deine Überlegungen sind nicht von der Hand zu weisen«, erwiderte der Brunner nachdenklich. Er hatte sich wieder beruhigt. »Also werden wir auch in diese Richtung ermitteln. Aber ich fürchte, die Zeit, hier ausgiebige Nachforschungen zu betreiben, haben wir einfach nicht. Die Aktivitäten des Killers erfolgen in immer kürzeren Abständen. Das macht mir wirklich große Sorgen!«

Simon Kerner atmete tief durch. »Es ist wirklich eine schier ausweglose Situation. Aber das ist es wahrscheinlich, was der Killer will. Wir sollen in Panik geraten, kopflos werden. Diesen Gefallen dürfen wir ihm nicht tun. Kannst du mir mal die Listen der Prozessbeteiligten zumailen, sobald ihr sie zusammengestellt habt? Ich werde sie mit meinen Aufzeichnungen abgleichen. Vielleicht fällt mir ja was auf.«

»Deinen Äußerungen entnehme ich, dass du in Gemünden bleiben wirst.«

Kerner nickte entschieden. »Sicher. Ich werde mich bestimmt nicht der Verantwortung entziehen. Außerdem würde es ja sowieso nichts bringen, wie wir am Beispiel von Steffi gesehen haben. Hier bewege ich mich wenigstens auf vertrautem Terrain.«

Brunner erhob sich. In diesem Augenblick kam der Leiter der Spurensicherungsgruppe durch die Tür.

»Wir sind mit der Arbeit fertig. Die Stelle, von der aus geschossen wurde, haben wir gefunden. Wie erwartet, vom Schützen keinerlei Spuren. Am Boden lag lediglich das hier.« Er holte eine kleine Plastiktüte aus der Jackentasche und legte sie vor Brunner auf den Tisch. Kerner und Brunner starrten wie hypnotisiert auf das Beweisstück. Es handelte sich um eine kleine, schwarze Vogelfeder.

»Wollen wir eine Wette abschließen, dass es sich hierbei um die Feder einer Rabenkrähe handelt?«, fragte Kerner ironisch.

»Diese Wette hast du jetzt schon gewonnen«, erwiderte Brunner zornig. »Dieser Kerl tanzt uns auf der Nase herum und glaubt, er kann uns verarschen!« Er konnte seine Wut kaum noch unterdrücken.

»Da kann ich dir nur beipflichten. Der Bursche führt uns nach Strich und Faden vor. Wir müssen endlich die Initiative ergreifen! Dabei aber einen kühlen Kopf bewahren.«

»Wenn wir nur endlich einen Ansatzpunkt hätten. Bis jetzt hat der Kerl keinen Fehler gemacht.« Brunner schloss das Thema ab und gab seinem Freund die Hand. »Simon, wir gehen wieder. Pass bitte auf dich auf. Die Aufstellungen schicke ich dir bis heute Nachmittag. Ich hoffe, die Presse wird von diesem Vorfall hier nichts mitbekommen. Deine Mitarbeiter werden wohl nichts weitergeben. Auch von den anderen Anschlägen auf dich haben sie bis jetzt keine Kenntnis. Dadurch wird zumindest von dieser Seite kein Druck auf uns ausgeübt. Hoffentlich bleibt das so. Eine Indiskretion, und du wirst hier einen Belagerungszustand erleben.

Allerdings gibt es da auch noch den Dienstweg, den ich bisher geflissentlich außen vorgelassen habe. Von der Sache mit dem Schuss auf eurer Veranda und den anderen Vorfällen gegen dich habe ich bis jetzt nichts an die Polizeipräsidentin weitergegeben. Nach diesem Vorfall heute muss ich ihr allerdings berichten, das wirst du verstehen, und du kannst sicher sein, fünf Minuten später ruft sie die Landgerichtspräsidentin an. Ich kann dir nur empfehlen, schneller zu sein und ihr zuvorzukommen.«

Simon Kerner wusste, dass sein Freund recht hatte. An diesem Gespräch mit seiner Vorgesetzten führte jetzt kein Weg mehr vorbei.

25

Die Person blätterte wie immer beim Frühstück in der Tageszeitung. Mit großem Interesse verfolgte sie die Berichterstattung über die letzten Ergebnisse ihres Engagements. Mittlerweile war auch das Interesse der Medien aus den Nachbarländern Österreich und der Schweiz geweckt und schlug sich dort in fettgedruckten Überschriften nieder. Begriffe wie der »Augenmörder« geisterten durch die Gazetten. Die Person selbst nahm mit großer Befriedigung das planmäßige Ableben der verhassten Menschen zur Kenntnis, die ihr beider Leben zerstört hatten. Bedauerlicherweise wussten nicht alle, weshalb sie gestorben waren, aber das machte nichts. Sie waren tot, und nur das zählte. Was die Person allerdings nicht verstehen konnte, war, warum es keine Berichte von den Anschlägen auf diesen verfluchten Oberstaatsanwalt gab. Nicht eine Zeile über die von ihr beauftragten Attacken auf diesen verhassten Simon Kerner. Im Grunde war sie mit der »Organisation« zufrieden. Man hatte ihr auf dem üblichen Wege die ordnungsgemäße Durchführung der Aufträge mitgeteilt. Die Person kannte das System gut. Bis jetzt war in Justizkreisen nichts von den Angriffen auf Kerner durchgedrungen. Das war ungewöhnlich, denn die Gerüchteküche war auch bei der Justiz ständig am Kochen. Anscheinend steckte auch die Polizei mit diesem Hund unter einer Decke. Die Person kannte die Seilschaft Kerner/Brunner. Auf Dauer würden der jetzige Direktor des Amtsgerichts Gemünden und sein Vasall die Vorfälle ihren Vorgesetzten aber nicht verschweigen können. Das würde für Kerner zu weit reichenden Konsequenzen führen. Es war äußerste Vorsicht geboten, Brunner und Kerner waren sehr intelligent und daher gefährlich. Die Person hatte mitbekommen, dass die Sonderkommission massiv unter Druck stand, ein Ergebnis zu liefern. Die Person entschied, hier Sand ins Getriebe der Ermittlungen zu streuen. Da Brunner als Leiter die treibende Kraft der Ermittlungsgruppe war, war es sicher kein Fehler, ihn zu stoppen. Dadurch konnte sie sich etwas Luft verschaffen und Kerner noch stärker in die Enge treiben.

Der Blick zum Fenster hinaus fiel auf die Wipfel der Parkbäume, deren Blätter sich wie Windspiele in der sommerlichen Brise bewegten. Früher hatte sich die Person häufig an diesem Anblick erfreut, jetzt nahm sie ihn zwar wahr, aber nicht zur Kenntnis.

Die Rache hatte fast das ganze Geld aus dem Erbe ihres Großonkels verschlungen. Die Organisation war zwar zuverlässig, aber teuer. Leider konnte sie nicht alle Menschen, die auf der Todesliste standen, bestrafen. Einige konnten bedauerlicherweise weiterleben. Den Rest des verbliebenen Vermögens würde sie für das geplante Finale ausgeben. Kerner musste auf jeden Fall sterben. Der Verlust des Geldes war gleichgültig. Es hatte seinen Zweck erfüllt und war damit gut angelegt. Was nach der Strafaktion kam, war gleichgültig. Das Leben war für die Person sowieso nichts mehr wert. Heute noch würde sie mit der Organisation Kontakt aufnehmen, um den finalen Auftrag zu erteilen.

Die Person schob das Buch, in dem sie zum wiederholten Male gelesen hatte, zur Seite. Ein Lesezeichen markierte das Kapitel »Der Rabenstein«. An dieser Stelle waren die Seiten völlig abgegriffen. Es war reine Ironie, dass der Autor dieses Buches, Dr. jur. Kürschner, es war, der sie auf die Idee für den Gebrauch von Rabenkrähen als Todesboten erst gebracht hatte. Besonders die Metapher, wonach eine Krähe der anderen kein Auge aushackte, fand sie sehr anregend. Der Autor durfte dann selbst das erste Opfer sein.

Die leere Kaffeetasse landete in der Spülmaschine, dann verließ die Person das Haus. Zur Arbeitsstelle war es nicht weit.

26

Eberhard Brunner saß mit dreien seiner Mitarbeiter im Besprechungsraum der Sonderkommission. Die Beamten hatten ihre Jacketts über die Stuhllehnen gehängt, die Hemdärmel waren hochgekrempelt. Auf dem Tisch standen mehrere Kaffeetassen. Es herrschte angespannte Arbeitsatmosphäre. Schweigend studierten die Kriminalbeamten Stöße von geheftetem, bedrucktem Papier. Auf dem langen Konferenztisch stapelten sich, sorgfältig voneinander getrennt, vier Bündel mit roten Aktendeckeln, jeweils zusammengehalten von stabilen Bändern. Es hatte einige Mühe bereitet, so kurzfristig die Prozessakten der drei noch einsitzenden Verurteilten von der Vollstreckungsabteilung der Würzburger Staatsanwaltschaft zu bekommen. Vor einer Stunde erst waren sie von einem Boten gebracht worden. Die Akten des abgeschobenen Rumänen waren bereits im Staatsarchiv gelagert gewesen. Sie waren schon gestern eingetroffen. Die Unterlagen des verstorbenen Alexander Thannenberger hingegen waren fast gänzlich vernichtet. Es existierten lediglich noch das Urteil und der Totenschein.

Das Hauptziel dieser aufwändigen Aktion war es, zunächst alle Prozessbeteiligten in eine Datenbank einzugeben und dann Gemeinsamkeiten zwischen diesen Prozessbeteiligten festzustellen. Von den ermittelnden Polizeibeamten, die die Vernehmungen im Vorfeld geführt hatten, bis hin zu den Protokollführern während der Prozesse und den Zeugen und Sachverständigen mussten die Ermittler jedes Detail herausarbeiten und mit Hilfe des Computers in gleich strukturierte Listen eintragen. Insgesamt waren es neun Personen, die auf allen vier Listen auftauchten. Davon waren der Vorsitzende Richter Dr. jur. Wilhelm Kürschner, der Richter Manfred Großberger, der Rechtsanwalt Konrad Redelberger, der Gutachter Dr. Anton Bruckner und der Schöffe Oliver Scheiner nicht mehr am Leben. Somit blieben die Richterin Sophia Sonnemann, die zweite Schöffin Monika Fiederling, die Protokollführerin Sylvia Donato … und natürlich der Vertreter der Anklage, Simon Kerner, übrig. Brunner kennzeichnete sie auf dem Papier mit einem roten Marker. Nachdenklich betrachtete er die Namen, dann traf er eine Entscheidung: Nach den nunmehr fünf Morden und den Anschlägen gegen Simon Kerner konnte man fast sicher davon ausgehen, dass die verbliebenen Personen ebenfalls aufs höchste gefährdet waren. Es gab keinen anderen Ausweg, als sie unter Polizeischutz zu stellen. Er griff zum Telefonhörer und rief das Vorzimmer der Polizeipräsidentin an, um sich bei seiner Chefin einen Gesprächstermin geben zu lassen. Die Sonderkommission musste unbedingt personell verstärkt werden! Mit den vorhandenen Kräften war diese vielschichtige Aufgabe nicht zu stemmen. Die Sekretärin der Polizeipräsidentin schob Brunner um 15.00 Uhr dazwischen. Danach legte der Kriminalkommissar die Listen mit dem Vermerk »Eilt sehr!«, aber ohne Anschreiben auf das Faxgerät und gab die Faxnummer des Vorzimmers Simon Kerners ein. Es war die bloße Aufstellung, ohne Auswertung. Eine Minute später waren sie durchgelaufen.

Kerners Sekretärin brachte das Fax umgehend zu ihm. Kerner bedankte sich, schob eine Akte, die er gerade studierte, zur Seite und widmete sich den Ausdrucken. Ihm fiel sofort auf, dass die Aufzeichnungen des Prozesses Thannenberger fehlten. Er griff zum Hörer und rief Brunner an.

»Die Akten von Alexander Thannenberger sind leider bis auf das Urteil und einen Totenschein vernichtet«, klärte Brunner seinen Freund auf. »Aber ich denke, dieses Verfahren können wir vergessen. Nur zu deiner Information: Ich habe heute einen Termin bei der Polizeipräsidentin. Ich werde ihr über den bisherigen Ermittlungsstand berichten und sie dabei auch über die Anschläge gegen dich aufklären. Es haben sich bei unseren Ermittlungen bis jetzt vier Personen herauskristallisiert, die alle in den fraglichen Prozessen Bestandteil des Schwurgerichts waren. Ich werde sie bitten, mir mehr Personal zuzuweisen, damit ich die vier, die meines Erachtens schwer gefährdet sind, schützen kann. Ich biete auch dir nochmals sehr eindringlich Polizeischutz an. Meines Erachtens bist du am meisten von allen in Gefahr. Simon, du darfst nicht länger die Augen davor verschließen! Das ist im höchsten Maße leichtsinnig!«

Kerner atmete tief und hörbar durch. »Eberhard, ich ...«

»Simon, sag nichts. War mir klar, dass du deine Meinung nicht ändern würdest. – Denk dran, deine Präsidentin zu informieren, bevor es die meinige tut.«

Kerner sagte das zu, dann legte er auf. Ihm war ein Gedanke gekommen. Er erhob sich und eilte an seinen Schrank zu dem Ordner mit den aufbewahrten Protokollen. Hastig fuhr er mit dem Finger über die Auflistung der Gerichtspersonen. Tatsächlich, er hatte recht! In den Aufstellungen der vier Prozesse, die ihm Brunner geschickt hatte, war jeweils eine Justizangestellte Rosa Beutler als Protokollführerin vermerkt. In dem Verfahren gegen Thannenberger, dessen Protokollabschrift ihm vorlag, fungierte eine Sylvia Donato als Protokollführerin. An Frau Beutler konnte er sich noch erinnern. Sie war eine sehr zuverlässige Kraft mittleren Alters, die ihre Aufgabe akribisch genau erledigte. Von

Sylvia Donato hatte er im Augenblick kein Bild vor Augen. Wahrscheinlich hatte es gar nichts zu bedeuten, trotzdem schrieb er Brunner eine E-Mail, in der er dem Ermittler diesen Umstand mitteilte. Anschließend ermahnte er sich und griff zum Telefon, um mit der Präsidentin des Landgerichts einen längst überfälligen Gesprächstermin zu vereinbaren.

Brunner verließ das Büro der Polizeipräsidentin mit einer gewissen Erleichterung. Seine Vorgesetzte hatte sich zwar etwas verwundert geäußert, dass er ihr die Anschläge gegen den Direktor des Amtsgerichts Gemünden erst jetzt mitteilte, zeigte aber Verständnis für die schwierige Situation der Sonderkommission. Sie sagte ihm die sofortige Zuweisung von sechs weiteren Polizeibeamten zu, damit er die gefährdeten Personen unter Polizeischutz stellen konnte. Sie erklärte ihm aber auch, dass sie möglichst schnell einen Ermittlungserfolg erwarte. Es war dringend notwendig, der Presse irgendwelche Ergebnisse zu präsentieren. In sein Büro zurückgekehrt, handelte Brunner sofort. Er bildete aus seiner Mannschaft vier Zweierteams, die umgehend die gefährdeten Personen aufsuchen sollten, um sie über die bestehende Gefahr zu informieren und sie zu überzeugen, Polizeischutz in Anspruch zu nehmen. Brunner nahm sich vor, noch einmal sehr eindringlich mit Kerner zu sprechen. Er war wild entschlossen, sich durchzusetzen. Zur Not musste der Polizeischutz gegen Kerners Willen in Form einer Schutzhaft erfolgen.

27

Stefan Pfisterer hatte, entsprechend der letzten Mail, seinen nächsten Auftrag aus dem Postfach in Würzburg abgeholt. In den detaillierten Ausführungen wurde darauf hingewiesen, dass es sich bei dieser Aktion um das Finale der bisherigen Aufträge dieses Auftraggebers handelte. Pfisterer war ganz froh, denn langsam wurde die Geschichte mit den Krähen etwas langweilig. Als er allerdings las, wer in diesen Showdown mit eingebunden war, schnellte sein Blutdruck schlagartig in die Höhe. Das würde keine leichte, aber eine durchaus reizvolle Sache werden.

Eberhard Brunner verließ erst gegen Mitternacht die Räumlichkeiten der Sonderkommission. Seine Mitarbeiter waren schon vor einer Stunde gegangen. Der Zeitdruck, der auf ihm lastete, veranlasste Brunner, bis spät in die Nacht zu arbeiten. Das Studium der Aktenberge kostete Zeit und verlangte volle Konzentration. Zudem musste er auch den Polizeischutz für die gefährdeten Personen organisieren.

Bevor er den Flur betrat, schaltete er noch die Kaffeemaschine ab. Dieses Gerät musste in der letzten Zeit Hochleistung erbringen. Anspringende Neonlampen beleuchteten ihm den Weg zum Aufzug. Sie waren in der Nacht auf Automatik geschaltet und würden in einer Minute wieder ausgehen. Er trat aus dem Aufzug und passierte die Schleuse. Ein älterer Polizeibeamter in Uniform grüßte knapp aus der Pforte. Ein Büro der Polizeiinspektion war Tag und Nacht für Notfälle besetzt. Der Pförtner kontrollierte nächtliche

Besucher. Brunner grüßte freundlich zurück und trat vor das Haus. Aufatmend sog er die kühle nächtliche Brise ein. Er freute sich jetzt richtig auf die zwanzig Minuten Fußweg zu seiner Wohnung. Da ihm im Dienst jederzeit ein ziviles Polizeifahrzeug zur Verfügung stand, ließ er sein Auto fast immer zu Hause stehen und ging lieber zu Fuß ins Büro. Als er in seine Straße einbog, bemerkte er beiläufig, dass nur noch in wenigen Häusern einzelne Fenster erleuchtet waren. Er warf seinem Auto einen Blick zu, das er direkt am Haus vor seiner Parterrewohnung abgestellt hatte. In dem Mehrfamilienhaus in der Sanderau bewohnte er eine geräumige Altbauwohnung in einer relativ ruhigen Seitenstraße. Von seinem Wohnzimmer aus hatte er einen freien Blick auf einen kleinen Vorgarten. Seine Wohnung verfügte als einzige im Haus über eine schmale Veranda statt eines Balkons, wie die übrigen Wohnungen im Haus. Von da aus konnte er sogar den Vorgarten betreten. Eine Möglichkeit, die er leider viel zu selten nutzen konnte, weil ihm ganz einfach die Zeit fehlte. Das Grundstück wurde vom Gehsteig der Straße durch eine hüfthohe Buchsbaumhecke abgegrenzt.

Im Vorübergehen leerte er den Außenbriefkasten. Ein Schreiben des Finanzamtes und Werbung, also nichts von Bedeutung. Brunner schob den Schlüssel ins Sicherheitsschloss und betrat den Flur. Mit einer oft praktizierten Handbewegung zum Schalter knipste er das Licht an. Die Wohnung war geräumig, mehr als einhundertzwanzig Quadratmeter. Eigentlich für einen allein stehenden Kriminalbeamten viel zu groß. Mit dauerhaften Bindungen hatte Brunner allerdings so seine Probleme. Viele seiner Kollegen bei der Kriminalpolizei lebten mit gescheiterten Beziehungen. Dieser anspruchsvolle Beruf stellte an eine Partnerin besondere Anforderungen. Schichtdienst, gefährliche Einsätze, unwägbare Risiken, all das war wenig geeignet für ein harmonisches Familienleben. Bis jetzt war jedenfalls noch keine Frau in sein Leben getreten, die diesem Anforderungsprofil entsprach. So pflegte er immer wieder mal wechselnde, mehr oder weniger unverbindliche Kontakte zu Kolleginnen, die unter ähnlichen Bedingungen arbeiten mussten und daher entsprechendes Verständnis aufbrachten.

Die Wohnung war nicht ungemütlich, aber überwiegend funktional mit den Produkten eines großen schwedischen Möbelhauses ausgestattet. Brunner warf seinen Schlüsselbund in eine Schale, die neben dem Telefon auf einem Tischchen stand, dann zog er seine Schuhe aus und stellte sie unter der Garderobe ab. Während er, ohne Licht anzumachen, das Wohnzimmer betrat, löste er seine Gürtelschnalle und zog das Gürtelholster mit der Dienstwaffe aus den Schlaufen. Eine handliche Heckler & Koch P7, mit Spanngriff, im Kaliber 9 mm Parabellum. Mit einer lässigen Handbewegung ließ er die Waffe auf die Couch fallen. Wenn er zu Bett ging, würde sie griffbereit auf dem Nachttisch liegen. Brunner besaß zwar im Schlafzimmerschrank einen eingebauten Waffentresor, benutzte ihn allerdings nur selten, da er seine Waffe auch in der Freizeit mit sich führte. Als Leiter der Mordkommission und von Sonderkommissionen bestand für ihn immer ein gewisses Gefährdungspotenzial.

Brunner war zwar einerseits müde, auf der anderen Seite aber geistig noch so angespannt, dass er sich noch nicht gleich niederlegen konnte. Er ging in die Küche und holte sich aus dem Regal neben dem Kühlschrank einen Bocksbeutel. Brunner öffnete den Schraubverschluss und goss sich ein Glas von dem Spätburgunder ein, den er so liebte. Der Schlummertrunk kam ihm jetzt gerade recht. Nachdem er das Licht in der Küche wieder gelöscht hatte, schlenderte er auf Socken zurück ins Wohnzimmer und machte auch dort das Licht aus. Die Straßenlaterne vor dem Haus sorgte für genug Helligkeit im Zimmer. Er ließ sich mit einem wohligen Seufzen in einen der bequemen Sessel plumpsen, dann legte er die Füße auf den niedrigen Couchtisch. Genussvoll sog er das Aroma des Rotweins ein. Der erste geschlürfte Schluck kitzelte seine Geschmacksknospen. Der Wein hatte genau die richtige Temperatur. Er schloss die Augen und genoss den Nachklang der Aromen im Abgang. Ohne es zu wollen, schweiften seine Gedanken wieder zu seinem Fall ab. Brunner dachte an seinen Freund Simon. Der Bursche war nicht so leicht zu beeindrucken, das wusste er, aber die derzeitige Bedrohung nahm er seiner Meinung nach zu leicht. Wenn er sich nur dazu überreden ließe, polizeilichen Schutz zu akzeptieren. Der Kriminalbeamte rieb sich über die Augen, dann nahm er einen weiteren tiefen Schluck und stellte das Glas auf den Tisch. Er musste sich zwingen zu entspannen, wegzukommen von diesen Gedanken. Wieder schloss er die Augen.

Brunner erwachte, weil er fast vom Sessel gerutscht wäre. Etwas irritiert musste er sich erst einmal orientieren. Offenbar war er im Sessel eingeschlafen. Er sah auf seine Armbanduhr. Fast drei Uhr. Jetzt war er wieder hellwach. Eine Fähigkeit, die er sich angeeignet hatte wie viele Polizisten, die Schichtdienst ableisten mussten. Das Licht der Straßenlaterne, das durch die Verandatür ins Zimmer drang, ließ den Inhalt des noch immer gefüllten Rotweinglases blutrot schimmern. Schade um den guten Tropfen, dachte er. Er nahm einen tiefen Schluck. Dabei fiel sein Blick hinaus auf die Straße, wo er den Teil seines Autos sehen konnte, der die Buchsbaumhecke der Grundstücksbegrenzung überragte. Bildete er sich das ein, oder war da draußen an seinem Fahrzeug ein Schatten vorbeigehuscht? Die Ahnung einer Bewegung, die weder von einem durch den Wind bewegten Ast, noch von der Straßenlaterne herrühren konnte. Brunners Instinkte schlugen Alarm. Ohne groß nachzudenken, griff er nach seinem Holster auf der Couch, zog die Pistole und steckte sie sich hinter den Hosenbund. In der letzten Zeit war es immer wieder vorgekommen, dass Rowdies serienweise parkende Fahrzeuge aufbrachen, um nach Navigationsgeräten und dergleichen zu suchen. Der Griff der Verandatür ging lautlos. Vorsichtig zog Brunner den Türflügel auf und blieb im Schatten des Raumes stehen. Da im Wohnzimmer kein Licht brannte, waren seine Augen an die Dunkelheit gewöhnt. Erst nachdem er einen Schritt auf die Fliesen der Veranda getan hatte, bemerkte er, dass er keine Schuhe trug. Das war jetzt aber egal. Langsam näherte er sich über das Gras des Vorgartens der Buchsbaumhecke. Als er die Hecke erreicht hatte, sagte er in normaler Lautstärke: »Hallo, ist da jemand? Zeigen Sie sich! Ich bin Polizeibeamter!« In der Stille der Nacht trug seine Stimme relativ weit. Seine rechte Hand lag unbewusst am Griff der Waffe.

Blitzschnell sprang eine hochgewachsene, männliche Gestalt hinter seinem Auto auf und brachte eine Waffe gegen ihn in Anschlag. Die Bewegung erfolgte so überraschend, dass Eberhard Brunner keine Möglichkeit hatte, entsprechend zu reagieren. Der schießt auf mich!, fuhr es ihm noch durch den Kopf. In das gedämpfte Plopp zweier schallgedämpfter Schüsse spürte er einen heftigen Schlag gegen den linken Arm und seine Schulter. Er taumelte leicht nach links. Noch ehe er die Treffer registriert hatte, schoss das Adrenalin ein. Reflexartig riss Brunner die Pistole aus dem Hosenbund: er beugte sich leicht nach vorne und umfasste den Griff seiner Waffe mit beiden Händen. Dabei fuhr ein stechender Schmerz durch seine linke Schulter, den er aber nur unterbewusst wahrnahm. Eine Sekunde später feuerte er zurück, ohne richtig zu zielen. Der Knall seines Schusses zerriss die Stille der Nacht, fing sich zwischen den Häuserwänden und kam als Echo mehrfach zurück. Die Seitenscheibe seines Autos flog in Scherben. Seine Ohren dröhnten, während seine Augen nach dem Ziel suchten, das so blitzschnell wie es aufgetaucht auch wieder verschwunden war. Brunner machte einen Satz über die Hecke und blickte schussbereit die Straße entlang. Auf dem gegenüber liegenden Gehsteig konnte er im Licht der Straßenlaternen eine Gestalt ausmachen, die hinter den dort geparkten Fahrzeugen davonrannte. Brunner hastete ihr ein kleines Stück hinterher, dann ließ er die Waffe sinken. Es hatte keinen Sinn. Ohne Schuhe konnte er den Mann niemals erreichen, und ein weiterer Schuss hätte sein Ziel sicher verfehlt. Langsam erst, dann in immer schnelleren und heftigeren Wellen flutete nun der Schmerz aus seinem linken Arm in seine Wahrnehmung. Jetzt sah er, dass sein Hemd blutgetränkt war. Sein linker Arm ließ sich auch nicht mehr richtig bewegen. Er steckte seine Pistole in den Hosenbund zurück, drehte sich um und eilte mit schmerzverzerrter Miene zurück in seine Wohnung. Jetzt erst nahm er zur Kenntnis, dass hinter verschiedenen Fenstern seines Wohnhauses und in der näheren Nachbarschaft Licht eingeschaltet worden war. Herr Meixner, ein alleinstehender Witwer und Mitbewohner, hatte das Fenster geöffnet und sah heraus.

»Herr Brunner, was ist denn hier los? Das war doch ein Schuss!« Nach kurzer Pause fuhr er fort: »Sind Sie in Ordnung?« Dann sah er offenbar das Blut auf Brunners Hemd. »Mein Gott, Herr Brunner, Sie bluten ja! Ich rufe gleich den Notarzt!«

»Danke, Herr Meixner!«, rief Brunner zurück, »aber ich mache das schon. Es ist nicht so schlimm, wie es aussieht. Gehen Sie ruhig wieder schlafen, es ist alles vorbei.« Dabei war Brunner klar, dass hier in der Straße in den nächsten Stunden niemand mehr richtig schlafen würde, wenn die Polizei und der Rettungswagen eintrafen.

Als er auf dem Weg zu seiner Veranda wieder an seinem demolierten Wagen vorbeikam, blieb er ruckartig stehen. Er traute seinen Augen nicht! Vorne auf der Motorhaube, dicht bei der Frontscheibe lag ein dunkles Bündel. Trotz seiner Schmerzen zwang sich Brunner, den Gegenstand näher zu betrachten. Es war eindeutig eine tote Rabenkrähe! Das Blut in den ausgestochenen Augenhöhlen glänzte leicht im Schein der Straßenlaterne. Tief betroffen lehnte er sich gegen die Seite des Autos. Das war also nicht die zufällige Aktion eines Automarders gewesen. Der Anschlag hatte gezielt ihm gegolten! Er griff mit der rechten Hand in seine Hosentasche und holte sein Mobiltelefon heraus. Mit Kurzwahl erreichte er Kriminalhauptkommissar Kauswitz, seinen Stellvertreter in der Sonderkommission, und riss ihn damit aus dem Schlaf. Die Schmerzen waren jetzt kaum noch zu ertragen.

»Kauswitz, hier Brunner«, meldete er sich mit gepresster Stimme. »Auf mich wurde soeben vor meiner Wohnung geschossen. Ich bin verletzt. Schicken Sie bitte einen Notarzt und kommen Sie mit der Spurensicherung hierher. Es muss der Killer gewesen sein, denn hier liegt eine tote Rabenkrähe ...«

Kriminalhauptkommissar Kauswitz war ein erfahrener Beamter. Er bemerkte sofort, dass sein Chef ziemlich am Ende war. Noch während er mit Brunner telefonierte, sprang er aus dem Bett und griff sich seine Kleider.

»Alles klar«, gab er zurück. »Der Notarzt kommt sofort. Ich bin in ein paar Minuten bei Ihnen. Halten Sie durch!«

Brunner ließ das Handy in seine Tasche gleiten, dann zwängte er sich durch eine Lücke in der Hecke und setzte sich auf seiner Veranda in einen Plastikstuhl. Den getroffenen Arm ließ er zwischen seinen Beinen herabhängen. In den beiden Einschüssen tobte es. Trotz der Schmerzen, zwang sich Brunner zu einer Einschätzung seiner Lage. Offenbar hatte er den Killer dabei gestört, als dieser die Krähe deponieren wollte. Dass er, nachdem er von Brunner angesprochen worden war, praktisch ohne Schrecksekunde sofort schoss, sprach für seine Professionalität. Brunner war überzeugt, der Mann hatte gezielt auf seinen Arm geschossen. Er hätte ihn sicher auch ohne Probleme mit einem tödlichen Schuss in die Brust treffen können. Er vermutete, der Typ wollte nur die Krähe ablegen und wurde dabei von ihm überrascht. Die Schießerei war sicher nicht geplant gewesen.

Brunner biss die Zähne zusammen. Wo blieb denn nur der verdammte Notarzt! Endlich hörte er in der Ferne schnell näher kommende Sirenensignale. Jetzt war es mit der Nachruhe in seiner Straße endgültig vorbei.

Die Sanitäter führten Brunner ins Wohnzimmer und schalteten die Zimmerbeleuchtung ein. Sie legten den verwundeten Kriminalbeamten auf eine Liege. Währenddessen informierte Brunner sie soweit erforderlich über das Geschehen. Die Blutung hatte mittlerweile nachgelassen, die Schmerzen hingegen waren kaum noch zu ertragen. Einer der Sanitäter schnitt mit einer Schere den durchbluteten Hemdsärmel ab, so dass die beiden Wunden frei lagen. Der Notarzt kniete neben dem stöhnenden Mann nieder und tupfte das Blut von den Einschüssen, damit er die Verletzungen begutachten konnte.

»Die beiden Projektile stecken noch im Arm beziehungsweise in der Schulter. Wir müssen Sie so schnell wie möglich ins Krankenhaus schaffen und sofort operieren. Wichtige Gefäße scheinen nicht getroffen zu sein, sonst würde es stärker bluten. Ich spritze Ihnen jetzt ein starkes Schmerzmittel, damit Sie es ertragen können, dann müssen wir los.« Er griff in seinen Arztkoffer, nahm eine Einwegspritze aus ihrer Umhüllung und setzte die Nadel auf. Ein Rettungsassistent öffnete eine Ampulle und reichte sie weiter. Nach der Spritze bekam Brunner einen Notverband angelegt.

»Einen Moment noch bitte«, gab Brunner mit gepresster Stimme zurück, als der Arzt mit dem Verband fertig war, »ich bin leitender Polizeibeamter. Meine Männer sind alarmiert, sie müssen jeden Moment hier eintreffen. Ich muss Ihnen noch einige wichtige Informationen geben, dann können Sie mich abtransportieren. Der Mediziner runzelte die Stirn.

»Viel Zeit bleibt aber nicht. Wir wissen nicht, wo die Geschosse stecken, und unnötige Bewegungen könnten weiteren Schaden anrichten.«

Fünf Minuten später blitzte ein weiteres Blaulicht durch die Straße, und ein ziviles Polizeifahrzeug bremste ab. Kriminalhauptkommissar Kauswitz sprang heraus und setzte mit einem Sprung über die Buchsbaumhecke. Durch die Verandatür betrat er Brunners Wohnzimmer. Brunner winkte seinen Kollegen mit der gesunden Hand zu sich. Die Spritze wirkte erstaunlich schnell und befreite ihn für den Augenblick von den schlimmsten Schmerzen.

Brunner sah den Notarzt und die Sanitäter bittend an. »Ich müsste dringend mit dem Mann unter vier Augen sprechen.«

Der Notarzt gab seinen Kollegen einen Wink. »Aber bitte nur einen Augenblick!« Sie stellten sich etwas abseits von der Trage.

Kauswitz kniete neben Brunner nieder. »Was ist passiert?«

»Es war purer Zufall, dass ich zu so später Stunde noch auf war. Ich habe draußen an meinem Auto eine Bewegung wahrgenommen und bin hinaus auf die Veranda gegangen. Einer inneren Stimme folgend, habe ich meine Pistole mitgenommen. Dann habe ich auf Verdacht die Aufforderung ausgesprochen, sich zu zeigen. Ich hatte noch nicht zu Ende geredet, als plötzlich hinter meinem Wagen ein Mann aufsprang und sofort zweimal auf mich schoss. Das Ergebnis siehst du ja. Ich habe dann instinktiv zurückgeschossen. Die kaputte Scheibe an meinem Fahrzeug stammt von mir. Ich habe ihn aber anscheinend verfehlt. Auf meiner Motorhaube liegt eine tote Krähe. Du weißt, was das bedeutet und wer der nächtliche Besucher war. Wahrscheinlich hatte er es gar nicht auf mich abgesehen, sondern wollte nur den Vogel deponieren. Ich habe ihn offenbar überrascht.«

Der Notarzt machte ihm ein unmissverständliches Zeichen, das Gespräch jetzt abzubrechen.

»Erledigt die Routinearbeiten und schließt dann bitte meine Wohnung ab. Mein Auto könnt ihr in die Werkstatt zur kriminaltechnischen Untersuchung abschleppen, der Schlüssel liegt draußen auf der Garderobe. Solange ich nicht da bin, bist du der Chef. Informiere bitte die Polizeipräsidentin, bevor sie es aus der Presse erfährt. Haltet mich im Krankenhaus auf dem Laufenden!«

Kauswitz sicherte das zu. Da nahmen die Sanitäter auch schon die Trage hoch und transportierten den Verletzten zum Rettungswagen. Brunner war klar, dass sich dieser Vorfall vor der Presse nicht mehr geheim halten ließ. Dazu hingen zu viele Köpfe aus den Fenstern der Nachbarschaft und verfolgten den Krimi direkt vor ihrer Nase.

Pfisterer warf einen schnellen Blick nach hinten. Dieser Polizeibeamte hatte unwahrscheinlich schnell reagiert. Das Projektil, das das Seitenfenster des Autos durchschlagen hatte, war nur knapp an ihm vorbeigepfiffen. Das war ein anderes Kaliber als die Männer, die er bisher im Rahmen dieser Aktionen getötet hatte. Der Auftrag hatte nur gelautet, die Krähe zu deponieren, daher hatte er den Mann auch nur außer Gefecht gesetzt. Jetzt verspürte er ein Brennen im Gesicht. Sein Handrücken wurde rot, als er sich damit über Stirn und Wangen fuhr. Verdammt! Anscheinend hatten ihn einige Glassplitter getroffen und kleine Schnittwunden verursacht. Nichts von Bedeutung, aber ärgerlich. Bis jetzt hatte er nie eine Spur hinterlassen. Auch heute hatte er wieder Handschuhe getragen. Pfisterer machte sich keine Illusionen. Die Spurensicherung würde den Tatort genau untersuchen und auch den kleinsten Hinweis finden. Blut war im Prinzip eine Möglichkeit, seine Identität festzustellen. Der Zugang zu diesen Daten war aber praktisch unmöglich, da sie als streng geheim geschützt waren. Das leichte Gefühl der Beunruhigung verflüchtigte sich wieder.

Erneut drehte er sich um und beobachtete die Straße hinter sich. Offenbar wurde er nicht verfolgt. Er verlangsamte seinen Schritt, stellte sich ein Stück weiter in einen dunklen Hauseingang und wartete. Zwei, drei Minuten. Die Luft war rein. Seine Schüsse hatten den Mann anscheinend aufgehalten. Mit hoher Wahrscheinlichkeit waren das keine lebensgefährlichen Verletzungen. Er hätte ihn jederzeit töten können. Aber dazu hatte er keinen Auftrag. Er tötete für Geld und nicht aus Mordlust. Außerdem hätte das einen Riesenwirbel ausgelöst, der nicht in die Planung passte. Es würde heftig genug werden, wenn er seinen Hauptauftrag erledigte, für den die Krähe an den Kriminalkommissar lediglich die Ouvertüre bildete. Er freute sich schon auf das Finale. Für diesen Kerner hatte sich sein Auftraggeber etwas Besonderes ausgedacht. Das Drehbuch enthielt für ihn ein richtiges Schmankerl, das er richtig genießen wollte. Er grinste leicht.

Als er sich dem Parkplatz seines Autos näherte, hörte er unweit das Heulen von Sirenen. Die Kavallerie war im Anmarsch! Kurze Zeit darauf erreichte er sein Auto, das er am Sanderrasen abgestellt hatte. Er überquerte die Löwenbrücke, später die Brücke der Einheit und folgte der B 27. Langsam wurde es Zeit, die Sache zu Ende zu bringen. Die Jagd auf Rabenkrähen langweilte ihn mittlerweile.

28

Simon Kerner saß in Würzburg im Juliusspital am Krankenbett seines Freundes. Er war sichtlich bedrückt. Dass der Killer jetzt einen Polizisten angriff, brachte seine Theorie etwas ins Wanken. Brunner war als Polizeibeamter ausführendes Organ der Staatsanwaltschaft und kein Mitglied des Schwurgerichts. Aber wer wusste, welch wirre Überlegungen im Kopf eines Mörders vorgingen? Eberhard Brunner lehnte mit dem Rücken gegen den aufrecht gestellten Kopfteil seines Bettes. Auf seinen Wunsch hin, hatte man ihm ein Einzelzimmer zur Verfügung gestellt. Der Leiter der Sonderkommission beabsichtigte nicht, sich durch die Verwundung außer Gefecht setzen zu lassen, und wollte, soweit möglich, bei der Mordserie am Ball bleiben. Eine dienstliche Besprechung am Krankenbett hatte bereits stattgefunden, bei der ihm die Kollegen der Sonderkommission eine erfreuliche Neuigkeit mitteilen konnten. Zunächst einmal musste er aber seinen Freund beruhigen, der sich Sorgen um ihn machte.

»Simon, mach dir keine Gedanken, mir geht es gut. Diese Schmerzmittel sind einfach gigantisch. Ich habe das Gefühl, ständig high zu sein. Besser als jeder Schoppen.« Er schmunzelte. Sein linker Arm und die Schulter waren dick verbunden und ruhten in einer Schlinge um den Hals. »Die Ärzte haben die beiden Projektile restlos entfernen können. Es wurden auch keine wichtigen Stellen verletzt. Ich werde ziemlich schnell wieder fit sein, und voraussichtlich wird auch nichts zurückbleiben. Gott sei Dank! Die Kriminaltechnik hat die beiden Projektile untersucht. Es handelte sich um zwei Vollmantelgeschosse im Kaliber 5,6 mm, vermutlich aus einer Pistole. Unser Freund ist somit seinen Gewohnheiten und dem Kaliber treu geblieben. Die Geschosse sind gut erhalten, weil sie keinen Knochen getroffen haben. Wir haben damit in diesen Fällen erstmals Projektile, die sich einer Waffe zuordnen lassen – wenn wir dann mal eine hätten.«

»Du hast Nerven! Das ging ja richtig auf deine Kosten. Er hätte dich auch töten können!«

»Stimmt«, gab Brunner zurück, »aber das war offenbar nicht seine Absicht. Ich nehme an, ich habe ihn überrascht, als er die Krähe abliefern wollte. Aber da gibt es noch einen erfreulichen Punkt: Mein Schuss hat ihn zwar nicht direkt getroffen, aber eine Spur hat er trotzdem hinterlassen. Stell dir vor, zum ersten Mal haben wir einen verwertbaren Hinweis auf seine Person!«

Durch Kerner ging ein Ruck. Er setzte sich steil hin und sah Brunner gespannt an.

»Was für eine Spur?«

»Meine Männer haben den Boden neben meinem Auto akribisch abgesucht. Dort lagen jede Menge Glassplitter von der Seitenscheibe, die ich durchschossen habe. Auf zwei Splittern haben sie winzige Blutspuren gefunden. Sie können nur vom Täter stammen. Wie es aussieht, hat er sich durch die Splitter verletzt. Wahrscheinlich nur geringfügig, aber die Menge an Blut reicht, um ihn mittels eines Gentests zu identifizieren. Vielleicht ist er auch schon in irgendeiner Datenbank erfasst. Meine Leute sind auf jeden Fall mit Volldampf dahinter her.«

»Das ist ja eine Supernachricht!«, freute sich Kerner. »Endlich ein Anhaltspunkt, mit dem man etwas anfangen kann. Bis jetzt war der Kerl ein Phantom, das keine Spuren hinterlassen hat.«

»Hoffen wir das Beste«, zeigte sich Brunner optimistisch. »Bitte sag mir gleich Bescheid, wenn ihr ein Ergebnis habt. Das interessiert mich brennend.«

Kerner machte einen gedanklichen Schwenk. »Bei der ganzen Sache kann ich eines nicht verstehen. Bis jetzt habe ich in fast allen Fällen die Krähenbotschaft erhalten und kurz darauf wurde jemand getötet, der bei den genannten Prozessen beteiligt war. Eine Ausnahme war die Sache mit Steffi, hier und in Frankreich, aber die gehört ja zu mir und man wollte mich sicher damit unter Druck setzen. Wenn man dem Vorgehen bei diesen Morden eine gewisse Logik unterstellt, passt die Tatsache, dass du nur eine Krähe bekommen hast und nicht erschossen wurdest, nicht ins Bild.«

»Na, vielen Dank«, erwiderte Brunner ironisch.

»Überleg doch mal. Du hast in den in Frage kommenden Fällen im Auftrag der Staatsanwaltschaft ermittelt. Du bist zwar kein Mitglied des Gerichts, bist aber durch die Zusammenstellung der Fakten, die letztlich zur Verurteilung führten, ein wesentlicher Teil der Entscheidung. Nach der bisher festgestellten Auswahl der Mordopfer könntest du also durchaus auf seiner Todesliste stehen. Wäre das der Fall, hätte dich der Killer doch gleich an Ort und Stelle töten können. Um anschließend, wie bei Dr. Bruckner, die Krähe bei deiner Leiche zurückzulassen. Er hatte doch alle Zeit der Welt. Da er mit einer schallgedämpften Waffe geschossen hat, hätte keiner deiner Nachbarn irgendetwas mitbekommen. Die sind doch erst durch deinen Schuss aufgewacht. Ich vermute daher, diese Aktion gegen dich war wieder nur als Botschaft für mich gedacht. Wir sind befreundet. Das man dich bedroht soll ähnlich wie bei Steffi auf mich wirken. Warum er dich verschont hat, muss einen Grund haben.«

Brunner machte ein nachdenkliches Gesicht. »Ich fürchte, du hast recht. Fakt ist, der Killer kreist dich immer enger ein.« Er machte eine Pause, dann fuhr er fort: »Ich werde jetzt dafür sorgen, dass sich einer meiner Männer persönlich um dich kümmert.«

Kerner schlug sein Jackett zurück und wies auf den Revolver am Gürtel. »Ihr benötigt doch jeden Mann für die Ermittlungen. Ich kann mich wehren.«

Brunner schüttelte energisch den Kopf und hob seine gesunde Hand.

»Gegen einen Scharfschützen hast du keine Chance, das weißt du auch! Also, keinen Widerspruch mehr, sonst lasse ich dich in Schutzhaft nehmen! Deine Chefin hätte sicher nichts dagegen. Ich habe in meinem Job nicht so viele Freunde, und die wenigen möchte ich gerne behalten.« Er machte eine Handbewegung in Richtung seines verletzten Arms. »Sobald es wieder geht, werde ich von hier verschwinden und die Ermittlungen vorantreiben. Darauf kannst du dich verlassen. Vielleicht haben wir bis dahin ja schon eine heiße Spur.«

Kerner wollte den Freund nicht weiter aufregen. »Eberhard, ich werde mir die Sache mit dem Personenschutz überlegen und bis dahin wirklich vorsichtig sein. Aber absolute Sicherheit gibt es nicht, das weißt du. Auch nicht, wenn zehn Polizisten auf mich aufpassen würden.«

Brunner schüttelte sichtlich gereizt den Kopf. »Du würdest mir ein ganzes Gebirge von der Seele nehmen, wenn du endlich Vernunft annehmen würdest. Was ist denn so schlimm daran, wenn du Personenschutz bekommst?«

Kerner versuchte, seinen Freund zu beruhigen.

»Gut, Eberhard, ich werde es mir noch einmal überlegen. Du solltest aber auch vernünftig sein und auf die Ärzte hören! Diese Verletzungen musst du auskurieren, damit du wieder fit wirst. Ein angeschlagener Ermittler bringt nicht viel.«

»Ich kann mich doch nicht seelenruhig ins Bett legen, wenn draußen in meinem Verantwortungsbereich ein Serienkiller herumschleicht und Menschen erschießt! Das wirst du wohl verstehen!«

Kerner seufzte. Selbstverständlich konnte er Brunner verstehen. Er hätte nicht anders gedacht.

In diesem Augenblick ging die Tür auf, und der Chefarzt kam mit Gefolge Visite. Simon Kerner nutzte dies, um sich von seinem Freund zu verabschieden. Ehe Kerner das Gebäude verließ, blieb er kurz in der Deckung des Eingangsbereichs stehen und beobachtete das Geschehen auf der Koellikerstraße, soweit er sie von seinem Standplatz aus einsehen konnte. Systematisch scannte sein Blick die geparkten Fahrzeuge ab. Sie waren alle leer. Auch keiner der zahlreichen Passanten, die den Eingang passierten, zeigte in irgendeiner Form Interesse an ihm. Kerner verließ den Türbereich und wandte sich nach rechts. Er hatte seinen Geländewagen auf dem Parkplatz hinter dem Juliusspital Weingut abgestellt. Kerner behielt auf dem Weg dorthin die Umgebung ständig im Auge. Die alten Sicherheitsreflexe, die als Soldat seine zweite Natur waren, kamen wieder zum Vorschein. Er musste aufpassen, dass er nicht völlig paranoid wurde.

Wenig später steuerte er seinen Defender wieder in Richtung Main-Spessart. Als er sein Fahrzeug auf einen freien Parkplatz neben dem Justizgebäude in Gemünden rollen ließ, sah er von außen, dass in die Fenster seines Dienstzimmers bereits wieder neue Scheiben eingesetzt waren.

29

Am nächsten Tag erhielten die auf Brunners Liste stehenden und als besonders gefährdet geltenden Personen überraschend Besuch von Mitgliedern der Sonderkommission Kürschner.

Die Richterin am Landgericht Würzburg, Sophia Sonnemann, brütete gerade über einer langen Anklageschrift der Staatsanwaltschaft wegen des Verdacht des Mordes, als es an die Tür klopfte. Auf ihr »Herein!«, betrat ein mittelalter Mann in Jeans und Lederjacke das geräumige Dienstzimmer im Strafjustizzentrum. Richterin Sonnemann schob die Lesebrille nach oben in ihre Kurzhaarfrisur und musterte den Besucher mit ungehaltener Miene. Sie fühlte sich sichtlich gestört.

»Ja, bitte?«, fragte sie ungeduldig. Es war im Hause eigentlich nicht üblich, Besucher direkt zu den Richtern durchzulassen. Erste Ansprechpartner waren immer die Geschäftsstellen.

»Grüß Gott, Frau Sonnemann«, sagte der Mann und blieb einen Meter vor dem Schreibtisch stehen. Die Sonne fiel durch das hohe Fenster schräg hinter der Richterin und zwang ihn, die Augen zusammenzukneifen. Er griff in die Brusttasche seines Jacketts, holte einen Ausweis heraus und hielt ihn der Richterin hin. »Mein Name ist Kauswitz, Kriminalhauptkommissar Kauswitz, ich bin der stellvertretende Leiter der Sonderkommission Kürschner. Ich denke, ich muss die Hintergründe unserer Arbeit nicht weiter erklären.«

Sonnemann nickte, selbstverständlich war sie über die

schreckliche Mordserie informiert. In Richterkreisen machte sich schon Besorgnis breit, weil es bisher drei Juristen getroffen hatte. Viele Kollegen stellten sich die Frage, ob man noch sicher war. Sie legte ihren Stift zur Seite, ihr Interesse war geweckt. Kauswitz glaubte für einen Moment, in ihren Augen ein besorgtes Flackern gesehen zu haben. Aber vielleicht irrte er sich auch. Sie richtete sich auf und wies mit der Hand auf einen Stuhl, der vor ihrem Schreibtisch stand.

»Nehmen Sie doch bitte Platz. Wie kann ich Ihnen helfen?«

Der Kriminalhauptkommissar kam der Aufforderung nach, dabei erklärte er: »Frau Sonnemann, leider ist es umgekehrt, ich bin hier, weil ich Ihnen helfen will.«

Die Richterin sah Kauswitz verwundert an. »Das müssen Sie mir jetzt aber wirklich erklären.« Sie legte ihren Füllfederhalter zur Seite und verschränkte die Arme vor der Brust.

Der Polizeibeamte lehnte sich zurück und atmete tief durch. »Da muss ich leider etwas ausholen.« In komprimierter Fassung informierte er die Frau hinter dem Schreibtisch über Details der Morde der letzten Wochen, die ihr bisher nicht bekannt waren, und über die Gründe, warum er jetzt hier war. Frau Sonnemann blickte im Laufe des Gesprächs immer ernster drein.

»… und Sie meinen, dass die Ursache für diese Serienmorde in Entscheidungen des Schwurgerichts zu suchen ist, an denen auch ich beteiligt war.« Es war eigentlich keine Frage.

»Wir haben nach dem Ausschlussprinzip alle Gemeinsamkeiten der getöteten Personen ausgewertet und sind zu diesem Schluss gekommen. Deshalb sehen wir, in Übereinstimmung mit der Polizeipräsidentin und ihrer Präsidentin hier am Landgericht, keine andere Möglichkeit, als Sie unter Polizeischutz zu stellen. Sie sind unserer Meinung nach in höchstem Maße gefährdet!«

Die Richterin erhob sich ziemlich abrupt und lief zum Fenster.

»Bitte, Frau Sonnemann, ich wäre Ihnen sehr dankbar, wenn Sie sich nicht vor das Fenster stellen würden. Es ist vom gegenüberliegenden Kilianeum gut einsehbar. Der Täter ist ein ausgezeichneter Scharfschütze, der auch auf diese Entfernung treffen kann. Er hat auf diese Weise auch auf Herrn Kerner, den Direktor des Amtsgerichts Gemünden, geschossen. Zum Glück ist ihm nichts passiert.«

Erschrocken wich die Frau einen Schritt vom Fenster zurück und setzte sich wieder zurück an ihren Schreibtisch.

»Mein Gott, ist das wirklich so gefährlich? Sie machen mir ja richtig Angst. Ich kann das noch gar nicht fassen!« Sie war richtig blass geworden.

»Wir würden nicht so einen Aufwand betreiben, wenn es nicht ausgesprochen kritisch wäre. Es sind außer Ihnen noch drei weitere Personen gefährdet. Da wir aus personellen Gründen nicht in der Lage sind, Sie alle vier in vollem Umfang in ihrem normalen Alltag zu schützen, wollen wir Sie an einem sicheren Ort außerhalb Würzburgs zusammenbringen. Es ist alles mit Ihrer Präsidentin besprochen. Sie ist damit einverstanden, dass Sie während dieser Zeit vom Dienst befreit werden. Sie ruft Sie gleich an.«

Die Richterin sah ihren Besucher mit großen Augen an. »Sie meinen, ich soll …«

»Ja, wir bringen Sie noch heute, genau genommen jetzt sofort, von hier weg und quartieren Sie in einem so genannten Sicheren Haus ein. Wie wir wissen, sind Sie geschieden und haben auch keine Kinder. Ihre familiären Verpflichtungen halten sich also in Grenzen. Eine meiner Kolleginnen wird gerne in Ihre Wohnung gehen und einige Sachen für Sie zusammenpacken. Sagen Sie uns bitte, was Sie benötigen.« Die Frau schüttelte energisch den Kopf. »So geht das nun wirklich nicht! Sie kommen hier herein und stellen von einer Minute auf die andere mein Leben auf den Kopf. Ich muss auf jeden Fall noch einmal in meine Wohnung! Ihre Kollegin in Ehren, aber ich lasse doch nicht wildfremde Menschen in meinen Sachen herumsuchen. Ihre Mitarbeiterin kann mich gerne begleiten. Auch wenn ich keine Familie habe, pflege ich soziale Kontakte und muss daher einige Personen von meiner Abreise informieren. Ich kann doch nicht so einfach sang- und klanglos von der Bildfläche verschwinden. Was glauben Sie, was meine Nachbarin veranstaltet, wenn sie mich vermisst?«

Kauswitz übte sich in Geduld. Es war wirklich hammerhart, was sie von den bedrohten Personen verlangen mussten. Aber nur, wenn Sie auch für den Killer plötzlich verschwunden waren, bot dies ein gewisses Maß an Sicherheit. Laut sagte er: »Es ist mir klar, dies ist ein erheblicher Eingriff in Ihre Privatsphäre. Wir können Sie anders aber nicht schützen. Ihr Leben ist massiv gefährdet. Wir hoffen sehr, dass wir den Täter bald festnehmen können.«

»Das hoffe ich auch«, erwiderte sie angespannt.

Kauswitz stand auf und wandte sich zur Tür. »Wenn Sie damit einverstanden sind, werde ich jetzt meine Kollegin heraufrufen; sie wartet unten im Wagen. Halten Sie sich aber bitte nicht länger in Ihrer Wohnung auf, als unbedingt notwendig.«

Die Richterin nickte zustimmend. Ganz so selbstsicher, wie sie sich gerade gegeben hatte, war sie nicht. Wie hypnotisiert starrte sie auf die Zimmertür, durch die der Polizist verschwunden war. Nicht erst seit dem Tod von Dr. Kürschner bewegte sie eine vergrabene Erinnerung an ihre berufliche Vergangenheit, die nun wieder ans Tageslicht drängte. Das schrille Läuten des Telefons riss sie aus ihren Gedanken. Sie sah auf das Display. Es war die Nummer der Landgerichtspräsidentin.

Sylvia Donato verließ eiligen Schrittes den Gerichtssaal der Großen Strafkammer des Landgerichts Würzburg. Sie trug die schwarze Robe, die für Protokollführerinnen vor Gericht vorgeschrieben war. Der Prozess gegen einen Würzburger Immobilienhändler wegen Verdacht des Betrugs war für die Mittagspause eine Stunde unterbrochen worden. Sie wollte das warme Kleidungsstück schnell loswerden, um kurz in die Stadt zu eilen und sich zu stärken. Die Mittagspause war schnell vorüber. Der Prozess schleppte sich zäh dahin und es war zu befürchten, dass die Verhandlung bis in den Abend dauern würde.

»Frau Donato?«, hörte sie die Stimme eines Mannes von der Seite. Sie wandte den Kopf. Er saß auf einer der Wartebänke für Zeugen und erhob sich nun schwungvoll.

»Ja, bitte?«, fragte sie kurz angebunden zurück. Das hatte ihr gerade noch gefehlt, dass irgendein Prozessbeteiligter sie mit Fragen löcherte. Sie hatte nicht vor, sich in ein längeres Gespräch verwickeln zu lassen. Sie besah sich den Mann näher. Er hatte eine selbstsichere Ausstrahlung, wie er so zielstrebig auf sie zutrat. Das war kein Hilfe suchender Zeuge.

Mit einer schnellen Armbewegung hielt er ihr einen Polizeiausweis unter die Nase. Sie hatte im Dienst häufig mit Kriminalbeamten zu tun, die in Prozessen als Zeugen aussagen mussten, und kannte diese Ausweise. Den Namen des Mannes konnte sie allerdings nicht richtig erkennen.

»Frau Donato, ich bin Kriminalhauptkommissar Kauswitz und müsste Sie dringend einmal sprechen. Können wir uns vielleicht dort drüben hinsetzen?« Er wies auf eine Sitzgruppe, die in der Nähe eines Getränkeautomaten stand. Dort befand sich im Augenblick niemand.

»Ich hoffe, das dauert nicht lange, denn wir haben nur eine kurze Prozesspause«, erwiderte Donato zurückhaltend.

»Es ist wirklich dringend«, insistierte der Polizeibeamte und war schon auf dem Weg zur Sitzgruppe. Sylvia Donato folgte ihm zögernd.

Kaum saßen sie, begann er zu sprechen.

»Frau Donato, ich bin der stellvertretende Leiter der Sonderkommission Kürschner. Wir ermitteln in einer Mordserie, die mittlerweile vier Todesfälle umfasst. Zu den Opfern gehören unter anderem der ehemalige Vorsitzende des Schwurgerichts, Dr. Kürschner, und der Richter am Landgericht Großberger. Sie hatten ja mit beiden beruflich zu tun.«

»Ja, ich habe von den Morden gehört. Schrecklich! Aber wie kann ich Ihnen dabei helfen?«, fragte sie knapp. Ihr Bedauern wirkte etwas aufgesetzt.

»Wenn unsere Informationen stimmen, waren Sie auch schon Protokollführerin des Schwurgerichts, als Dr. Kürschner noch dessen Vorsitzender war.«

»Richtig … und?«, gab sie kurz zurück und warf dabei einen demonstrativen Blick auf ihre Armbanduhr.

Kauswitz sah sie aufmerksam an. »Ich wundere mich etwas. Sie machen auf mich den Eindruck, als würde Sie der Tod dieser Menschen nicht sonderlich berühren.«

Die junge Frau zuckte mit den Schultern. »Herr Großmann war ganz in Ordnung. Aber Dr. Kürschner war … na, sagen wir mal, nicht sonderlich beliebt bei den Mitarbeitern des Gerichts. Er war ziemlich speziell. Als Protokollführerin habe ich in den Prozessen seinen herrischen Umgangston immer sehr direkt mitbekommen. Man durfte sich bei ihm nicht die geringste Nachlässigkeit erlauben. Einmal hat er mich mitten in einem Prozess in aller Öffentlichkeit gemaßregelt, weil er dachte, ich sei nicht ganz bei der Sache. – Aber«, setzte sie hinzu, »das hat er nicht nur mit mir so gemacht.« Kurze Pause, dann fuhr sie, ihre Aussage etwas abmildernd, fort: »Natürlich ist es bedauerlich, dass er so grausam ums Leben gekommen ist. Das ganze Gericht spricht über diese Todesfälle.«

Kauswitz nahm ihre Ausführungen zur Kenntnis und kam zur Sache. Wie bei dem anderen Besuch, den er bereits hinter sich gebracht hatte, schilderte er der Beamtin eindringlich den Grund dieses Gesprächs.

»… Ich möchte Sie daher bitten, auf die Mittagspause zu verzichten. Die Präsidentin des Landgerichts, mit der ich schon gesprochen habe, hat angeordnet, dass eine Ihrer Kolleginnen in der laufenden Schwurgerichtsverhandlung als Protokollführerin einspringt. Sie haben für die Zeit, in der wir Sie in Sicherheit bringen müssen, Dienstbefreiung.«

Die Frau sah ihn mit gerunzelter Stirne an. »Ich verstehe das Ganze nicht. Wieso bin ich davon betroffen, wenn es dieser Killer auf Mitglieder des Schwurgerichts abgesehen hat? Ich bin als Protokollführerin doch überhaupt nicht in die Urteilsentscheidungen mit einbezogen.«

»Das stimmt schon.« Kauswitz bemühte sich um Geduld. »Bedauerlicherweise wurde aber auch schon ein Gutachter ermordet, der auch nicht unmittelbar am Urteil beteiligt ist. Vorbeugend bringen wir alle Personen, die bei den in Frage kommenden Prozessen beteiligt waren und noch leben, in Sicherheit.

Also, kommen Sie jetzt bitte mit. Frau Richterin Sonnemann bringen wir auch weg. Eine Kollegin von mir wird Sie beide zu einem Sicheren Haus bringen.«

Sie wollte erneut protestieren, aber der Kriminalbeamte erstickte ihren Widerspruch, indem er sein Handy hervorzog und seine Kollegin verständigte, die sich mittlerweile bereits bei Richterin Sonnemann befand.

»Warten Sie bitte hier«, erklärte Kauswitz, nachdem er das kurze Gespräch beendet hatte. »Sie werden abgeholt. Sagen Sie meiner Kollegin, was Sie noch aus Ihrer Wohnung benötigen oder wenn jemand angerufen werden soll. Sie wird das für Sie arrangieren.«

»Das ist ja total verrückt! Ich bin doch keine Marionette, bei der man einfach an den Fäden zieht, damit sie springt!«

»Tut mir leid, aber das ist nicht zu ändern. Die Alternative wäre Schutzhaft in einer Justizvollzugsanstalt. Jetzt machen Sie es mir doch nicht so schwer!«

»Ich muss aber auf jeden Fall noch einmal nach Hause«, erwiderte sie etwas gemäßigter. Die Androhung der Schutzhaft hatte sie erreicht. »Sie können von einer Frau nicht verlangen, dass sie völlig ohne Kleidung und Hygieneartikel verreist. Wie stellen Sie sich das vor? Außerdem muss ich meinen Vater anrufen. Wenn ich plötzlich nicht mehr erreichbar bin, dreht er völlig durch!«

Kauswitz runzelte die Stirne, signalisierte jedoch sein Einverständnis. Es war klar, dass das Herauslösen der gefährdeten Personen aus ihrem persönlichen Umfeld nicht reibungslos verlaufen würde. Hoffentlich geschah kein weiterer Anschlag, bevor die Frauen in Sicherheit waren. Der Kriminalbeamte verabschiedete sich und eilte aus dem Gerichtsgebäude.

Im Lauf des Nachmittags hatte sich das Wetter über Würzburg massiv verändert. Aus Westen war eine breite Gewitterfront herangezogen und verdunkelte nun die Sonne, so dass man den Eindruck hatte, die Dämmerung stünde vor der Tür. Windböen fegten durch die Straßen und trieben die Menschen vor sich her.

Monika Fiederling verließ das Verwaltungsgebäude der Regierung von Unterfranken durch den Haupteingang. Sie warf einen kritischen Blick zum Himmel, während der Wind in ihre Kurzhaarfrisur fuhr und die Haare wie geschnittene Grashalme nach allen Richtungen beugte. Ihr Wagen stand auf dem Parkplatz, der ausschließlich Behördenangehörigen vorbehalten war. Sie stemmte sich gegen den Wind und eilte durch die parkenden Fahrzeuge. Als sie mit der Fernbedienung ihr Auto öffnete, trat überraschend von der Seite ein Mann auf sie zu. Sein plötzliches Auftauchen und seine Zielstrebigkeit erschreckten sie. Instinktiv hielt sie die Tür gegen den Widerstand des Windes offen, wodurch sie zwischen ihm und sich eine Art Schutzbarriere errichtete.

»Frau Fiederling«, sagte der Unbekannte, wobei dies offensichtlich keine Frage, sondern eine Feststellung war. »Polizei«, fuhr er fort, dabei hielt er einen laminierten Ausweis mit Lichtbild in die Höhe. »Mein Name ist Kauswitz, Kriminalhauptkommissar Kauswitz. Ich bin der stellvertretende Leiter einer Sonderkommission, die sich mit der Mordserie der letzten Wochen hier in Würzburg beschäftigt. Sie haben die Vorfälle sicher der Presse entnommen. Wir müssen uns bitte unterhalten. Macht es Ihnen etwas aus, wenn wir uns in Ihren Wagen setzen, bevor uns der Sturm wegträgt?« Er zeigte die Andeutung eines Lächelns.

Monika Fiederling war völlig überrumpelt. »Was ...? Ich verstehe nicht ...?«

»Bitte im Fahrzeug«, gab Kauswitz zurück und lief auf die andere Seite. Er öffnete und stieg ein. Vom Himmel fielen die ersten dicken Regentropfen, die auf den Karosserien der Fahrzeuge rings herum hohle Trommeltöne erzeugten.

Fiederling folgte ihm und ließ sich hinter das Steuer gleiten. Kaum hatte sie die Wagentür geschlossen, öffnete der Himmel seine Schleusen, und ein wahrer Wolkenbruch prasselte auf das Auto herunter. Binnen Sekunden war wegen der Wasserflut keine freie Sicht nach außen mehr möglich. Zudem beschlugen die Scheiben von innen.

Kauswitz drehte sich so, dass er der Frau direkt ins Gesicht sehen konnte. Er musste fast schreien, um sich gegen das Trommeln des Regens verständlich zu machen.

»Frau Fiederling, ich bin der stellvertretende Leiter einer Sonderkommission, die mit der Aufklärung der Serienmorde der vergangenen Zeit beauftragt ist. Ich bedaure, wenn ich Sie vielleicht erschreckt habe, aber es gibt in diesem Zusammenhang ein paar wichtige Dinge, die ich mit Ihnen besprechen muss.«

»Ich wüsste nicht, was ich mit der Kripo zu schaffen hätte«, gab Fiederling wenig zugänglich zurück.

»Lassen Sie es mich bitte erklären, dann werden Sie mich verstehen.« Kauswitz' Stimme wurde eindringlich. »Nach unseren Informationen sind Sie in den letzten Jahren immer wieder bei Schwurgerichtsverfahren als Schöffin eingesetzt gewesen.«

Monika Fiederling nickte.

»Nach unseren Ermittlungen sind die fünf Menschen, die in den letzten Wochen einem Serientäter zum Opfer gefallen sind, alle bei demselben Schwurgerichtsverfahren als Prozessbeteiligte aufgetreten, darunter auch Sie als Laienrichterin. Wir befürchten nun, dass auch Sie erheblich gefährdet sind. Deshalb hat die Sonderkommission beschlossen, alle noch lebenden Prozessbeteiligten zu schützen. Das bedeutet Polizeischutz rund um die Uhr an einem sicheren Ort.« Er verstummte und ließ seine Worte zunächst einmal auf die völlig geschockte Frau einwirken. Fiederling war alles Blut aus dem Gesicht gewichen.

»Mein Gott!«, bracht sie nur hervor.

»Das Motiv kennen wir noch nicht«, erklärte Kauswitz, »aber wir vermuten, die Ursache liegt in einem der Schwurgerichtsverfahren, bei dessen Urteil Sie mitgewirkt haben. Wir können Ihre Sicherheit nur garantieren, wenn Sie sich direkt in unsere Obhut begeben … und das, so leid es mir tut, sofort.«

Die Frau sah ihn völlig entgeistert an. »Wie stellen Sie sich das vor? Ich kann doch nicht einfach alles stehen und liegen lassen! Was ist mit meiner Arbeit? Ich habe zurzeit die Urlaubsvertretung eines Kollegen. Das ist völlig unmöglich.«

»Frau Fiederling, bitte machen Sie es uns doch nicht so schwer. Wenn Sie sich weigern, müssen wir Sie in Schutzhaft nehmen. Das Risiko, dass Sie das nächste Mordopfer sind, ist zu hoch! Wir werden alle Probleme mit Ihrem Arbeitgeber für Sie erledigen. Nach unseren Informationen leben Sie allein und müssen niemand versorgen. Insofern dürfte es doch sicher keine Schwierigkeiten geben. Verständigen Sie bitte alle Menschen, die Sie vermissen könnten, telefonisch. Sie können ja sagen, dass Sie kurzfristig eine Urlaubsreise antreten. Die Wahrheit verschweigen Sie aber bitte unter allen Umständen!«

»Wie lange werde ich weg sein?«

»Wir setzen alles daran, den Täter möglichst schnell zu

fassen, glauben Sie mir. Aber mit einer guten Woche müssen Sie schon rechnen.«

Monika Fiederling starrte auf das Lenkrad. Von den beiden Menschen im Auto unbemerkt, war der Gewitterguss vorüber gegangen. Draußen zeigten sich die ersten Sonnenstrahlen, die sich in den zahllosen Regentropfen auf der Windschutzscheibe in allen Farben des Regenbogens brachen.

»Sind Sie einverstanden?«, fragte Kauswitz. »Glauben Sie mir, das ist die beste Lösung.«

Die Frau atmete tief durch. »Na, gut, wenn Sie meinen.« Kauswitz war froh, dass die Frau so einsichtig und unkompliziert war.

»Ich werde Ihnen eine Kollegin herschicken, die dort drüben in einem Dienstfahrzeug wartet. Sie wird sich um alles kümmern, Ihnen Kleidung und Toilettenartikel aus Ihrer Wohnung holen und Sie nun auf Schritt und Tritt begleiten.«

Fiederling wehrte entschieden ab: »Das ist nicht nötig. Ich werde alles Notwendige selbst holen.«

»Dann wird Sie meine Kollegin auf jeden Fall begleiten«, erklärte Kauswitz, gab ihr die Hand und öffnete die Beifahrertür. Ein Schwall vom Regen abgekühlter Luft drang in das schwüle Innere des Wagens. Monika Fiederling hatte das Gefühl in einem Alptraum zu leben. Vor fünfzehn Minuten dachte sie noch darüber nach, was sie sich zum Abendessen zubereiten könnte, und jetzt das. Der Appetit war ihr gründlich verdorben. Sie empfand die Schöffentätigkeit immer als Ehrenamt, das sie gerne ausübte. Die Verantwortung, die sie mit dieser Aufgabe übernahm, unterschied sich maßgeblich von ihrer beruflichen Tätigkeit, wo sie immer nur die Anordnungen ihrer Vorgesetzten auszuführen hatte. Als Schöffin war sie wichtig. Man begegnete ihr mit Respekt und ihr Votum war mit ausschlaggebend bei der Verurteilung eines

Menschen. Gewiss, hin und wieder war sie Kompromisse eingegangen und hatte sich gegen ihre eigene Überzeugung dem Urteil der Berufsrichter angeschlossen. Aber im Großen und Ganzen war sie sich treu geblieben.

Draußen sah sie eine Bewegung und die Beifahrertür wurde wieder geöffnet. Eine junge Frau in Zivil glitt auf den Sitz an ihrer Seite. Dabei öffnete sich ihre Jeansjacke, und Monika Fiederling konnte den Griff einer Pistole erkennen. Jetzt wusste sie, dass der Alptraum Realität war.

»Mein Name ist Eva Kornelius«, stellte sich die Beamtin vor, »nennen Sie mich doch einfach Eva. Was kann ich für Sie tun?«

Fiederling hatte sich etwas von ihrem Schock erholt und dachte nach. »Am besten fahren wir zu meiner Wohnung. Ich werde mir meine Sachen selbst zusammensuchen. Wie lange werde ich weg sein?«

»Das können wir leider nicht sagen«, erwiderte die Polizistin mit bedauernder Miene, »aber mit ein, zwei Wochen müssen Sie schon rechnen. Sie können sicher sein, die Ermittlungen laufen auf Hochtouren.« Sie überlegte kurz. »Also gut, dann fahren wir kurz zu Ihnen, aber Sie dürfen sich nicht lange aufhalten. Wir können dort keinen Schutz gewährleisten.«

»Ist die Lage wirklich so brisant?«, wollte Fiederling wissen.

»Leider ja«, erwiderte die Beamtin und machte eine auffordernde Handbewegung. »Wir sollten jetzt wirklich losfahren«. Sie griff nach ihrem Mobiltelefon und verständigte Kauswitz.

Monika Fiederling startete den Motor und rollte vom Parkplatz. Bis zu ihrer Wohnung waren es nur ein paar Minuten.

Eine gute Stunde später fuhren drei zivile Fahrzeuge auf den Hof des Polizeipräsidiums in der Frankfurter Straße. Es waren die Autos von Sophia Sonnemann, Sylvia Donato und Monika Fiederling. Die drei Frauen wurden von ihren Personenschützerinnen begleitet. Diese wiesen sie auf drei Parkplätze ein, wo die Autos für die Dauer der Internierung stehen bleiben konnten. KHK Kauswitz erwartete die drei Frauen bereits neben einem zivilen Kleinbus der Polizei, dessen Fenster blickdicht waren.

»Meine Damen, bitte bringen Sie Ihr Gepäck hier in den Bus, wir müssen dann gleich los. Ach, noch eine Kleinigkeit: Händigen Sie mir bitte Ihre Mobiltelefone aus.«

»Wieso das?«, empörte sich Frau Donato. »Ohne mein Smartphone gehe ich nirgendwo hin!«

»Tut mir leid, Frau Donato, aber Sie wissen doch als Justizbedienstete, dass man diese Geräte orten und Ihren Standort feststellen kann. Wir müssen davon ausgehen, dass der gesuchte Killer über entsprechende technische Möglichkeiten verfügt. Bitte, ich muss darauf bestehen!« Er hielt ihr auffordernd seine Hand hin. Murrend übergab sie ihm ihr Handy. Die beiden anderen Frauen folgten ihrem Beispiel. Kauswitz öffnete die Geräte und entnahm ihnen den Chip und den Akku, dann tütete er sie getrennt voneinander ein. »Sobald der Täter gefasst ist, erhalten Sie sie selbstverständlich zurück.«

»Wo bringen Sie uns denn hin?«, wollte Frau Sonnemann wissen, während sie einen geräumigen Trolley aus ihrem Wagen hob.

»Das kann ich Ihnen leider nicht sagen«, gab Kauswitz zurück. »Wir haben in der Region Unterfranken ein Sicheres Haus, dort werden Sie untergebracht. Lassen Sie sich einfach überraschen. Die Unterkunft ist wirklich ganz annehmbar.«

Die Skepsis in den Gesichtern der drei Frauen war unübersehbar. Zehn Minuten später fuhr der Polizeibus vom Hof. Kauswitz folgte dem Fahrzeug in einem neutralen Dienstwagen. Nachdem die Frauen endlich in Sicherheit waren, wartete die härteste Aufgabe auf ihn: Er musste Simon Kerner davon überzeugen, ebenfalls in dieses Haus einzuziehen.

30

Simon Kerner knallte geräuschvoll den Telefonhörer auf die Station zurück. Das Gespräch mit der Präsidentin des Landgerichts hatte ihn ziemlich verärgert. Sie hatte ihm freundlich, aber bestimmt klargemacht, dass er sich wegen der Mordfälle der letzten Wochen umgehend in den Schutz der Polizei zu begeben habe. Nach ihrer Kenntnis sei er ein potenzielles Ziel des Killers und deshalb erheblich gefährdet. Sie hatte ihm klipp und klar erklärt, dass sie ihn, falls er sich weiterhin weigern sollte, in Schutzhaft nehmen lassen würde. Kerner war ziemlich sauer, würde sich aber fügen müssen.

Der Direktor des Amtsgerichts Gemünden saß in seinem Dienstzimmer am Schreibtisch und starrte vor sich hin. Vorsichtshalber waren die Lamellenvorhänge an dem Fenster zum Nachbargebäude hin zugezogen, wodurch die Sicht auf seinen Schreibtisch versperrt war. Es war zwar unwahrscheinlich, dass derselbe Angriff auf ihn zweimal hintereinander erfolgen würde, aber man musste das Schicksal ja nicht herausfordern.

Kerner sah keinen Sinn darin, sich aus dem Verkehr ziehen zu lassen und irgendwo in einem Versteck zu verschwinden. Wenn es der Täter tatsächlich auf ihn abgesehen hatte, wurde das Problem dadurch nicht gelöst, sondern nur aufgeschoben. Warum verwendete man ihn nicht lieber als Köder? Man musste dem Burschen eine Falle stellen, sonst würde man ihn nie bekommen. Es war aber auch zu dumm, dass Brunner jetzt außer Gefecht war. Er wäre sicher bereit gewesen, ein solches Risiko einzugehen. Mit Kauswitz, seinem Vertreter, war das nicht zu machen. Der würde sich an seine Anweisungen halten und kein Risiko eingehen.

Sein Gefühl sagte ihm, dass er in dem sogenannten Sicheren Haus nicht so sicher sein würde, wie sich die Sonderkommission das vielleicht erhoffte. Er hatte intensiv über die verschiedenen Aspekte dieser Mordfälle nachgedacht. Brunner und die Sonderkommission – und natürlich auch er – waren bei ihren Überlegungen bisher davon ausgegangen, dass die Ursache für die Morde bei einem der Fälle zu suchen sei, bei dem die zu lebenslänglicher Haft Verurteilten noch lebten. Den Schwurgerichtsprozess gegen den verstorbenen Alexander Thannenberger hatten sie dabei völlig außer Acht gelassen. Wahrscheinlich, weil es in diesem Zusammenhang ein paar andere Gesichtspunkte gab, die er gern vergessen hätte und die dazu führten, dass er Thannenberger verdrängte. Kerner fühlte, dass sie dabei wahrscheinlich einen gravierenden Denkfehler gemacht hatten.

In allen Fällen, die sie in ihre Ermittlungen mit einbezogen hatten, war Brunner als Leiter der Mordkommission aktiv gewesen und hatte die Täter überführt. Der Fall Thannenberger war, wie er sich erinnerte, das einzige der in Frage kommenden Verfahren, an dem Brunner nicht beteiligt gewesen war. Zu diesem Zeitpunkt war er bereits Leiter der Sonderkommission Spessartblues, die gegen den Spessartpaten ermittelte.

Der Prozess gegen Thannenberger war Kerners letzter Schwurgerichtsprozess gewesen, in dem er als Ankläger auftrat, und zugleich auch der letzte Schwurgerichtsprozess des ermordeten Vorsitzenden Dr. Kürschner. Danach war dieser in den Ruhestand versetzt worden. Kerner musste Brunner unbedingt noch vor seinem Umzug in das Sichere Haus seine Überlegungen mitteilen. Die Sonderkommission musste Thannenberger in ihre Ermittlungen mit einbeziehen! Simon Kerner griff erneut zum Telefon und wählte die Nummer seines Freundes im Krankenhaus.

»Hallo, Eberhard«, meldete er sich, als Brunner nach einmaligem Läuten abnahm. »Wie stehen die Aktien?«

»Grüß dich, Simon, gut, dass du dich meldest. Kauswitz war bei mir und hat mir seine Sorgen mit dir erzählt. Du solltest wirklich nicht länger warten und dich in unseren Schutz begeben. Die drei anderen Personen, die noch gefährdet sind, haben wir bereits dorthin geschafft.«

Kerner unterbrach ihn. »Ja, ja, spar dir den Atem. Die Landgerichtspräsidentin hat mir vor ein paar Minuten am Telefon die Hölle heiß gemacht und mir sogar mit Schutzhaft gedroht. Da bleibt mir wohl nichts anderes übrig, als mich wegsperren zu lassen.«

Aus der Leitung kam ein befreiter Seufzer. »Wegsperren! Wie das klingt. Glaub mir, so ist es am Besten. Dann können wir uns wieder konzentriert auf die Ermittlungen stürzen und müssen nicht dauernd mit weiteren Mordopfern rechnen.«

»Du bist wirklich der Trost meiner alten Tage«, gab Kerner sarkastisch zurück. »Aber da ist etwas Wichtiges, was ich dir noch sagen muss, bevor ich hinter Mauern verschwinde.« In komprimierter Form erläuterte Kerner dem Kriminalbeamten seine Überlegungen.

»… und du meinst wirklich, das könnte mit Thannenberger zusammenhängen? Da müsste er sich ja aus dem Grab heraus als Killer betätigen.«

Kerner hatte das Gefühl, dass der Kriminalbeamte von seinen Argumenten nicht ganz überzeugt war. »Du, das ist mir sehr ernst. Du solltest mal darüber nachdenken. Man müsste feststellen, woran er in der Haft verstorben ist. Er war ja noch nicht so alt. Vielleicht gibt es jemanden aus seinem Umfeld, der deswegen einen Rachefeldzug veranstaltet.«

Brunner schwieg einen Augenblick, dann entgegnete er: »Ganz von der Hand zu weisen sind deine Überlegungen nicht. Ich werde mit Kauswitz reden, dass er sich auch die Akten Thannenberger vorknöpft.«

»Ich denke, die sind bereits im Shredder gelandet?«, wandte Kerner ein.

»Richtig, aber es könnte noch Akten in der Justizvollzugsanstalt geben.«

Kerner war zufrieden. Da fiel ihm noch etwas ein: »Sag mal, Eberhard, was ist denn aus der Untersuchung der Blutspuren geworden, die sie vor deinem Haus sichergestellt haben? Gibt es da schon ein Ergebnis?«

»Ja. Unsere Rechtsmedizin hat die DNA bestimmen können und die Blutgruppe. Nach den Untersuchungen ist er weiß, blond und vermutlich Mitteleuropäer. Er hat die seltene Blutgruppe AB Rhesusfaktor negativ.

Wir haben die Daten durch sämtliche uns zur Verfügung stehenden Datenbanken gejagt. Auch Interpol. Diese DNA ist nirgendwo verzeichnet. Inhaber dieser Blutgruppe gibt es, trotz ihrer Seltenheit, in ganz Europa natürlich viele. Das hilft uns im Augenblick nicht wirklich weiter. Wenn wir Fingerabdrücke gefunden hätten, das wäre es. Ich habe das dumpfe Gefühl, Mister Unbekannt wurde bis jetzt noch nie erkennungsdienstlich behandelt. Vermutlich ein Vollprofi, dem es bisher immer gelungen ist, durchs Netz zu schlüpfen.«

»Verdammter Mist«, gab Kerner zurück.

»Kann ich unterschreiben«, gab Brunner zurück. »Sollte es allerdings zu einer Festnahme kommen, können wir dann zumindest die Täterschaft an dem Überfall vor meiner Wohnung unzweifelhaft nachweisen. Das würde uns einen großen Schritt weiterbringen.«

Wie ein Blitz aus heiterem Himmel kam Kerner ein Gedanke. »Sag mal, Eberhard, kannst du mir das Gutachten mal zukommen lassen?«

»Mein Gott, Simon, was willst du denn damit? Du gehst jetzt in das Sichere Haus und wartest, dass wir unseren Job machen. Du bist raus aus der Sache und gibst Ruhe!«

»Du hast ja recht«, erwiderte Kerner einlenkend, »aber ein bisschen interessanter Lesestoff kann doch nicht schaden.«

Eberhard Brunner traute dem Frieden nicht. Er kannte Kerner gut genug und spürte, dass dieser etwas im Schilde führte. Auf der anderen Seite konnte er mit dem Gutachten nicht viel anstellen.

»Also, gut, ich werde dir durch Kauswitz eine Kopie zukommen lassen. Wenn dir beim Studium etwas auffällt, kannst du mich ja über das abhörsichere Telefon im Haus anrufen.«

Kerner bedankte sich und wünschte Brunner gute Besserung. Dann rief er seine Vertreterin und seine beiden engsten Mitarbeiter in sein Dienstzimmer und erklärte ihnen die Sachlage, soweit sie informiert sein mussten. Diese Nachricht löste zwar großes Erstaunen aus, sie sagten aber zu, kein Wort davon gegenüber der Presse verlauten zu lassen. Offiziell befand sich Kerner auf einer längeren Dienstreise. Anschließend traf er eine schriftliche Verfügung, mit der er die Prozesstermine der nächsten beiden Wochen aufhob. Neue Termine würde er bestimmen, sobald er sein Amt wieder ausüben konnte. Etwa zwei Stunden später nahm er Kontakt mit Kauswitz auf und erklärte ihm seine Bereitschaft, sich in die Obhut der Polizei zu begeben. Kauswitz verabredete mit ihm, ihn mit dem Dienstwagen vom Gericht abzuholen, ihn nach Hause zu begleiten und ihn dann, wenn er einige Sachen zusammengepackt hatte, von dort zu der geheimen Unterkunft zu fahren.

Eine Stunde später war seine Eskorte da. Kerner verließ das Amtsgericht, setzte sich in seinen Defender und fuhr in Richtung Partenstein. Kauswitz folgte ihm in geringem Abstand. Der Kriminalbeamte achtete sorgfältig darauf, ob sie verfolgt wurden. Vor Kerners Haus blieb er im Wagen sitzen. Kerner fuhr den Defender in die Garage und ging ins Haus. Drinnen blieb er einen Moment im Wohnzimmer stehen. Es lag ihm noch eine schwere Last auf der Seele. Er musste unbedingt Steffi informieren. Das würde kein einfaches Gespräch werden, das war ihm klar, aber es half alles nichts. Er griff zum Telefonhörer.

Erwartungsgemäß war Steffi sehr besorgt. Sie äußerte die Vermutung, dass Kerner ihr nicht den gesamten Umfang der Gefahr schilderte. Schließlich konnte er sie aber beruhigen, indem er ihr erklärte, dass er sich in Polizeischutz begab. Er versprach ihr, sie nach Möglichkeit anzurufen.

Nach dem Telefonat überlegte er, wie viel Gepäck er mitnehmen sollte. Seine Wahl fiel auf seinen geräumigen Einsatzrucksack, den er noch von seiner Bundeswehrzeit her besaß. Zwischenzeitlich verwendete er ihn für die Jagd. Sollte es erforderlich sein, irgendwo schnell aufbrechen zu müssen, war er das ideale Gepäckstück. Schnell begann Kerner einen Teil der Jagdutensilien auszuräumen und stattdessen seine Ausrüstung für den Aufenthalt im Sicheren Haus zusammenzustellen.

Nach zehn Minuten betrachtete er die Gegenstände, die er auf der Couch aufgereiht hatte. Ohne sich dessen bewusst zu sein, hatte er hier weitgehend die Ausrüstung für einen Kampfeinsatz zusammengesucht. Was ging da in seinem Kopf vor? Die kugelsichere Weste, die er heraus gesucht hatte, war nicht ganz leicht, aber im Ernstfall hilfreich. Wieso rechnete er mit einem wie auch immer gearteten Ernstfall? Kerner hätte es nicht begründen können. Es war reiner Instinkt, der ihn so handeln ließ. Dieser hatte ihm in Kampfeinsätzen während seiner Bundeswehrzeit schon mehrfach das Leben gerettet. Die Weste verschwand im Rucksack.

Das doppelt geschliffene Einsatzmesser mit Scheide legte er ebenfalls hinein. Dann folgte eine Schachtel Munition für den Revolver, den er auch in der Abgeschiedenheit nicht ablegen würde. Selbstverständlich vertraute Kerner Brunners Beamtinnen und Beamten, aber letztendlich wollte er nicht völlig auf sie angewiesen sein. Auf die Camouflageklamotten, die er noch aus seiner Militärzeit aufbewahrte, verzichtete er. Stattdessen wählte er strapazierfähige, leichte Outdoorbekleidung. Eine Viertelstunde später war er fertig. Er zog den Stecker einiger Elektrogeräte. Der Kühlschrank war, seitdem Steffi im Ausland war, praktisch so gut wie leer. Schließlich trat er vor die Haustür und gab seinem Aufpasser einen Wink. Es war schon ein merkwürdiges Gefühl für ihn, sein Heim so überstürzt zu verlassen. Sein Defender und sein Motorrad blieben in der verschlossenen Garage.

Kauswitz öffnete den Kofferraum des Dienstwagens und legte Kerners Rucksack hinein.

»Mehr nicht?«, wunderte er sich.

Kerner schüttelte den Kopf. »In manchen Lebenssituationen reicht leichtes Gepäck.« Er setzte sich auf den Beifahrersitz.

Der Kriminalbeamte rutschte wieder hinter das Steuer, dann sah er Kerner von der Seite her an.

»Tut mir leid, Herr Kerner, aber ich muss Sie um Ihr Mobiltelefon bitten. Das ist Vorschrift und gilt für alle. Wir müssen eine Peilung Ihres Aufenthaltsorts verhindern. Das werden Sie sicher verstehen. Im Übrigen ist im Haus ein abhörsicherer Festnetzanschluss, den Sie verwenden können.« Kerner zog die Augenbrauen in die Höhe. Schließlich griff er in die Jackentasche, holte sein Handy heraus, schaltete es aus und reichte es wortlos Kauswitz hin. Der steckte das Gerät ein, dann startete er den Motor und fuhr los.

»Wo bringen Sie mich hin?«, wollte Kerner wissen, nachdem sie Partenstein hinter sich gelassen hatten.

»Das Haus, in das ich Sie bringe, liegt am Rande von Aschaffenburg. Es handelt sich um einen zweistöckigen Altbau, dessen unterster Stock von einer christlichen Jugendorganisation genutzt wird. So werden wechselnde Bewohner den wenigen Nachbarn nicht auffallen. Das oberste Stockwerk hat einen separaten Eingang und ist ausschließlich unseren Zwecken vorbehalten. Es gibt mehrere Schlafräume, zwei Bäder und diverse Aufenthaltsräume. Es ist auch von den Nachbarhäusern nicht einsehbar, so dass es nach menschlichem Ermessen sicher sein dürfte.«

Sein dürfte, wiederholte Kerner in Gedanken. Eine absolute Sicherheit gab es nicht, das war ihm klar.

»Ich habe vorhin noch mit Brunner gesprochen«, wechselte er das Thema. »Wir waren uns darin einig, auch den Fall Thannenberger in die Ermittlungen mit einzubeziehen, obwohl er im Vollzug verstorben ist. Thannenberger war der letzte Angeklagte, den das Schwurgericht unter dem Vorsitz Dr. Kürschners verurteilte. Eberhard wird Sie demnächst anrufen und informieren.«

Kauswitz zog erstaunt die Augenbrauen in die Höhe. »Gibt es hierfür konkrete Gründe?«

Simon Kerner erläuterte ihm in geraffter Form seine Überlegungen, die der Beamte kommentarlos zur Kenntnis nahm. Eine gute halbe Stunde später erreichten sie ihr Ziel.

Pfisterer hatte über das Postschließfach seinen Einsatzbefehl erhalten. Darin wurde ihm auch mitgeteilt, wo er die Zielperson finden konnte und wie das Szenario zu inszenieren sei, wobei ihm dabei ein gewisser Spielraum eingeräumt wurde. Insgeheim war er froh, dass sich diese Aufträge nun endlich dem Showdown näherten. Er hatte wirklich keine Lust mehr, Rabenkrähen zu schießen. Zwei lagen noch in seiner Kühlung. Die würde er nach Abschluss des Auftrags beseitigen. Er ging in den Keller, um seine Ausrüstung für diesen Einsatz zusammenzustellen. Pfisterer verspürte eine gewisse Spannung. Er kannte dieses Gefühl von seinen Einsätzen bei den Spezialkräften. Der jetzige Einsatz war eine echte Herausforderung, denn der Gegner, den es zu bekämpfen galt, war wehrhaft und äußerst gefährlich. Dabei stand Pfisterer keine eingespielte Mannschaft zur Verfügung, sondern er war ganz auf sich allein gestellt.

Er griff sich seinen Einsatzrucksack und öffnete den Waffenschrank. Es wäre für ihn kein Problem gewesen, Kerner aus der Distanz zu töten. Aber das war nicht gewollt. Und Pfisterer wäre es auch zu einfach vorgekommen. Nachdem er Kerners Vita kannte, wünschte er sich die direkte Konfrontation, Mann gegen Mann. Obwohl Simon Kerner nichts damit zu tun hatte, symbolisierte er für Pfisterer die Offizierskaste, die damals dafür gesorgt hatte, dass er aus der Bundeswehr ausgeschlossen wurde.

Jetzt musste er nur noch auf die Initialzündung warten, die per E-Mail kommen würde, dann konnte er loslegen.

31

Die drei Frauen, die mit Simon Kerner für einige Zeit das Haus bewohnen sollten, waren bereits anwesend, als Kerner mit seinem Begleiter eintraf. Ihm fiel sofort die gedrückte Stimmung auf. Die Umstände ihres Zusammentreffens waren ja auch alles andere als entspannend. Es gab keine große Vorstellung, da er alle drei aus seiner Zeit als Oberstaatsanwalt kannte.

Kerner brachte seine wenigen Habseligkeiten in das ihm zugeteilte Zimmer am Ende eines langen Flures. Der Raum war spartanisch mit einem Bett, einem Schrank und einem Tisch mit zwei Stühlen eingerichtet. Kerner konnte sich nicht helfen, aber irgendwie erinnerte er ihn an eine Zelle in der Justizvollzugsanstalt.

Zuerst machte er sich mit den übrigen Räumlichkeiten des Stockwerks vertraut. Zwischen seinem Raum und den Zimmern seiner Mitbewohnerinnen befand sich der Aufenthaltsraum der Polizistinnen und Polizisten, die für ihre Sicherheit verantwortlich waren. Ihnen standen zwei einfache Liegen zur Verfügung, damit sie sich während des Dienstes zwischendurch auch ein wenig ausruhen konnten. Im Übrigen würde die Wachbesatzung in zwei Schichten anwesend sein, wie Kauswitz ihm erklärt hatte. Auf der anderen Seite des Flures befand sich eine Art Wohnzimmer mit einer Sitzgruppe und einem relativ modernen Fernsehgerät. Daneben die beiden Badezimmer und eine geräumige Küche.

Die Tür zum Aufenthaltsraum der Beamten stand offen,

sodass Kerner nur kurz gegen den Türrahmen klopfte, um sich bemerkbar zu machen, bevor er eintrat.

Kauswitz saß mit zwei Beamtinnen am Tisch. Sie hatten Kaffeetassen vor sich stehen. Offenbar waren sie gerade bei einer Lagebesprechung.

»Störe ich?«, fragte Kerner.

Kauswitz schüttelte den Kopf. »Nein, setzen Sie sich doch bitte. Möchten Sie auch einen Kaffee?«

Kerner nickte. Eine der Polizistinnen erhob sich, holte aus einem Schrank eine frische Tasse und füllte sie aus einer Kanne, die auf der Heizplatte einer Kaffeemaschine stand. Der Inhalt war so schwarz, dass man die Stärke des Gebräus leicht erahnen konnte. Sie reichte sie Kerner, der sich bedankte.

Kauswitz ergriff wieder das Wort. »Ich darf Ihnen die Kolleginnen Nördlinger und Hussel vorstellen. Sie übernehmen die erste Schicht bis morgen früh. Um sechs kommt dann die Ablösung.« Die beiden Polizistinnen nickten Kerner freundlich zu. Er lächelte zurück.

»Nachdem wir nun alle im Haus versammelt sind«, fuhr Kauswitz fort, »möchte ich gerne mit Ihnen allen eine Besprechung durchführen. Wir müssen einige unumgängliche Parameter festlegen, die Ihr Verhalten betreffen und dazu beitragen sollen, Ihre Sicherheit hier zu gewährleisten.«

Er wandte sich an eine der Polizistinnen. »Frau Hussel, würden Sie bitte die Damen ins Wohnzimmer bitten. Wir kommen gleich nach.«

Die junge Frau erhob sich. Sie trug, wie ihre Kollegin, zivile Kleidung. Am Rand ihrer Jeansjacke war der untere Teil eines Gürtelholsters zu erkennen.

Kerner nahm einen Schluck aus seiner Tasse. Der Kaffee war stark und fast an der Grenze des Zumutbaren.

»Eberhard hat mir versprochen, mir eine Kopie des Gentests über das vor seiner Wohnung sichergestellte Blut zukommen zu lassen. Haben Sie die Unterlagen dabei?«

Kauswitz nickte. »Ich hole sie gleich. Sie liegen noch unten in meinem Wagen. Ich muss Ihnen aber ehrlich sagen, ich weiß nicht, was Sie hier damit anfangen wollen.«

»Die ermittelten Daten seien in keiner Datenbank verzeichnet, hat mir Eberhard gesagt. Ich habe da so eine Idee. Gibt es hier im Haus ein Faxgerät?«

Kauswitz sah ihn etwas verwundert an, dann wies er mit dem Daumen hinter sich. Dort befand sich eine Art Schiebetür, der Kerner bisher keine Beachtung geschenkt hatte. Ein Teil des Raumes war offenbar abgetrennt.

»Das ist gewissermaßen unser Büro. Computer, Telefon und Fax. Alle Geräte über sichere Leitungen angeschlossen. Die Nutzung ist allerdings nur den Polizeikräften vorbehalten. Unsere Schützlinge, die üblicherweise hier untergebracht werden, sollten keinen Kontakt mit der Außenwelt aufnehmen, um ihren Aufenthaltsort nicht zu verraten.«

Simon Kerner runzelte die Stirn. »Da werden Sie bei mir wohl eine Ausnahme machen müssen. Ich bin direkt in die Ermittlungen involviert und werde von hier aus ein paar Recherchen machen müssen. Wenn Sie damit Probleme haben, rufen Sie Brunner an.«

Kauswitz war von dieser Vorstellung nicht gerade begeistert, ließ es aber dabei bewenden. Stattdessen wandte er sich an Frau Nördlinger: »Kollegin, Sie haben gehört, was Herr Kerner gesagt hat. Er kann also die Kommunikationsgeräte benutzen.« Sie nickte wortlos. Überhaupt schien sie eine ziemlich zurückhaltende Person zu sein. Kerner hatte bei seinem Eintreten die beiden Frauen diskret, aber kritisch gemustert. Beide waren schlank und wirkten durchtrainiert. Er hatte keinen Zweifel daran, dass sie als Personenschützer bestens ausgebildet waren.

Kauswitz schob seinen Stuhl zurück. »Ich schlage vor, wir gehen jetzt rüber. Die Damen werden zwischenzeitlich im Wohnzimmer versammelt sein.«

Sie nahmen ihre Tassen und wechselten in den Wohnraum.

Simon Kerner winkte seinen drei Schicksalsgefährtinnen zu und nahm in einem der Sessel Platz. Prüfend musterte er die drei Frauen. Er glaubte, bei ihnen eine unterschwellige Reserviertheit zu verspüren. Es konnte aber auch nur eine Beklemmung sein, die aus der Situation heraus allzu verständlich war. Kauswitz räusperte sich, dann ergriff er das Wort.

»Meine Damen, Herr Kerner, nachdem wir nicht wissen, wie lange Ihr Aufenthalt hier im Haus sein wird, müssen wir mit Ihnen einige Verhaltensmaßregeln vereinbaren, an die Sie sich in Ihrem eigenen Interesse halten müssen. Ihre Mobiltelefone haben Sie uns ja bereits abgegeben. Dies ist keine Schikane. Wir müssen nur verhindern, dass von außerhalb Ihr Aufenthaltsort angepeilt werden kann. Nachdem bereits fünf Menschen durch den Killer ihr Leben verloren haben, dürfen Sie die Problematik Ihrer Lage nicht unterschätzen. Wir werden Sie im Schichtbetrieb absichern. Es werden immer zwei Polizeikräfte hier im Haus sein. Die erste Schicht bis morgen früh übernehmen hier die Kolleginnen Nördlinger und Hussel. Sollte es aus irgendeinem wichtigen Grund erforderlich sein, ein Telefonat zu führen, dann ist das über das sichere Telefon in unserem Aufenthaltsraum möglich. Telefonate von diesem Apparat können nicht zurückverfolgt werden. Wenden Sie sich bei Bedarf bitte an meine Kolleginnen oder Kollegen, die für Ihre Sicherheit verantwortlich sind. Bei einem solchen Gespräch dürfen Sie aber auf keinen Fall erwähnen, wo Sie sich befinden. Ansonsten können Sie sich selbstverständlich hier auf diesem Stockwerk frei bewegen. Das Verlassen des Hauses ist natürlich nur im Notfall möglich. Wir werden Sie mit allem versorgen, was Ihnen den Aufenthalt so erträglich wie möglich macht. Wir haben nebenan eine Küche, in der Sie gerne kochen können. Ansonsten können wir auch Speisen liefern lassen. Sollten Sie spezielle Wünsche haben, sagen Sie dies den Kolleginnen und Kollegen. Wir werden Sie selbstverständlich über den Stand der laufenden Ermittlungen so weit wie möglich auf dem Laufenden halten.« Er blickte in die Runde. »Haben Sie noch Fragen?«

Die drei Frauen und Kerner schüttelten einmütig den Kopf.

»Gut, dann werde ich Sie jetzt verlassen. Ich wünsche Ihnen einen … erträglichen Aufenthalt.« Er erhob sich und gab jedem die Hand. Als er bei Kerner ankam, sagte dieser mit verhaltener Stimme: »Sie denken an die Unterlagen?«

»Ich bringe Sie Ihnen gleich herauf«, erklärte Kauswitz und wandte sich zum Gehen. Die beiden Polizistinnen gingen zurück in ihren Aufenthaltsraum. Die vier Schicksalsgefährten waren allein. Von einer Sekunde auf die andere machte sich im Raum eine gewisse Sprachlosigkeit breit, die ein beklemmendes Gefühl aufkommen ließ.

Simon Kerner unterbrach das Schweigen als Erster. »Meine Damen, ich denke, die Situation ist für uns alle ungewohnt und unerfreulich, deshalb sollten wir das Beste daraus machen.«

Richterin Sonnefeld nickte zustimmend. »Dies hier erinnert mich an meine Studienzeit in Bayreuth. Dort habe ich einige Zeit in einer Wohngemeinschaft gelebt. Da wir hier ja unter ähnlichen Umständen zusammen sind, schlage ich vor, dass wir uns duzen. Mein Vorname ist Sophia.« Sie hob ihre Kaffeetasse und prostete den anderen zu.

Dieser Vorschlag wurde von allen angenommen und sie hoben ebenfalls ihre Tassen. Mit der gegenseitigen Vorstellung schmolz etwas das Eis der Zurückhaltung in der Schicksalsgemeinschaft.

Eine Minute später klopfte es an die Tür und Kauswitz streckte den Kopf herein.

»Hier, Herr Kerner, die Unterlagen, die Sie haben wollten.« Er hielt Kerner einen dünnen Umschlag hin.

Kerner erhob sich, nahm das Kuvert entgegen und bedankte sich. Dann wandte er sich an die Runde.

»Meine Damen, Sie entschuldigen mich bitte, das sind ein paar wichtige Unterlagen, die ich mir ansehen muss.«

Kerner ging auf sein Zimmer und zog das Gutachten aus dem Umschlag. Es bestand lediglich aus zwei Blättern. Mit den Ausführungen zur DNA, die in erster Linie aus unverständlichen Formeln bestanden, konnte er nicht viel anfangen. Interessant war die Feststellung der Blutgruppe AB Rhesusfaktor negativ, die ihm bereits Brunner genannt hatte.

Brunner und er waren sich darin einig, dass der Killer ein Profi sein musste. Das Verhalten des Mannes über die fünf Morde hinweg hatte in Kerner eine Vermutung keimen lassen, die sich immer weiter verfestigte. Vermutlich war er Deutscher oder beherrschte zumindest die deutsche Sprache. Sonst hätte er sich nicht so unproblematisch bei Dr. Bruckner und Scheiner einschleichen können. Der Mann musste außerordentlich nervenstark, ja, kaltblütig sein und verfügte vermutlich über ein spezielles Training. Die verschiedenen Situationen, in denen er agierte, verlangten eine herausragende psychische und physische Kondition. Er tötete schnell, effizient und besaß die Umsicht und Gelassenheit, keinerlei Spuren zu hinterlassen. Bis auf den Vorfall bei Brunner. Aber auch dort hatte er nicht panisch reagiert, sondern Brunner nur angeschossen, um ihn außer Gefecht zu setzen. Das verlangte Nerven und Beherrschung. Für Kerner stand fest, dass der Typ über eine Ausbildung als SEK-Mann oder Agent des Geheimdienstes oder, was auch in Frage kam, einer militärischen Spezialeinheit verfügen musste. Wäre er unter die erste Kategorie gefallen, hätte dies Brunner bei seiner Datenbankrecherche feststellen können. Über die Mitarbeiter des Verfassungsschutzes, auch über die ehemaligen, erhielt die Polizei sicher keine Auskunft, auch nicht über die im Geheimen agierenden Spezialkräfte der Bundeswehr. Zum Geheimdienst hatte er keine Verbindungen. Aber aus seiner Zeit bei der Bundeswehr wusste Kerner, dass die persönlichen Daten der Soldaten dieser Einheiten genau erfasst wurden. Insbesondere der genetische Code wurde benötigt, um einen Soldaten auch dann noch identifizieren zu können, wenn sein Körper im Einsatz total zerstört worden war.

Simon Kerner besaß aus seiner aktiven Zeit noch einige Kontakte zu früheren Kameraden, die mittlerweile Karriere gemacht hatten und sich jetzt in führenden Positionen befanden. Hierbei dachte er in erster Linie an Horst Michalik, der in seiner Gruppe gedient hatte. Seiner Kenntnis nach war er mittlerweile zum Oberstleutnant aufgestiegen und wurde in der Führungsebene des Kommandos Spezialkräfte eingesetzt. Sie waren bei ihren damaligen Einsätzen häufig in Lebensgefahr geraten und hatten einander dabei mehrfach das Leben gerettet. Derartige Erlebnisse verbanden auf Lebenszeit. Er würde Michalik um einen Gefallen bitten.

Es war kurz vor 17.00 Uhr. Mit etwas Glück erwischte er

ihn vielleicht noch am Schreibtisch. Kerner nahm die beiden Blätter und ging hinüber zum Aufenthaltsraum ihrer Beschützer. Es war nur Hussel anwesend. Als Kerner das Zimmer betrat, wollte sie höflich aufstehen, aber er winkte nur ab. »Derartige Förmlichkeiten können wir uns wirklich schenken. Ich würde jetzt gerne das Telefon und das Fax benutzen«, erklärte er. Die Beamtin wies auf die geschlossene Tür, hinter der die Geräte zu finden waren.

»Bedienen Sie sich«, gab sie zurück. »Sollten Sie bezüglich der Bedienung Fragen haben, helfe ich Ihnen gerne. Ach, wenn Sie am Telefon eine freie Leitung bekommen wollen, müssen Sie 99 vorwählen, dann ganz normal die örtliche Vorwahl und die Teilnehmernummer. Beim Fax ist es ebenso.«

Kerner bedankte sich, dann bat er: »Würden Sie mich bitte allein lassen?«

Die Beamtin zögerte kurz, dann stand sie wortlos auf und verließ den Raum.

Kerner öffnete die Schiebetür zu dem kleinen Raum. Drinnen war gerade Platz für einen kleinen Schreibtisch und einen Stuhl. Die Kommunikationsgeräte standen nebeneinander. Kerner schob die Tastatur des Computers zur Seite und zog den Telefonapparat zu sich heran. Dann holte er aus der Brusttasche seines Hemdes ein kleines Notizbuch mit alphabetischer Registereinteilung. Steffi hatte ihn schon oft belächelt, weil er trotz seines Interesses für elektronische Medien wichtige Telefonnummern nicht nur in seinem Handy gespeichert, sondern auch auch in diesem Büchlein notiert hatte. Er vertraute Speichermedien nicht grenzenlos.

Er schlug M wie Michalik auf. Hier stand die direkte dienstliche Durchwahl des ehemaligen Kameraden. Horst hatte ihm diesen Kontakt genannt, weil er aus dienstlichen

Gründen häufiger unterwegs war und zu Hause niemand das Gespräch entgegennehmen konnte. Michalik lebte allein.

Die Vorwahl war die von Calw, dem Standort des Kommandos Spezialkräfte. Es läutete dreimal, dann meldete sich knapp und gut vernehmlich eine befehlsgewohnte Stimme: »Michalik!«

»Hallo Horst«, meldete sich Kerner, »hier ist Simon Kerner.«

In der Leitung herrschte kurzes, überraschtes Schweigen, dann änderte sich der Tonfall von Kerners Gesprächspartner schlagartig.

»Ja, Simon, altes Haus! Schön, wieder einmal etwas von dir zu hören! Wie geht es dir?« Die Freude über den Anruf war Michalik deutlich anzuhören.

Kerner hatte allerdings nicht vor, über diese Leitung einen längeren Smalltalk zu führen.

»Im Prinzip geht es mir gut«, gab er zurück. »Ich habe allerdings ein dringendes Problem, bei dessen Lösung ich dich um deine Hilfe bitten möchte.«

Michalik schaltete sofort wieder um. Aus Kerners Reaktion schloss er, dass sein ehemaliger Kamerad im Augenblick nicht zu Scherzen aufgelegt war.

»Was kann ich für dich tun?«

»Zunächst zu deiner Info, ich spreche hier über eine abhörsichere Leitung.«

Aus dem Telefonhörer kam nur ein knappes »Aha«. Michalik war nun voller Aufmerksamkeit. Durch die Art der Verbindung war ihm klar, dass er etwas Spezielles zu erwarten hatte.

»Wir haben in Würzburg einen Serienkiller, der bereits fünf Menschen ermordet hat. Wie es aussieht, hat er es auch auf mich abgesehen. Einzelheiten will ich dir ersparen, aber sein Vorgehen deutet daraufhin, dass der Kerl eine militärische Spezialausbildung genossen haben könnte.«

Michalik unterbrach Kerner nicht.

»Bis jetzt hat der Bursche bei seinen Taten keinerlei Spuren hinterlassen. Bis vor kurzem. Da hat er sich bei einer Aktion leicht verletzt, und wir konnten Blut sicherstellen. Es reichte aus, um eine DNA-Analyse und eine Blutgruppenbestimmung durchzuführen. Die Polizei hat daraufhin alle erreichbaren Datenbanken gecheckt – Ergebnis null. Wir sind hier ziemlich ratlos, weil wir keine Anhaltspunkte haben, wer der Täter sein könnte. Da habe ich gedacht ...«

Jetzt unterbrach ihn der Offizier. »Du denkst, es könnte einer von uns sein?«

»Der Kerl zeigt bei seinen Morden gewisse Vorgehensweisen, die auf eine spezielle militärische Ausbildung hindeuten, wie sie beispielsweise auch KSK-Männer erhalten. In unserer Situation greift man nach jedem Strohhalm. In deiner Position hast du doch sicher Zugriff auf die internen Datenbanken ... Sollte es bei eurem Haufen wirklich ein schwarzes Schaf geben, wäre es doch auch in deinem Interesse, den Kerl zu finden.«

In der Leitung entstand für einen Augenblick Stille, dann sagte Michalik: »Du weißt, was du da von mir verlangst?«

»Das weiß ich sehr genau. Ihr müsst eure Männer schützen, das war schon zu meiner aktiven Zeit so. Auf der anderen Seite ...«

»Simon, ich weiß, dass ich dir etwas schulde. Du gibst mir dein Wort, dass du, falls wir etwas finden, deine Quelle nicht preisgibst?«

»Mein Wort darauf!«, erwiderte Kerner mit fester Stimme.

»Du hast ein Untersuchungsergebnis erwähnt. Kannst du mir das Gutachten zukommen lassen?«

»Ich habe hier ein Fax mit einer sicheren Leitung. In einer Minute hast du die Angaben. Sag mir die Nummer deines Faxgeräts.«

Michalik nannte ihm eine Nummer, die Kerner notierte. »Das Gerät steht in meinem Vorzimmer. Ich gehe gleich hin und warte auf deine Sendung. Die Überprüfung wird nicht lange dauern. Wie kann ich dich anschließend erreichen? Wie ich sehe, ist deine Telefonnummer unterdrückt.«

Kerner überlegte einen Moment, dann erwiderte er: »Notiere dir die Nummer und ruf mich auf dieser Leitung an. Vermutlich wird dann eine Polizistin oder ein Polizist abnehmen. Ich werde dann gerufen.«

Sie verabschiedeten sich, und Kerner legte auf. Es war typisch für Michalik, dass er nicht fragte, warum Kerner über eine verschlüsselte Leitung verfügte. In Gerichtsgebäuden war das ja nicht Standard.

Das Faxgerät war online. Kerner legte das Gutachten auf die Glasplatte des Apparats, gab die von Michalik genannte Nummer ein und drückte auf »Senden«. Noch in der gleichen Minute war das Gutachten auf dem Weg. Kerner überlegte kurz, dann rief er die Wahlwiederholung auf und löschte die von ihm eingegebene Nummer. Er kam sich dabei wieder einmal ziemlich paranoid vor, aber sicher war sicher.

Anschließend suchte Kerner die beiden Beamtinnen auf, die sich während seines Gesprächs in der Küche aufhielten. Er informierte sie über den erwarteten Anruf und bat sie, ihn sofort zu rufen, egal zu welcher Uhrzeit.

Als Simon Kerner wieder das Wohnzimmer betrat, war nur Richterin Sonnemann anwesend. Sie saß da und starrte zum Fenster hinaus.

»Störe ich Sie?«, fragte Kerner.

»Nein, Simon. Wollten wir uns nicht duzen?«

Kerner verzog das Gesicht. »Sorry, die liebe Gewohnheit.«

Sie winkte ab. »Nimm doch bitte Platz. Es trifft sich gut, dass wir einen Moment allein sind.«

Kerner ließ sich ihr gegenüber in einen der Sessel fallen. Sie betrachtete einen Augenblick das Blumenmuster auf ihrer Kaffeetasse, dann fragte sie übergangslos: »Geht dir Dr. Kürschner auch nicht aus dem Kopf?« Ihr Blick suchte Kerners Augen.

»Sein Tod war dramatisch«, erwiderte Kerner etwas ausweichend, weil er ahnte, worauf sie hinaus wollte. Die Thematik war ihm unangenehm.

»Seitdem uns diese Mordserie heimsucht, geht mir dieser Mann nicht mehr aus dem Kopf. Ich bin mir sicher, wir befinden uns in dieser prekären Situation, weil wir alle, die in den letzten Jahren an seinen Prozessen beteiligt waren, in gewisser Weise Schuld auf uns geladen haben. Wir hätten damals niemals schweigen dürfen! Jetzt holt uns die Vergangenheit ein.«

Kerner erhob sich und ging zum Fenster. Eine Weile blickte er schweigend auf die Dächer der weiter entfernten Nachbarhäuser, dann erwiderte er, mit dem Rücken zu Sonnemann: »Wahrscheinlich hast du in gewisser Weise recht. Auch ich habe mir darüber meine Gedanken gemacht. Die Fakten waren aber bei den vorgesetzten Dienststellen bekannt. Es lag in den Händen des Oberlandesgerichtspräsidenten, hier einzugreifen. Ich habe damals auch mit dem Generalstaatsanwalt gesprochen und meine Bedenken geäußert. Die Lage war aber, wie man mir sagte, nicht so brisant. Man wollte diesen Mann, der eine regelrechte Institution in der bayerischen Justiz war, in seiner letzten Zeit vor der Pensionierung nicht beschädigen. Außerdem gab es da noch eine schwerwiegende Konsequenz, hätte man anders gehandelt. Eine Aufdeckung der Fakten hätte zur Folge gehabt, dass eine ganze Reihe von Urteilen, die im Ergebnis absolut gerechtfertigt waren, von Anwälten angefochten worden wären. Man wollte einfach einen Justizskandal vermeiden.« Plötzlich hörte er die Tür hinter sich. Kerner drehte sich um. Er war allein.

32

Der neuerlichen Aufforderung, das Postfach in Würzburg aufzusuchen, war Pfisterer umgehend gefolgt. Diesmal enthielt der Umschlag, der dort auf ihn wartete, nur ein einzelnes Blatt, auf dem eine Adresse und ein paar knappe Detailinformationen standen. Die Infos waren absolut verlässlich, denn die Quelle befand sich direkt im Zielobjekt. In sein Haus in Retzstadt zurückgekehrt, gab er die Angaben in Google Maps ein. Einen Augenblick später konnte er sich einen Überblick über die Lage des Zielanwesens machen. Es lag etwas abseits, das war günstig. Im unteren Stockwerk war eine Art Jugendclub untergebracht. Die Menschen in der Umgebung waren also an fremde Leute in der Umgebung des Hauses gewöhnt. Das Grundstück war von einer mannshohen Mauer umgeben, deren Überwindung kein Problem darstellen dürfte. Pfisterer sah auf seine Armbanduhr. Er hatte noch reichlich Zeit. Er wusste genau, wo er das Fahrzeug herbekommen würde, das er für seinen Einsatz benötigte. Bei dem Gedanken daran huschte ein kaltes Lächeln über sein Gesicht. Eine Aktion, die ihn fordern würde und daher ganz nach seinem Geschmack war.

Die Stimmung im Haus war nach wie vor gedrückt. Gemeinsam hatten sie ein kleines Abendessen zubereitet, an dem sich auch die beiden Polizistinnen beteiligten. Die Gespräche tröpfelten einsilbig dahin. Sylvia Donato verhielt sich besonders distanziert. Auch Richterin Sonnemann zeigte sich wortkarg. Lediglich Monika Fiederling schien plötzlich besserer Laune zu sein. Sie unterhielt sich mit den beiden Personenschützerinnen und ließ sich von ihnen ausführlich ihre Aufgabe erklären. Nach dem Essen wurde das Geschirr in die Spülmaschine geräumt. Sonnemann und Donato zogen sich dann in ihre Zimmer zurück. Fiederling setzte sich ins Wohnzimmer und schaltete den Fernseher ein. Es lief eine bekannte Kochshow, die sie offenbar interessierte.

Auch Kerner verabschiedete sich in sein Zimmer. Immer wieder ging sein Blick zur Uhr. Er wunderte sich, warum Michalik noch nicht zurückgerufen hatte. Gab es etwa Schwierigkeiten? Das bequemste Einrichtungsstück im Raum war das Bett. Kerner überlegte einen Augenblick, dann ließ er sich in Kleidung darauf nieder. Trotz seiner inneren Spannungen schlummerte er nach einiger Zeit ein.

Pfisterer hatte sich ein paar Stunden niedergelegt. Es war eine seine hervorstechenden Eigenschaften, selbst kurz vor einem Einsatz schlafen zu können. Eine Fähigkeit, die viele Soldaten beherrschten. Man schlief und aß, wenn die Möglichkeit dazu bestand, weil man nicht wusste, wann man wieder dazu Gelegenheit hatte.

Kurz nach ein Uhr weckte ihn seine innere Uhr. Er war sofort hellwach. Zügig zog er seine Kleidung an. Sie bestand aus einem schwarzen, eng anliegenden Kampfanzug und einem gleichfarbigen Pullover. Um den Hals trug er eine Sturmhaube, die er bei Bedarf nach oben über den Kopf ziehen konnte. Sie ließ nur Schlitze für die Augen frei. Die Pistole mit dem Schalldämpfer steckte unter der linken Achsel, auf der rechten Seite war am Schultergurt ein Kampfmesser befestigt. In seinem Rucksack befanden sich die übrigen Ausrüstungsgegenstände, die für den Einsatz benötigt wurden. Da er die Ausrüstung auf dem Rücken trug, blieben die

Hände frei. Pfisterer schloss sein Haus ab und holte seinen Geländewagen aus der Garage. Wenig später rollte das Fahrzeug durch die nächtlichen Straßen von Retzstadt in Richtung B 27. Auf der Straße war um diese Zeit praktisch kein Verkehr. Im Spessart brach sich das Licht seiner Scheinwerfer in nebeligen Dunstschleiern und zauberte die Pastelltöne des Regenbogens in die Nacht. Nach einer knappen Stunde kam er in der Nähe seines ersten Ziels an. Er fuhr seinen Geländewagen auf einen Waldparkplatz, wo sich keiner um ihn kümmern würde und schulterte seinen Rucksack. Die restliche Strecke musste er quer durch den Wald über einen Grasweg zu Fuß zurücklegen. Mit Hilfe seines Nachtsichtgeräts fand er den Weg ohne Probleme. Es war ja nicht das erste Mal, dass er diese Richtung einschlug. Zehn Minuten später erreichte er den Waldrand. Er schaltete das Nachtsichtgerät aus. Vor ihm lag eine Straße am Rande eines Wohngebiets, die von einer Bogenlampe erhellt wurde.

Pfisterer blieb eine ganze Weile im Schatten der hohen Bäume stehen und beobachtete die wenigen Häuser, die mit reichlich Abstand zueinander an der Straße lagen. Nirgendwo brannte Licht. Die Menschen lagen um diese Zeit im Tiefschlaf. Plötzlich sah er eine huschende Bewegung dicht neben dem letzten Haus in dieser Sackgasse. Pfisterer versteifte sich, dann atmete er aus. Es war nur ein Fuchs, der vor dem Waldrand kurz stehen blieb und dann ohne große Eile im Unterholz verschwand. Das Tier war nicht von Menschen aufgeschreckt worden, sonst hätte es sich anders verhalten. Pfisterer verließ seinen Standort und betrat das Grundstück am Ende der Straße durch das Gartentor. Er näherte sich der Garage. Sie war abgeschlossen. Für diesen Fall hatte er vorgesorgt. Das Gerät, das ihm schon einige

Schlösser geöffnet hatte, versagte auch hier nicht. Mit Schwung öffnete er das Garagentor, das fast lautlos nach oben glitt. Der Schein der Straßenlaterne spiegelte sich in den beiden Scheinwerfern des großen Geländewagens wider. Wie erwartet, war das Fahrzeug hier in der Garage nicht abgeschlossen. Pfisterer setzte sich hinter das Steuer, beugte sich herab und schloss den Wagen kurz. Sofort sprang der leistungsfähige Diesel an. Das Motorengeräusch dröhnte von den Wänden der Garage wieder. Pfisterer legte den ersten Gang ein, schaltete das Fahrlicht an und lenkte das Auto auf die Straße. Kurze Zeit später ließ er Partenstein hinter sich. Der kräftige Motor schnurrte wie eine Wildkatze. Pfisterer grinste. Er hatte schon immer einmal einen Range Rover Defender fahren wollen.

Nach einer Stunde überquerte er die Stadtgrenze von Aschaffenburg. Die genannte Adresse war nicht schwer zu finden, zumal er sich in der Stadt aus früheren Zeiten ganz gut auskannte. Er hatte vor seiner Bundeswehrzeit einmal drei Jahre dort gewohnt.

Die Seitenstraße, die zu dem Anwesen führte, hatte ein leichtes Gefälle. So konnte er den Motor ausmachen und fast lautlos bis zu der Umgrenzungsmauer rollen. Die Handbremse brachte den schweren Wagen mit einem Ruck zum Stehen. Er verließ das Fahrzeug und ließ die Tür nur leicht einrasten. Rasch holte er aus dem geräumigen Gepäckraum des Defenders seine Ausrüstung. Danach schloss er auch diese Tür fast lautlos.

Mit einem Satz kletterte er über das Trittbrett an der Frontseite des Fahrzeugs auf den Kofferraumdeckel und von dort auf das Dach des Fahrerhauses. Die robuste Bauweise des Geländefahrzeugs zeigte sich davon unbeeindruckt. Von hier aus auf den Mauerkamm war es nur ein kurzer Sprung.

Pfisterer ging in die Hocke und sondierte das Gelände. Neben dem Haus waren die schattenhaften Umrisse einiger Klapptische mit Bierbänken und ein Grill zu erkennen. Der Mann auf der Mauer wusste natürlich, welchem weiteren Zweck das Gebäude diente. Auf der Hauswand hatten Jugendliche einige Graffitis angebracht. Im ersten Stock des Gebäudes konnte er nur hinter einer schwach beleuchteten Fensterscheibe Anzeichen von Aktivitäten ausmachen. Vermutlich der Raum, in dem sich die Personenschützer aufhielten. Im hinteren Teil des Hofes parkte ein Pkw. Wahrscheinlich das Fahrzeug der Aufpasser. Geschmeidig sprang Pfisterer auf die Grasnarbe hinunter und federte sich ab. Rechts von ihm befand sich in der Mauer das breite, geschlossene Eingangstor zum Grundstück.

Der Eindringling huschte über die Freifläche in Richtung des zweiten Eingangs, der sich in der Nähe des geparkten Wagens befand. Plötzlich zuckte Pfisterer zusammen und ließ sich auf den Boden fallen. Seine Hand glitt zur Pistole. Schlagartig waren zwei Außenlampen angegangen und leuchteten das ganze Areal aus. Die Gedanken jagten durch seinen Kopf. Hatte man sein Kommen bemerkt? Gab es Bewegungsmelder, die nun die Schutzmannschaft alarmiert hatten? Nichts davon war in seinen Instruktionen gestanden. Als nichts geschah, sprang er hastig auf die Füße, spurtete los und presste sich dicht an die Hauswand. Eine Weile verharrte er so, doch es blieb alles still. Endlich verlöschten die Lampen wieder. Pfisterer atmete tief durch. Er konnte eine der Leuchten sehen. Unter dem Lampenkörper befand sich ein zusätzliches Element. Ein Bewegungsmelder, der aber offenbar nur die Leuchte aktivierte und ansonsten keine weitere Warnfunktionen hatte. Dicht an die Hauswand gepresst, bewegte sich Pfisterer auf den Eingang zu. Jetzt reagierten die Sensoren nicht, weil er sich im toten Winkel ihres Wahrnehmungsradius befand. Mit Hilfe seines Gerätes öffnete er das Schloss schnell und lautlos. Die Tür gab keinerlei Geräusche von sich, als er sie aufzog und ins Innere glitt. Wieder blieb er stehen und lauschte. Durch das kleine vergitterte Fenster in der Tür drang wenig Streulicht von draußen herein; es genügte aber, um die Treppe zu erkennen, die nach oben führte. Die Stufen waren aus Stein und würden keine verräterischen Geräusche erzeugen. Pfisterer zog die Gasmaske ab, die er mit einem Clip am Brustgurt seines Einsatzrucksacks befestigt hatte, und stülpte sie sich über den Kopf. Die Kartusche mit dem Gas war griffbereit an seinem Gürtel befestigt. Es handelte sich um ein blitzartig wirkendes Betäubungsgas, das ihm die Organisation zur Verfügung gestellt hatte. Ein Atemzug, und die getroffenen Personen waren ausgeschaltet. Man musste es vorsichtig einsetzen, denn eine Überdosis konnte zur Atemlähmung führen. Auch seine Pistole hatte er griffbereit. Sie durfte aber nur im absoluten Notfall zum Einsatz kommen. Langsam bewegte er sich die Treppe hinauf, bis sie die Eingangstüren zum Wohnbereich des oberen Stockwerks erreicht hatte. Vorsichtig legte er ein Ohr an das Türblatt und lauschte. Absolute Stille! Auch dieses Schloss war kein Problem. Sekunden später stand ein schwarzer Schatten im Flur und verschmolz mit der Dunkelheit. Sein Atemgeräusch war durch den Filter der Atemschutzmaske etwas lauter als normal. Auf der linken Seite des Flures kam unter dem Türschlitz einer der Türen ein leichter Lichtschimmer hervor. Der Aufenthaltsraum der Personenschützer. Ihm war auch bekannt, dass es sich im Augenblick um zwei Polizistinnen handelte. Die beiden mussten zuerst ausgeschaltet werden.

Pfisterer nahm das Gassprühgerät vom Gürtel und näherte sich lautlos der bewussten Tür. Jetzt musste es schnell gehen. Er konzentrierte sich, dann drückte er entschlossen den Griff herunter, riss die Tür auf und sprang mit vorgehaltener, entsicherter Gaskartusche in das Zimmer. Blitzschnell erfasste er die Szene. Eine Frau lag auf einer Liege und schlief. Die zweite saß am Tisch und blätterte in einer Illustrierte. Erschrocken fuhr sie in die Höhe und versuchte noch ihre Waffe zu ziehen. Dabei atmete sie die volle Gasladung ein. Mit verdrehten Augen rutschte sie vom Stuhl und klatschte auf den Boden. Die Geräusche weckten die Frau auf der Liege. Auch sie hatte eine erstaunlich kurze Reaktionszeit. Als sie den maskierten Mann erkannte, schwang sie die Beine von der Liege und griff gleichzeitig zu ihrer Waffe am Gürtel. Aber auch sie hatte gegen das Gas keine Chance. Betäubt fiel sie auf die Liege zurück. Pfisterer sicherte die Gaskartusche. Die Polizistinnen würden für mindestens eine Stunde ausgeschaltet sein. Die ganze Aktion hatte kaum zehn Sekunden in Anspruch genommen. Pfisterer war sehr zufrieden. Jetzt war der gefährlichste Gegner an der Reihe. Er verließ das Zimmer und wandte sich der nächsten Tür zu, hinter der nach seinen Informationen Kerner sein musste. Er lauschte. Von drinnen war kein Geräusch zu vernehmen. Gerade wollte er den Türgriff in die Hand nehmen, als er erschrocken zusammenfuhr. Seinen Lippen entfuhr ein stummer Fluch. Aus dem Aufenthaltsraum hörte man das Läuten eines Telefons. Verdammt, das hatte ihm gerade noch gefehlt! Welcher Idiot rief denn mitten in der Nacht hier an? Was sollte er jetzt tun?

Die Entscheidung wurde ihm abgenommen. Die Tür wurde aufgerissen, und Kerner stand vor ihm! Pfisterers Schrecksekunde war etwas kürzer als seine. Blitzschnell riss er die Hand hoch und verpasste seinem Gegenüber eine

Ladung Gas. Kerner sackte wie eine Marionette zusammen und blieb regungslos liegen. Der Angreifer drehte sich um und hastete in das Wachzimmer. Schnell ergriff er das Telefonkabel und riss es mit einem heftigen Ruck aus der Wanddose. Das Läuten verstummte, bleierne Stille breitete sich aus. Pfisterer verlor keine Zeit. Er drehte sich um und nahm sich die beiden noch auszuschaltenden Bewohnerinnen vor. Beide Frauen hatten von seinen Aktivitäten und von dem Telefonläuten nichts mitbekommen. Im Schlaf traf sie das Gas.

Pfisterer eilte zu Kerner zurück. Obwohl das Gas sehr zuverlässig war, wollte er bei der Gefährlichkeit dieses Mannes kein Risiko eingehen. Er entwaffnete ihn und steckte sich dessen Revolver hinter den Gürtel, dann fesselte er ihn mit stabilen Kabelbindern an Händen und Füßen.

Erst jetzt, nachdem er Kerner sicher außer Gefecht wusste, ging er zu den beiden Polizistinnen zurück. Er kettete sie mit ihren Handschellen an den Heizkörper und nahm ihnen die Handschellenschlüssel ab. Auch die beiden anderen betäubten Frauen fixierte er mit Kabelbindern.

Dann öffnete er in den Zimmern die Fenster, um das restliche Gas abziehen zu lassen. Nach einigen Minuten nahm er die Atemschutzmaske ab. Es bestand keine Gefahr mehr. Stattdessen zog er sich die Sturmhaube über. Durch die Sehschlitze hatte er ausreichend Sicht. Schließlich ging er zurück auf den Flur und klopfte an die Tür des dritten Zimmers, das er bis jetzt noch nicht betreten hatte. Auf ein leises »Herein« trat er ein.

Die Frau saß fertig angezogen auf dem Bett und sah ihm entgegen.

»Ist alles erledigt?«, fragte sie leise.

»Ja«, erwiderte Pfisterer. Neugierig musterte er sie. Bisher hatte er bei seiner Arbeit für die Organisation noch nie persönlichen Kontakt mit Auftraggebern gehabt, da die Aufträge immer über die Organisation liefen. So harmlos sah also ein Mensch aus, der sich bisher fünf Exekutionen gekauft hatte.

»Gut«, stellte sie ruhig fest und erhob sich, »dann sollten wir jetzt gehen.«

»Noch einen Moment«, gab Pfisterer zurück. »Ich muss erst das Paket im Auto verstauen.«

Sie verstand und ließ sich wieder auf dem Bett nieder.

Pfisterer trug Kerner hinunter in den Hof und legte ihn in der Nähe des Tores ab. Das Tor selbst war nicht verschlossen. Er schob es auf, dann setzte er sich hinter das Steuer des Defenders und fuhr ihn rückwärts auf das Gelände. Zehn Minuten später war Kerner im Gepäckraum des Wagens verstaut. Er schlief tief und fest. Sein Atem ging gleichmäßig.

Nachdem Pfisterer sie verständigt hatte, verließ seine Auftraggeberin das Haus und nahm auf dem Beifahrersitz Platz. Wenig später rollte das Fahrzeug vom Hof. Nachdem Pfisterer das Tor wieder geschlossen hatte, fuhren sie los. Die Frau hatte dem Betäubten nur einen kurzen Blick zugeworfen, dann starrte sie wortlos auf das graue Band der Fahrbahn, das im Scheinwerferlicht unter den Rädern des Defenders verschwand. Das Ziel war Pfisterer bekannt. In einer guten Stunde würden sie es erreicht haben.

Oberstleutnant Michalik versuchte nun schon zum dritten Mal, die von Kerner genannte Telefonnummer zu erreichen. Die Person, auf welche die Daten passten, war unproblematisch zu ermitteln gewesen. Schwierig war es nur, an die Akten zu kommen, da es sich um ein ehemaliges Mitglied des KSK handelte und die Unterlagen bereits im Kellerarchiv abgelegt waren. Es hatte eine Weile gedauert, bis er einen Soldaten in den Stützpunkt beordern konnte, der Zugriff auf das Archiv nehmen durfte.

Er wunderte sich. Kerner hatte ihn doch gebeten, bei jeder Tages- und Nachtzeit anzurufen. Jetzt war er nicht zu erreichen. Seit dem ersten Anruf, der irgendwie abgebrochen worden war, kam ständig das Belegtzeichen. Michalik zweifelte keine Sekunde daran, den richtigen Mann ausfindig gemacht zu haben. Einen Elitesoldaten, der, sollte er wirklich auf die andere Seite des Gesetzes gewechselt sein, als höchst gefährlich einzustufen war. Michalik löschte das Schreibtischlicht und legte sich auf eine Liege, die ihm in seinem Büro zur Verfügung stand. Er würde es später wieder versuchen.

33

Eberhard Brunner stand unter Strom. Schon seit gestern hielt es ihn nicht mehr im Bett. Wie ein Tiger im Käfig wanderte er schon am frühen Morgen die Gänge des Krankenhauses entlang, um seinen Kreislauf in Schwung zu bringen. Die Schmerzen in seiner linken Schulter waren dank der verabreichten Medikamente zu ertragen, und die Verletzungen heilten gut. Natürlich war er noch behindert, da der Arm stillgelegt war, aber das ignorierte er weitgehend. Sein Status des Zuschauers vom Krankenbett ging ihm heftig auf die Nerven. Er wollte so schnell wie möglich wieder etwas tun. Gewiss, Kauswitz hielt ihn zwar ständig auf dem Laufenden, aber das war nicht dasselbe wie aktiv die Ermittlungen zu leiten. Sein Vertreter hatte ihm vom Einzug aller gefährdeten Personen in das Sichere Haus berichtet, auch von Simon Kerner. Sicher nicht freiwillig, aber das Machtwort der Landgerichtspräsidentin hatte Überzeugungskraft gehabt. Natürlich freute sich Brunner, dass sein Freund zur Einsicht gelangt war, aber ganz traute er dem Frieden nicht. Er kannte Simon Kerner besser. Wie lange würde er sich wohl tatenlos in einem Haus einsperren lassen?

Was Brunner sehr beschäftigte, war eine Information, die ihm sein Vertreter gestern am späten Nachmittag hatte zukommen lassen. Die Sonderkommission war auf Anweisung Brunners der Anregung Kerners nachgegangen und hatte in der Justizvollzugsanstalt Straubing, in der Thannenberger zu Lebzeiten einsaß, das Umfeld des Strafgefangenen während der Haft durchleuchtet. Dabei erfuhren die Ermittler von den regelmäßigen Besuchen einer Frau, die sich offenbar persönlich stark zu Thannenberger hingezogen fühlte. Das war gar nicht so ungewöhnlich. Es gab Frauen, die eine gewisse Affinität zu einsitzenden Straftätern entwickelten. Dabei waren Mörder durchaus bevorzugt. Aus dem zensierten Briefverkehr, der der Sonderkommission vorlag, ging hervor, dass sich zwischen der Besucherin und dem Strafgefangenen Thannenberger sehr persönliche Bindungen entwickelt hatten. Zumindest auf Seiten der Frau wurde in den Briefen immer wieder von Liebe gesprochen. Als Brunner den Namen der Frau zur Kenntnis nahm, hatte er ungläubig die Stirn gerunzelt.

Der Leiter der Sonderkommission erreichte bei seinem Marsch durch die Krankenhausflure einen Getränkeautomaten, der in einer Nische bei einer Sitzgruppe stand. Während er gerade Kleingeld aus seiner Jogginghose herauskramen wollte, klingelte sein Handy. Er zog es heraus und meldete sich. Der Anrufer schrie so laut ins Telefon, dass sich seine Stimme überschlug und Brunner ihn kaum erkannte. »Herr Brunner, ich werde wahnsinnig! Es ist etwas Schreckliches passiert! Stellen Sie sich vor, das Haus wurde heute Nacht überfallen! Kerner und eine der Frauen wurden entführt! Die beiden anderen Frauen wurden betäubt und gefesselt. Die beiden Polizistinnen wurden ebenfalls außer Gefecht gesetzt und hingen gefesselt an der Heizung! Der Entführer brachte dabei irgendein Gas zum Einsatz.«

Eberhard Brunner benötigte einige Sekunden, ehe er begriff, wovon sein Stellvertreter sprach. Diese Nachricht wirkte wie ein Niederschlag. Mühsam zwang er sich zu einer professionellen Reaktion.

»Kauswitz, jetzt beruhigen Sie sich erst mal und berichten mir, was genau vorgefallen ist.«

Der Kriminalbeamte bemühte sich offenbar ebenfalls, seine Emotionen herunterzufahren, denn seine Stimme klang nun besser verständlich.

»Ich befinde mich schon am Tatort und habe die beiden überwältigten Kolleginnen befragt. Heute früh um sechs Uhr kam ihre Ablösung. Als sie das Haus betraten, fanden sie die Beamtinnen und zwei der zu schützenden Frauen gefesselt vor. Alle waren unverletzt. Die Wache haltende Personenschützerin gab an, dass mitten in der Nacht überraschend ein Mann mit Gasmaske in den Aufenthaltsraum eingedrungen war. Er sprühte ihnen einen Stoff ins Gesicht, wodurch sie beide sofort betäubt werden. Nach einer guten Stunde waren beide wieder aufgewacht und hatten sich an die Heizung gefesselt vorgefunden. Sie waren entwaffnet, ihre Handys weg. So konnten sie keine Hilfe herbeiholen und mussten stundenlang auf die Ablösung warten. Wie gesagt, Simon Kerner und eine der Frauen sind verschwunden!«

Eberhard Brunner war geschockt. Langsam ließ er sich auf einen der Stühle nieder. »Mein Gott, wie konnte das denn passieren?«, stieß er hervor. Dann fiel ihm etwas ein. »Wer ist die entführte Frau?«

Als Kauswitz den Namen nannte, durchfuhr es Brunner wie ein Blitzstrahl.

Kauswitz beendete seinen Bericht.

»Die Spurensicherung muss jeden Moment hier eintreffen. Vielleicht finden die was.«

Wahrscheinlich gab es wieder keine verwertbaren Spuren, dachte Brunner. Er fasste spontan einen Entschluss. »Kauswitz, organisieren Sie mir einen Dienstwagen mit Fahrer. Ich möchte in einer guten Stunde vor Ort sein! Ach ja, er soll mir eine Dienstwaffe mitbringen.«

»Aber Ihre Verletzung … !«

»Das ist mir verdammt noch mal völlig egal! Tun Sie, was ich gesagt habe! Ich werde mich zwischenzeitlich hier entlassen.« Brunner legte auf. Er lehnte sich kurz gegen die Wand und schloss die Augen. Das war der absolute GAU, raste es durch seinen Kopf, dann stand er entschlossen auf. Mit schnellen Schritten marschierte er zum Schwesternzimmer. Dort verlangte er den Stationsarzt zu sprechen. Dann eilte er in sein Krankenzimmer und holte seine Tasche aus dem Schrank. Wütend über die Behinderung durch seine Verletzung warf er seine wenigen Utensilien mit einer Hand ungeordnet in die Tasche. Gerade stopfte er seine Hygieneartikel in den Waschbeutel, als mit Schwung die Zimmertür aufgestoßen wurde. Brunner hatte kein Klopfen gehört. Der junge Stationsarzt stand mit offenem Kittel ziemlich erregt im Zimmer und betrachtete mit funkelnden Augen die eindeutige Szene.

»Herr Brunner, können Sie mir mal sagen, was das soll? Die Schwester hat mir …«

»Sorry, Herr Doktor«, gab Brunner bestimmt zurück, »aber es handelt sich um einen Notfall. Ein Verbrecher hat Menschen entführt, die sich dem Schutz der Polizei anvertraut haben. Wir müssen davon ausgehen, dass er sie töten will. Da kann ich nicht tatenlos im Krankenhaus herumliegen. Tut mir wirklich leid! Geben Sie mir eine Packung Schmerztabletten und mein Antibiotikum mit, dann wird es schon gehen.«

Der junge Arzt holte tief Luft zu einer Erwiderung, aber Brunner hob gebieterisch die Hand. »Doc, sparen Sie sich die Luft, mein Entschluss ist definitiv nicht verhandelbar! Wenn ich etwas unterschreiben muss, das Sie aus der Verantwortung entlässt, mache ich das. Aber es muss flott gehen!«

»Da … da muss ich erst mit dem Chefarzt sprechen«, stammelte der Mediziner und stürmte wieder hinaus. Brunner interessierte das nicht. Er spürte, dass dieser Kriminalfall auf eine finale Entscheidung zulief. Sein Freund Simon Kerner befand sich zweifellos in unmittelbarer Lebensgefahr!

Keine zehn Minuten später verließ Eberhard Brunner im Stechschritt die Station. Zwei Schwestern sahen dem Patienten völlig ratlos hinterher. Neben ihm bemühte sich ein Polizist in Zivil, der Brunners Tasche trug, mit ihm Schritt zu halten. Kurz danach raste ein ziviles Einsatzfahrzeug mit Blaulicht und heulenden Sirenen in Richtung Main-Spessart.

34

Kerner erwachte mit einem schrecklichen Geschmack im Mund. Die Zunge lag wie ein Fremdkörper in seinem Rachen und fühlte sich rau und trocken an. Sein Schädel pochte, und er verspürte schrecklichen Durst. Er lag auf einer harten Unterlage, die aber nicht ebenmäßig war. Hin und wieder wurde sein Körper erschüttert, weil sich der Boden unter ihm bewegte. Jetzt hörte er das gleichmäßige Geräusch eines Motors. Unwillkürlich ordnete er es ein: ein Diesel. Er lag in einem Wagen. Von draußen schossen schemenhaft Lichtfetzen durch ein Fenster, wenn ihnen ein anderes Fahrzeug entgegenkam. Bei dieser Gelegenheit konnte er sehen, dass er im offenen Gepäckraum eines geräumigen Fahrzeugs lag. Er war an Händen und Füßen gefesselt. Stabile Kabelbinder, soweit er dies erfühlen konnte.

Langsam kehrte die Erinnerung zurück: Das Zimmer in dem Haus, die Gestalt mit der Atemschutzmaske, die Hand mit einem Gasspray, die Schwärze einer plötzlichen Bewusstlosigkeit. Kerner war sich mit kühler Klarheit bewusst: Er befand sich in der Hand des Killers. Der Typ hatte die Kaltblütigkeit besessen, in das Sichere Haus einzudringen und ihn zu verschleppen. Gute Profiarbeit, das musste Kerner anerkennen. Dabei stellte er sich die Frage, woher er gewusst hatte, wo sich die Schutzbefohlenen der Polizei aufhielten? Gab es einen Maulwurf? Nächste Frage: Warum hatte er sich die Mühe mit dieser Entführung gemacht? Ein Schuss – und alles wäre erledigt gewesen. Aber das galt ja auch für seine vorausgegangen Aktionen. Wenn er gewollt hätte, hätte er ihn schon lange töten können. Offenbar war auch diese Verschleppung Bestandteil eines ziemlich perfiden Plans.

Im Wagen herrschte völlige Ruhe. Wie es aussah, war der Killer allein. Kerner fragte sich, was mit den anderen Bewohnern des Hauses geschehen war. Langsam verfügte er wieder über alle seine Sinne, und er registrierte einen bestimmten Geruch, der ihm irgendwie vertraut vorkam. Plötzlich fiel es ihm wie Schuppen von den Augen: Er lag in seinem eigenen Geländefahrzeug! Der Kerl hatte die Kaltblütigkeit besessen, seinen Defender zu stehlen und ihn damit zu entführen! Das rang Kerner fast so etwas wie Bewunderung ab. Er hatte natürlich keine Ahnung, wo sie sich im Augenblick befanden. Sich aufzurichten und einen Blick durch das Rückfenster zu werfen erschien ihm zu riskant, weil er dann in den Blickwinkel des Rückspiegels geraten würde. Zunächst einmal musste er sich von seinen Fesseln befreien. Da sich zwischen Rückbanklehne und Kofferraum ein Gitter befand, war auch eine Aktion gegen den Killer während der Fahrt unmöglich. Umgekehrt aber genauso. Selbstverständlich hatte ihm der Typ seinen Revolver abgenommen, den Kerner auch im Haus nicht abgelegt hatte. Er spürte an der Hüfte das leere Holster.

Wie lange waren sie schon unterwegs?

Plötzlich wurde das Fahrzeug langsamer und fuhr eine Kurve. Der Untergrund wurde uneben, der Defender schaukelte. Steine knallten gegen den blechernen Unterbodenschutz und klangen wie Schüsse. Kerner war klar, dass sie die befestigte Straße verlassen hatten und sich dem Ziel näherten. Fieberhaft überlegte er, wie er freikommen könnte. Er lag auf der Kunststoffwanne, mit der der Kofferraum des Defenders ausgekleidet war. Sie sollte die Verschmutzung des Gepäckraums verhindern, wenn er erlegtes Wild transportieren musste. Zwischen dieser Wanne und dem Gitter befand sich ein schmaler Raum, den Kerner dazu nutzte, um ein paar Utensilien zu verstauen. Unter anderem eine Astschere, mit deren Hilfe er Zweige entfernte, die ihm die Sicht versperrten, wenn er auf einem Hochsitz saß. Hoffentlich hatte der Killer sie nicht entfernt. Kerner drehte sich so, dass er mit seinen auf den Rücken gefesselten Händen in den Zwischenraum greifen konnte. Er hätte jubeln können! Das Werkzeug war tatsächlich da. Mühsam zerrte er es heraus. Der Lärm, den er dabei nicht ganz vermeiden konnte, wurde von den Fahrgeräuschen übertönt. Die Astschere war etwa einen Meter lang. Er hielt sie mit den Händen und versuchte, die Backen über seine Fußfessel zu schieben. Um die Schere weit genug zu öffnen, musste man die Griffe ein Stück auseinanderdrücken. Da seine Hände eng zusammengefesselt waren, hatte er große Mühe, den notwendigen Spielraum herzustellen. Viermal war er schon abgerutscht. Allmählich wurde es eng für ihn, da der Wagen immer langsamer wurde. Die Straße ging ziemlich steil bergauf. Schließlich hatte er Erfolg. Er spürte, wie der Scherkopf hinter die Fußfesseln glitt. Mit den gefesselten Händen hielt er einen Arm der Schere fest, den anderen drückte er mit seinem Körpergewicht gegen das Trenngitter, bis er spürte, dass seine Füße frei waren. Ein Teilerfolg! Kerner hatte aber keine Zeit auszuruhen. Mit den Beinen rudernd drehte er sich um seine Mittelachse, so dass sich seine Hände auf Höhe der Schneidebacken der Astschere befanden. In dieser Position war es relativ einfach, die Kabelbinder zwischen die Schneiden zu bringen. Mit den Unterschenkeln drückte er die Hebelarme zusammen – und war frei. Keinen Augenblick zu früh, denn der Defender kam mit einem kurzen Ruck zum Stehen.

Der Motor lief weiter.

»Wir sind da«, hörte er eine sonore, männliche Stimme sagen. Da Kerner nicht annahm, dass der Killer mit ihm sprach, musste noch jemand im Wagen sein.

Da kam auch schon die Antwort. »Bringen Sie ihn hinein und binden Sie ihn an einen Stuhl. Ich will ihn direkt vor mir sehen. Ich gehe vor. Geben Sie mir den Schlüssel.«

Kerner war wie elektrisiert. Es war eine weibliche Stimme, und er wusste auch, wem sie gehörte. Das durfte ja nicht wahr sein! Sie steckte also hinter den Morden! Anders konnte es nicht sein! Doch er hatte keine Zeit, länger darüber nachzudenken, denn der Motor wurde ausgeschaltet. Es war der für den Defender typisch metallische Klang der vorderen Türschlösser zu hören. Das leichte Schaukeln des Fahrzeugs zeigte ihm an, dass beide Personen ausstiegen.

Jetzt musste er sich konzentrieren. Den bewaffneten Killer zu überwältigen würde nur unter Ausnutzung des Überraschungsmoments gelingen. Und selbst dann, war seine Chance ziemlich gering. Er war sich sicher, er würde nur eine Möglichkeit bekommen. Kerner legte sich mit den Händen auf dem Rücken so hin, als wäre er noch gefesselt. Für eine kurze Täuschung musste es reichen. Die Astschere verdeckte er mit seinem Körper. Er wusste, dass die rückwärtige Tür außen von links nach rechts aufging. Wenn sein Gegner Rechtshänder war, würde er seine Schusswaffe zum Öffnen in die Linke nehmen, ansonsten würde er sich selbst behindern. Dass der Killer ihm mit der Waffe in der Hand entgegentreten würde, war für ihn klar. Er hätte nicht anders gehandelt.

Obwohl durch die Fenster des Defenders nur Dunkelheit kam, war diese nicht so vollständig, dass er nicht den Schatten gesehen hätte, der an der Seitenscheibe auftauchte und dort verharrte. Der Kerl starrte ins Auto auf Kerner. Zum Glück schien er keine Taschenlampe zu haben. Um Einzelheiten im Wageninneren ausmachen zu können, war es zu dunkel. Der Schatten verschwand nach hinten. Jetzt kam es darauf an. Kerner sammelte sich. Adrenalin versetzte seinen Körper in höchste Kampfbereitschaft. Die nächsten Augenblicke konnten über Leben und Tod entscheiden. Sein Leben und seinen Tod!

Das Knacken des Türschlosses war für Kerner der Auslöser. Blitzschnell zog er sich wie eine Feder zusammen. Dabei verschaffte er sich Halt, indem er sich mit dem Rücken gegen das stabile Trenngitter abstützte. Als der Türspalt etwa zehn Zentimeter maß, explodierte Kerner. Mit voller Wucht trat er mit seinen Schuhsohlen gegen das Blech. Die Tür knallte wie eine Keule nach außen und traf hart auf einen menschlichen Körper. Kerner hörte einen unterdrückten Überraschungsschrei, dann war er schon draußen, die Astschere in der linken Hand schwingend, bereit sie einzusetzen. Blitzschnell erfasste er die Szene. Durch die Wucht des Schlages mit der Tür war der Killer nach hinten auf den Boden gestürzt, seine Waffe lag einen Meter hinter ihm. Sein Gesicht war hinter einer Sturmhaube verborgen, die nur einen Schlitz für die Augen hatte. Durch den Schlag mit der Tür schien er etwas benommen zu sein. Kerner zögerte keinen Wimpernschlag. Er hechtete nach vorne und schlug mit der Astschere auf die Hand des Mannes, der zu seiner Pistole herumschnellte. Der Mann war erschreckend schnell! Kerners Schlag traf die Hand nicht richtig, vielmehr rutschte er ab und stieß gegen die Waffe, die dadurch ein Stück weggeschleudert wurde. Der Griff des Killers ging ins Leere. Kerner rollte sich blitzschnell um seine Längsachse auf die Pistole zu. Dabei versetzte ihm der Killer im Liegen einen

Kick in den Bauch, der eine Woge des Schmerzes durch seinen Körper jagte. Trotzdem erreichte Kerner die Waffe zuerst. Seine Finger krallten sich um den Griff. Aus der Rollbewegung kam er auf die Knie. Sein Gegner war mittlerweile auf die Füße gesprungen. Plötzlich hielt er einen metallischen, länglichen Gegenstand in der Hand. Ein Kampfdolch!, fuhr es Kerner durch den Kopf. Blitzschnell holte der Mann zum Wurf aus. Ohne zu überlegen, drückte Kerner zweimal hintereinander ab. Durch den Schalldämpfer, der auf dem Lauf aufgesetzt war, gab die Waffe nur ein zweimaliges trockenes Plopp von sich. Der Killer wurde ein Stück zur Seite gerissen und erstarrte für einen kurzen Moment zur Statue eines Messerwerfers! Dann sank der Arm herab, das Messer entglitt dabei seinen Händen und fiel auf den Boden. Das geradezu Gespenstische an dem Geschehen war, dass der Kampf bis auf die wenig spektakulären Geräusche der beiden Schüsse und das Keuchen der Kämpfenden fast lautlos abgelaufen war.

Der Killer zögerte einen kurzen Moment, dann drehte er sich plötzlich um und rannte davon. Kerner hatte die Waffe noch immer erhoben. Er brachte es aber nicht fertig, dem nunmehr wohl unbewaffneten Mann in den Rücken zu schießen. Eine Sentimentalität, die er noch bereuen sollte. Einen Moment später hatte die Dunkelheit den Mann verschluckt. Man hörte das Knacken trockener Äste, als er sich entfernte. Kerner ließ den Arm sinken und sprang in die Deckung des Defenders. Sein Atem ging hektisch. Der Stress, unter dem er stand, war enorm und verflüchtigte sich nicht so schnell. Jetzt erst fand er Zeit, sich umzusehen. Wo war er? Die trutzigen Umrisse des kleinen Gebäudes in seiner Nähe waren unverwechselbar. Das gab es doch nicht! Der Killer hatte ihn zu seiner eigenen Jagdhütte gebracht!

Simon Kerner richtete sich auf. Wie es aussah, hatte sich sein Gegner entfernt. Er hob den Dolch auf und steckte ihn in das leere, nach unten offene Holster seines Revolvers. Die Schneide war rasiermesserscharf und nadelspitz. Die erbeutete Pistole steckte er sich in den Hosenbund.

Jetzt musste er sich um die Frau kümmern. Zunächst ging er jedoch zum Defender und öffnete die Fahrertür. Wie er vermutet hatte, steckte der Schlüssel. Kerner zog ihn ab, dann überprüfte er im Schein der Innenraumbeleuchtung das Fahrzeug. Vor dem Rücksitz entdeckte er einen Einsatzrucksack, ähnlich seinem eigenen, der noch immer im Sicheren Haus lag. Kerner warf ihn sich auf den Rücken, dann schloss er den Geländewagen ab. Über dem Dachfirst der Hütte zeigte sich am Himmel ein erster Schimmer des beginnenden Tages. Langsam drehte er sich um und marschierte in Richtung Eingang. Es war klar, dass seine Annäherung über die Holzveranda nicht lautlos erfolgen konnte. Von dem Kampf hatte sie sicher nichts mitbekommen. Vermutlich würde sie den Killer erwarten. Trotzdem zog er die Pistole. Ein Mensch, der fünf Morde beauftragt hatte, durfte nicht unterschätzt werden. Kerner stellte sich neben dem Eingang in Deckung, dann stieß er unvermittelt die Hüttentür auf. Ein schwacher Lichtschimmer drang heraus und schuf auf dem Holzboden ein helles Viereck. Er hielt die Pistole mit beiden Händen und spähte um die Ecke. Sein Blick erfasste den Tisch am Fenster, auf dem eine Kerze stand, die mit ihrem schwachen Licht den Innenraum dürftig erhellte. Durch den Luftzug der offenen Tür flackerte die Flamme leicht und warf zuckende Schatten. Dahinter konnte er die Umrisse einer Gestalt erkennen, deren Gesicht im Schatten blieb. Da mit keiner anderen Person zu rechnen war, trat er ein; dabei senkte er den Lauf der Waffe. Als die Frau ihn sehen konnte und erkannte, dass er allein war, stieß sie einen erstaunten Laut aus.

»Hallo, Frau Fiederling, Sie wundern sich sicher, dass ich hier allein erscheine. Aber leider hat uns Ihr … Mitarbeiter verlassen. Sie müssen also mit mir vorliebnehmen.« Er machte einige Schritte tiefer in die Hütte hinein, bis er hinter einem Stuhl stand, der anscheinend von ihr mitten im Raum aufgestellt worden war. Der Frau hatte es durch sein Erscheinen offenbar die Sprache verschlagen, denn sie gab keinen Ton von sich.

Plötzlich machte sie überraschend eine schnelle Bewegung, und im Kerzenlicht erschien ihre Hand, die einen Revolver hielt. Der Lauf zeigte direkt auf Kerner. Auf diese kurze Entfernung konnte sie gar nicht daneben schießen.

»Lassen Sie die Waffe fallen«, schrie sie erregt. Ihre Stimme überschlug sich.

Kerner war total überrumpelt. Schnell rechnete er sich seine Chancen aus, wenn er sich fallen ließ und auf sie schoss. Da fuhr sie fort: »… und denken Sie nicht, dass ich nicht mit dieser Waffe umgehen kann. Ich habe schon als junge Frau auf dem Schießstand mit Faustfeuerwaffen geschossen, weil mein Vater in einem Schützenverein war. Es wäre doch eine regelrechte Tragikomödie, wenn Sie verdammter Mörder an einer Kugel aus Ihrer eigenen Waffe krepieren würden.«

Simon Kerner konnte seinen Revolver aus dieser Entfernung und bei dem dürftigen Licht nicht erkennen. Denkbar war es aber schon, dass sie sich seine Waffe angeeignet hatte, nachdem der Killer ihn entwaffnet hatte. Langsam legte er die Pistole auf den Boden neben sich. Er wollte sie nicht weiter provozieren.

»Schieben Sie sie mit dem Fuß in meine Richtung«, schrie

sie, »und dann setzen Sie sich dort auf den Stuhl.« Dabei fuchtelte sie mit der Waffe herum.

Kerner tat, was sie verlangte. Mit leicht erhobenen Händen ließ er sich nieder und legte sie dann auf seine Oberschenkel. Die Frau stand mit Sicherheit unter erheblichem Stress und er wollte nicht, dass sich versehentlich ein Schuss löste. Zum Glück besaß er noch das Messer. Wenn sie ihm keine andere Wahl ließ, würde er es benutzen.

»Was haben Sie mit meinem … Gehilfen getan, Sie elender Verbrecher?«

Kerner war klar, er konnte ihr nicht die Wahrheit sagen. Die Frau stand kurz vor der Hysterie.

»Als er die Tür zum Defender öffnete, konnte ich mich befreien, dann ist er geflüchtet.«

»Verflixter Feigling!«, zischte sie, dann fuhr sie fort: »Glauben Sie aber bloß nicht, dass Sie deswegen Ihrer gerechten Strafe entgehen! Sie werden genau wie die anderen für Ihr Verbrechen büßen!«

Pfisterer stolperte eine ganze Zeitlang durch den Wald. Er wollte zunächst nur Distanz zwischen sich und Kerner bringen. Ihm war klar, dass der Mann ihn im dunklen Wald nicht verfolgen würde. Immer wieder musste er stehen bleiben, um sich auszuruhen und sich zu orientieren. Im Stillen fluchte er. Seine ganze Ausrüstung war im Defender zurückgeblieben, sodass er im Augenblick völlig unbewaffnet war. Mit dieser Aktion seines Gefangenen hatte er nicht gerechnet, weil er ihn noch immer betäubt glaubte. Anscheinend hatte dieser Kerner extreme Nehmerqualitäten und hätte eine höhere Dosis benötigt, um die gewünschte Stunde außer Gefecht zu bleiben. Sein erster Fehler. Im Übrigen hatte Pfisterer ihn richtig eingeschätzt. Dieser Mann war für sein

Alter sehr schnell und gefährlich. Beide Schüsse hatten Pfisterer getroffen. Ein Projektil war neben dem Hals in die rechte Schulter eingedrungen und hatte das Schlüsselbein getroffen. Die zweite Kugel hatte die Oberarmmuskulatur durchschlagen. Nach dem ersten Schock kamen jetzt die Schmerzen. Seine Pistole war mit Hohlspitzgeschossen geladen, die im Körper trotz des kleinen Kalibers beachtliche Verletzungen verursachten. Ihm war klar, dass er ziemlich viel Blut verlor. Er musste sich so schnell wie möglich verarzten! Bis zur nächsten Straße war es zu weit. Es gab keine andere Lösung, er musste zur Hütte zurück und Kerner irgendwie ausschalten, bevor ihn der Blutverlust zu sehr schwächte. Vermutlich war sein Gegner im Augenblick noch mit der Frau beschäftigt. Auf ihre Bitte hin hatte er ihr Kerners Revolver ausgehändigt. Pfisterer hatte keine Ahnung, was sie damit wollte. Aber da Kerner nicht wusste, dass sie eine Waffe hatte, konnte sie ihn vielleicht überraschen. Als er nach oben zu den Wipfeln der Bäume sah, konnte er die ersten Anzeichen des kommenden Tages erkennen. Mit zusammengebissenen Zähnen stieß er sich von einem Baumstamm ab und tastete sich auf dem gleichen Weg, den er gekommen war, wieder zurück. Hoffentlich besaß er bei seiner Ankunft noch genügend Kraft, um Kerner zu überwältigen.

»Frau Fiederling, können Sie mir sagen, was das hier soll?«, versuchte Kerner die Initiative zu ergreifen. »Wieso beschimpfen Sie mich als Mörder und Verbrecher?« Dabei sprach er möglichst unaufgeregt.

Die Frau schlug mit der unbewaffneten Hand auf den Tisch. »Das fragen Sie mich noch?! Sie elender Heuchler!« Ihr Gesicht verzerrte sich zu einer aggressiven Fratze. »Kerner, Sie Idiot, haben Sie es noch nicht kapiert? Sie stehen hier vor Gericht! Vor dem Schwurgericht! Und ich bin Ihre Richterin.«

Kerner war klar, dass diese Frau völlig gestört war, was sie nicht minder gefährlich und unberechenbar machte. Das Beste war, er ging auf ihre Vorstellungen ein, um sie nicht weiter zu reizen.

»Was werfen Sie mir vor?«

»Oberstaatsanwalt Simon Kerner, ich klage Sie des Mordes an Alexander Thannenberger an.« Der Lauf des Revolvers wurde wieder unruhig, weil sich ihre Erregung auf ihre Hand übertrug.

In Simon Kerners Kopf fiel eine Klappe. Er hatte also mit seiner Vermutung, dass die Motive für die Morde in dem letzten Schwurgerichtsprozess zu suchen seien, Recht gehabt. Das gestrige Gespräch mit Richterin Sonnemann fiel ihm wieder ein. Die Ermittlungen, die andere Fälle priorisierten, waren also völlig falsch gewesen.

Laut erwiderte er: »Frau Fiederling, Herr Thannenberger wurde wegen Mordes vom Schwurgericht rechtskräftig zu lebenslanger Haft verurteilt. Wie kommen Sie darauf, dass er ermordet wurde?«

»Schweigen Sie!«, herrschte sie ihn an. »Außerdem haben Sie mich mit Richterin anzusprechen!«

Kerner rutschte auf dem Stuhl unauffällig etwas nach vorne in eine günstigere Position. Wenn die Frau durchdrehte, musste er sprungbereit sein. Er war sich sicher, dass es nicht mehr lange dauern würde. Ihr Kopf war hochrot, und ihr Mund vor Hass verzerrt.

»Sie und Ihre feinen Richterkollegen, dieser Idiot von Rechtsanwalt und dieser selbstgefällige Gutachter – Sie haben alle gewusst, dass dieser Vorsitzende des Schwurgerichts krank war! Er hatte doch nicht mehr alle Tassen im Schrank!

Er war geradezu besessen davon, meinen Liebsten lebenslänglich einzusperren und ihn damit zu vernichten. Wenn er gekonnt hätte, hätte er ihn zum Tode verurteilt, das hat dieser Zyniker sogar bei der Urteilsberatung gesagt. Jeder von euch Juristenpack hat geschwiegen, weil es sein letzter Prozess war und man seinen Ruf, wie mir Herr Großberger, der Beisitzer, im Vertrauen erklärte, nicht beschädigen wollte.« Wieder fuchtelte sie mit der Waffe herum. »Um den Ruf dieses gnadenlosen Irren nicht zu beschädigen, musste mein Liebster lebenslänglich in Haft! Kein Mensch hat sich darum geschert, als er schwer krank wurde und sich schließlich im Gefängnis aus Verzweiflung das Leben genommen hat.« Sie hatte Mühe, ihre Fassung wieder zu finden. Allerdings blieb der Revolver direkt auf ihn gerichtet. Ein Angriff war zu gefährlich, da die Distanz zum Tisch für einen einzigen Sprung zu weit war.

»Alle unsere Träume wurden zerstört. Wir wollten im Gefängnis heiraten, damit er bei seiner Freilassung mit mir ein schönes Leben führen kann.« Die Hand mit dem Revolver fuhr nach vorn und der Lauf zeigte auf seine Brust. »Sie, Oberstaatsanwalt Simon Kerner, wären der Einzige gewesen, der auf diesen Missstand hätte hinweisen können – hinweisen müssen! Sie gehörten nicht zum Gericht und hätten sich gegen die Mauer des Schweigens auflehnen müssen! Sie haben kläglich versagt! Sie sind der Hauptschuldige und haben deshalb die Todesstrafe verdient!«

Trotz der bedrohlichen Situation, in der er sich befand, fühlte Kerner eine gewisse Betroffenheit. Es war natürlich nicht so, wie es die Frau in ihrem Wahn darstellte. Ein Körnchen Wahrheit steckte jedoch trotzdem darin. Hinter vorgehaltener Hand wurde damals in der Staatsanwaltschaft im Kollegenkreis darüber gesprochen, dass Dr. Kürschner in den letzten beiden Jahren immer zerstreuter geworden war. Hin und wieder war auch schon hinter vorgehaltener Hand von beginnender Demenz gesprochen worden. Sein Verhalten als Vorsitzender Richter veränderte sich. Kürschner war schon immer ein harter Knochen gewesen, aber in den letzten beiden Jahren war er noch strenger und unnahbarer und seine Prozessführung geradezu gnadenlos stringent geworden. Kritik duldete er nicht. Wackelige Beweisanträge wurden abgeschmettert. Musste er einem Angeklagten wegen dessen Mittellosigkeit einen Pflichtverteidiger zuweisen, wählte er fast immer junge, unerfahrene Rechtsanwälte, die auf diese Mandate angewiesen waren. Es war klar, dass diese Verteidiger nicht die letzten Raffinessen der Strafprozessordnung ausreizten, weil sie sie gar nicht kannten oder nicht anwenden wollten, um Kürschner nicht zu verärgern, damit sie weiter von ihm beauftragt wurden. Darüber hinaus hatten sie gegen einen ausgefuchsten Richter wie Kürschner so gut wie keine Chance. Da wurden dann schon mal Beweisanträge abgeschmettert, die nicht unbedingt völlig aussichtslos gewesen wären, ohne dass später das Rechtsmittel der Revision eingelegt wurde.

Kerner erinnerte sich wieder: Bei dem Prozess Thannenberger war es ähnlich. Ein reiner Indizienprozess. Er, als Oberstaatsanwalt, war damals der Meinung, die Sache sei wasserdicht und die Verurteilung gerechtfertigt. Gewiss, wenn er Verteidiger gewesen wäre, hätte er bestimmt weitere Beweisanträge gestellt. Vielleicht auch einen Befangenheitsantrag gegen den Vorsitzenden, da sich sein Verhalten schon im Grenzbereich bewegte. Im Endeffekt hätte dies jedoch an der Verurteilung nichts geändert, da Thannenberger nach Kerners Überzeugung schuldig war. Deshalb hatte auch die Staatsanwaltschaft keine Revision eingelegt.

Was die gesundheitlichen Befindlichkeiten von Dr. Kürschner betraf, wollte man die Zeit bis zu seiner Pensionierung aussitzen. Kerner hatte seinen damaligen Chef auf die Problematik angesprochen. Der aber erklärte, niemand habe ein Interesse daran, einen derart verdienten Richter vor seinem Ruhestand zu beschädigen, zumal der Vorsitzende ja nicht allein entschied und die anderen Mitglieder des Schwurgerichts die Möglichkeit hatten, ihn bei der Urteilsfindung zu überstimmen.

Die Frau ihm gegenüber schniefte hörbar, dann fixierte sie ihn wieder.

»Alle, die in diesem Schwurgericht saßen, sind Mörder«, stellte sie mit Grabesstimme fest. »Wäre mein Liebster nicht eingesperrt gewesen, hätte man seine Krankheit früher entdeckt und ihn retten können. Während des Prozesses habe ich Alexander beobachtet. So ein lieber und stiller Mensch, der euch hilflos ausgeliefert war. Er war kein Mörder, er war unschuldig! Ich habe gehört, was dieser Vorsitzende bei der Urteilsberatung über ihn gesagt hat, und alle haben seinem Urteil zugestimmt – bis auf mich. Lange Zeit haben mich Alexanders Augen im Schlaf verfolgt. Einige Zeit danach habe ich ihm geschrieben und ihn später auch in der Justizvollzugsanstalt besucht. Wir haben uns ineinander verliebt. Als dann seine Krankheit festgestellt wurde, wollte er mich längere Zeit nicht mehr sehen. Ich habe ihm geschrieben und ihm gesagt, dass ich ihn auch im Gefängnis heiraten würde. Damit er ein Motiv hat, gegen die Krankheit anzukämpfen. Eines Tages erhielt ich dann die Nachricht, Alexander sei verstorben. Er war tot! Einfach tot! Alle Träume tot! Ein Wärter vertraute mir an, dass er sich mit einer Überdosis seiner starken Medikamente selbst getötet hat.« Wieder versagte ihr die Stimme, dann schrie sie unvermittelt wieder los:

»Und das haben Sie und all die anderen, die ich bereits zur Hölle geschickt habe, zu verantworten!«

»... und Sie glauben, das gibt Ihnen das Recht, sich als Ankläger, Richter und Henker in einer Person aufzuspielen?« Kerner gab seinen Worten bewusst einen scharfen Unterton. Er musste zusehen, diese Geschichte zu beenden, ehe diese Frau völlig durchdrehte.

»Ja, dieses Recht habe ich!«, schrie sie. »Ich habe meinem Liebsten an seinem Grab etwas versprochen: Ich werde seinen Tod an all denen rächen, die daran schuld sind! Ihr Richter, Staatsanwälte, Schöffen, Rechtsanwälte und Gutachter seid so borniert! Ihr denkt, das Gesetz gibt euch das Recht, die Existenz eines Menschen zu vernichten. Dabei wird Justitia immer blind dargestellt! Rechtsprechung ohne Ansehen der Person! Dass ich nicht lache! Der Angeklagte ist euch doch völlig egal. Wichtig ist, dass ein durchgeknallter Richter nicht beschädigt wird. Ihr seid wie ein Schwarm dieser Todesvögel, die sich im Mittelalter um die Hinrichtungsstätten scharten und den sterbenden Verurteilten das Fleisch bei lebendigem Leib von den Knochen rissen. Wie es dieser teuflische Vorsitzende in seinem Buch so ausführlich beschrieben hat. Dabei fügten sich diese Aasvögel, wie er dort immer wieder betonte, untereinander kein Leid zu, weil bekanntermaßen eine Krähe der anderen kein Auge aushackt! Angeklagter, kommt Ihnen das nicht irgendwie bekannt vor?« Sie starrte ihn durchdringend an.

Simon Kerner ging jedoch auf ihre Hasstiraden nicht ein. Allerdings war ihm jetzt klar, warum sie ihm geblendete Krähen hatte zustellen lassen und warum der Killer den Ermordeten immer in beide Augen schoss. Eine Anweisung an den Killer, die nur diesem kranken Gehirn entsprungen sein konnte. Die Frau war definitiv geistesgestört. Sie hatte wohl den Tod ihres Geliebten, an dem sie offenbar mit aller Leidenschaft hing, nicht verkraftet. Eigentlich ein tragisches Schicksal. Sie musste unbedingt in eine Therapie, aber diese Erkenntnis half ihm jetzt auch nicht aus der Klemme. Da sie sich immer weiter hineinsteigerte, bestand die Gefahr, dass sie irgendwann tatsächlich schoss.

»Wie soll es nun weitergehen?«, wollte Kerner wissen. Es wurde Zeit, die Frau unter Druck zu setzen. Er musste ihre Aufmerksamkeit ablenken, damit er eine Chance hatte, zu handeln. »Ihr Handlanger ist nicht mehr da. Wenn Sie mich töten wollen, müssen Sie das schon selbst erledigen. Sie haben meinen Revolver in der Hand. Drücken Sie doch einfach ab. Sie wissen doch, wie das geht.«

»Sie sterben, wann ich es will!«, schrie sie.

Kerner provozierte weiter.

»Mir geht dieses selbstmitleidige Gerede langsam auf die Nerven. Sie wollen doch nur Ihre Verbrechen vor sich selbst rechtfertigen. Meines Erachtens sind Sie völlig irre!«

Wütend fuhr sie von ihrem Sitz auf und riss den Revolver in die Höhe.

»Ich bin nicht verrückt!«, brach es aus ihr heraus. »Sie elender Mörder!«

Kerner ließ sie bei diesem Ausbruch keine Sekunde aus den Augen. Er hatte bemerkt, dass sie den Hahn der Waffe nicht vorgespannt hatte. So musste sie, um abzudrücken, den vollen Abzugswiderstand überwinden. Nur geübte Revolverschützen beherrschten bei dieser Doppelaction genannten Funktion der Waffe einen genauen Schuss. Kerner musste es riskieren. Blitzschnell rutschte er vom Stuhl und ging in die Hocke, womit er für sie das Ziel deutlich verkleinerte. Aus dieser Position schnellte er urplötzlich nach vorne, ergriff den Rand des Tisches und kippte die massive

Tischplatte mit Wucht nach oben gegen ihren Körper. Fiederling wurde gegen die Wandgepresst und ihre Revolverhand nach oben und gegen ihre Brust gedrückt. Ein Schuss erfüllte ohrenbetäubend den kleinen Raum. Offenbar hatte sie im Affekt abgedrückt. Rechts von Kerner splitterte eine Scheibe. Im geschlossenen Fensterladen zeigte sich ein kalibergroßes Loch. Durch die Wucht des Projektils wurde der Fensterladen ein Stück weit aufgedrückt. Kerner ließ den massigen Tisch los, der nun mit der Kante nach unten mit seinem ganzen Gewicht auf die Füße von Fiederling fiel. Sie stieß einen Schmerzensschrei aus. Während die Frau von seinem explosionsartigen Angriff noch völlig überrumpelt war, fasste Kerner entschlossen zu und entriss ihr mit einem harten Griff den Revolver. Dann trat er ein Stück zurück.

»Das war's jetzt wohl«, sagte er ruhig und wollte seine Waffe ins Holster stecken, doch da befand sich ja noch der Dolch. Er zog ihn heraus und steckte dafür den Revolver ein.

Fiederling starrte ihn an, als wäre er ein Gespenst. Ihre Arme hingen wie bei einer Puppe an ihr herab. Plötzlich stieß sie ein lautes, unartikuliertes Kreischen aus und tobte gegen den Tisch, der, auf der Seite liegend, wie eine Barriere zwischen ihr und Kerner stand.

»Du elendes Schwein! Du Mörder! Du Verbrecher!«, geiferte sie dabei und trat gegen das Holz.

Kerner wartete einen Augenblick, bis sie sich etwas verausgabt hatte, dann ging er zu einem Schrank, in dem er verschiedene Utensilien aufbewahrte. Dabei behielt er sie in den Augenwinkeln unter Beobachtung. Das Messer legte er in ein Fach, ließ aber die Tür offen. Da gelang es ihr, den Tisch ein Stück zur Seite zu schieben. Wie eine Furie sprang sie hervor und stürzte sich mit zu Klauen erhobenen Fingern auf Kerner. Er wartete ab, bis sie nahe genug heran war, dann fasste er zu und brachte sie mittels eines Nahkampfgriffs mit dem Rücken zu sich in seine Gewalt. Sie spuckte und geiferte wie eine Tobsüchtige, trat nach hinten aus, um Kerners Schienbeine zu treffen. Der machte jetzt kurzen Prozess und brachte sie mit einer Hebelbewegung in Bauchlage. Mit einem Kabelbinder, den er dem Schrank entnommen hatte, fesselte er ihre Hände auf dem Rücken zusammen. Genauso verfuhr er mit ihren zuckenden Beinen. Schwer atmend erhob er sich.

»Hören Sie jetzt auf! Das Spiel ist aus!«

Sie gab nur ein irres Knurren von sich. Simon Kerner machte einen Schritt und hob die Pistole des Killers auf, die noch immer auf dem Boden lag. Dann beugte er sich über sie und durchsuchte ihre Taschen. Er fand einen Schlüsselbund, ein paar Münzen und ein Mobiltelefon. Eigentlich hatte sie es ja vor dem Einzug in das Haus abgeben müssen. Anscheinend besaß sie ein zweites. Es war eingeschaltet. Nachdenklich betrachtete Kerner das Gerät. Jetzt war auch klar, woher der Killer wusste, wo sich das Sichere Haus befand und wie dort die Örtlichkeiten beschaffen waren.

Langsam gingen Fiederling die Kräfte aus. Wild keuchend lag sie auf dem Boden der Hütte. Den Kampf gegen die Fesseln hatte sie anscheinend aufgegeben. Mit hervorquellenden Augen starrte sie Kerner hasserfüllt an. Vorerst ließ er sie einfach liegen.

Eine Überprüfung des Handys ergab, dass der Akku praktisch leer war. Sie konnte es im Haus ja nicht aufladen. Vielleicht schaffte er es noch, Brunner anzurufen. Mit Sicherheit befand sich die ganze Sonderkommission im Alarmzustand, weil die Ablösung der beiden Polizistinnen im Sicheren Haus längst den Überfall und die Entführung von Fiederling und ihm gemeldet haben musste.

Der Empfang in der Hütte war sehr schwach. Er öffnete die Tür und trat hinaus auf die Veranda. Da nur ein Fensterladen der Hütte durch den Schuss einen Spalt weit aufgegangen war, hatte er das Fortschreiten des Tageslichts noch gar nicht registriert.

Es war reiner Instinkt, dass er blitzschnell den Arm hob, um den Schlag schräg von der Seite gegen seinen Kopf abzuwehren. Der Killer, der neben der Tür stand und ihm aufgelauert hatte, schlug mit einem Buchenknüppel zu. Er hielt dabei den Buchenast in der Linken und taumelte nun, von der Wucht des Schlages nach vorne gerissen, gegen Kerner. Dabei stieß er einen gepressten Schmerzenslaut aus. Der Ast knallte gegen den Verandaboden, was auf den Brettern einen hallenden Klang erzeugte. Kerner war zwar kurz aus dem Gleichgewicht geraten, stürzte aber nicht, sondern taumelte lediglich zurück gegen die Hüttenwand. Seine Hand griff zum Gürtel, um die Pistole aus dem Bund zu ziehen. Doch der Killer war trotz seiner Verletzung schneller. Er rammte den Ast nach vorne gegen Kerners Unterleib. Dabei benutzte er ausschließlich die linke Hand, die rechte hielt er eng an den Körper gedrückt. Kerner lenkte den Stoß durch eine halbe Drehung ab und trat dabei einen harten Sidekick gegen die Hüfte des Mannes, der dadurch gegen die Hüttenwand geworfen wurde. Es gab einen harten Schlag. Der Killer konnte einen lauten Schmerzensschrei nicht unterdrücken. Für Kerner ein deutliches Zeichen. Er musste den Mann mit den beiden Schüssen getroffen und ziemlich heftig verletzt haben. Ihm stellte sich die Frage, warum er trotz seines Zustands zurückgekehrt war? Wollte er unter allen Umständen seinen Auftrag erledigen und ihn töten? So viel Aufopferungsbereitschaft konnte er sich bei einem Menschen, für den das Töten ein Geschäft war, nicht vorstellen.

Eine Sekunde war Kerner unaufmerksam gewesen. Dies reichte dem Killer, um seinen Gegner mit einem harten Beinfeger von den Füßen zu holen. Hart schlug Kerner auf dem Verandaboden auf. Mit einer unerhörten Zähigkeit überwand der Mann seine Schmerzen und stürzte sich auf ihn, um an die Pistole zu kommen. Kerner reichte es. Er wollte den Kampf beenden. Wütend holte er aus und bohrte seinen Ellbogen in den verletzten Arm seines Gegners. Das war selbst für den Killer zu viel. Mit einem lauten Schrei krümmte er sich nach hinten und Kerner kam frei. Mit einem Satz sprang er auf die Beine und zog die Pistole. Heftig atmend stieß er hervor: »Das reicht jetzt! Bleiben Sie ruhig liegen oder ich schieße!« In seiner Jackentasche hörte er das Aneinanderreiben von Plastikteilen. Mit einem Griff konnte er sich davon überzeugen, dass Fiederlings Handy beim Kampf zu Bruch gegangen war. Verdammter Mist!, fluchte er innerlich. Mit diesem Problem musste er sich später beschäftigen. Jetzt galt seine volle Aufmerksamkeit dem Mann vor ihm.

Der Killer sah offenbar ein, dass er verloren hatte, und blieb liegen. Er wirkte ziemlich erschöpft. Der Angriff hatte ihn zusätzlich geschwächt. Blut tropfte auf die Veranda. Vorsichtig griff er mit der gesunden Hand nach seinem verletzten Arm. Wegen der Maske waren nur seine Augen zu sehen, die Kerner anblitzten.

»Nehmen Sie die Sturmhaube ab!«, befahl Kerner.

Der Mann zögerte kurz, dann griff er nach oben und zog sich die Maske vom Gesicht. Sein kurzes, blondes Haar war schweißnass. Kerner musterte ihn neugierig. Seine Züge hatten harte Konturen, insgesamt war das Gesicht aber nicht unsympathisch. Er hatte es noch nie gesehen. Kerner registrierte, dass der Killer seine Schmerzen nur noch mühsam unterdrücken konnte. Trotz der schwarzen Kleidung war deutlich zu erkennen, dass der Stoff auf der Seite des rechten Arms von Blut durchtränkt war.

»Sagen Sie mir Ihren Namen!«, forderte Kerner scharf.

Der Mann sah ihn nur unverwandt an und schwieg. Kerner hatte eigentlich nichts anderes erwartet. Sein Blick spiegelte Schmerz wider, war aber weit davon entfernt, ängstlich zu sein.

»Dann nicht. Die Polizei wird ihn schnell herausfinden. Warum sind Sie eigentlich zurückgekommen? Wollten Sie Ihren Job zu Ende bringen?«

Der Killer machte mit dem Kopf eine Bewegung in Richtung seines Armes. »Die Verletzung. Ich wäre nicht weit gekommen. Im Defender ist meine Rucksack mit Verbandszeug und Medikamenten.«

Kerner trat ein Stück zurück, so dass er außer Reichweite der Beine des Mannes war.

»Ihre Ausrüstung ist in der Hütte. Stehen Sie auf.«

Der Killer biss die Zähne zusammen und richtete sich langsam auf, dabei stützte er sich an der Hüttenwand ab.

»Öffnen Sie die Tür und gehen Sie hinein«, forderte Kerner ihn auf. »Aber keine Tricks! Ich schieße sofort, wenn es sein muss.«

Der Mann nickte und betätigte den Türdrücker. Kerner wartete, bis er so weit im Raum war, dass er ihm nicht die Tür gegen den Körper schlagen konnte. Mit einem Blick hatte der Killer die Lage in der Hütte überblickt. Die gefesselte Frau betrachtete er nur flüchtig.

Als Frau Fiederling den Mann erkannte und ihn in Kerners Gewalt sah, stieß sie ein bösartiges Zischen aus.

»Sie sind ein Schlappschwanz, ein elender Versager!«, schimpfte sie los. »Tun Sie das, wofür ich Sie bezahle, bringen Sie diesen verfluchten Menschen um!«

Er ignorierte sie völlig.

»Setzen Sie sich auf den Stuhl«, befahl Kerner und machte mit dem Lauf der Waffe eine entsprechende Bewegung. Der Killer folgte seiner Anordnung. Dabei schwankte er leicht. Der Blutverlust machte sich bemerkbar.

»Ich werde mich jetzt von hinten nähern und Sie am Stuhl festbinden. Denken Sie dran, dass Sie verletzt sind und ich in jedem Fall schneller sein werde als Sie.«

Wortlos ließ er sich nieder.

Kerner war klar, dass er wegen der Wunde die Hände nicht überkreuzt hinter der Stuhllehne zusammenbinden konnte, wie er es normalerweise gemachte hätte. Er griff in den Schrank und holte sich mehrere Kabelbinder; dann forderte er seinen Gefangenen auf, die linke, unverletzte Hand am Stuhlbein herabhängen zu lassen. Mit einem ratschenden Geräusch schloss sich das Plastikband. Genauso verfuhr er mit der verletzten Hand, wobei er versuchte, dem Mann keine unnötigen Schmerzen zuzufügen. Der gab keinen Laut von sich. Auch die Füße fesselte er an die vorderen Stuhlbeine. Damit war die Hauptgefahr gebannt.

»Verdammte Memme!«, kam es von Fiederling. Der Killer sah sie nur an, und sie verstummte.

Kerner beachtete sie nicht weiter. Er richtete den Tisch wieder auf, legte den Rucksack des Killers darauf und öffnete ihn. Mit gerunzelter Stirn betrachtete er das zusammengelegte Gewehr, das sich darin befand. Wortlos holte er es heraus, entfernte deutlich sichtbar den Verschluss und steckte ihn in die Jackentasche. Ohne dieses Glied war die Waffe nutzlos. Der Mann auf dem Stuhl nahm es kommentarlos mit unbeweglicher Miene zur Kenntnis.

»In der Fronttasche«, sagte er gepresst.

Kerner folgte seinem Hinweis und hielt kurz darauf einen

Medipack in der Hand, wie er in ähnlicher Form auch zu seiner Ausrüstung gehörte, als er noch bei der Truppe diente. Damals führte jeder Soldat seiner Einheit diese medizinische Grundversorgung mit sich. Für Kerner ein weiteres Indiz für seine Vermutung, dass der Killer ein ehemaliges Mitglied einer Spezialeinheit war. Er öffnete den Reißverschluss des Kunststoffbeutels. Vor ihm lagen raumsparend verstaut, eine ganze Reihe von sterilen Verbänden und Kompressen, ein Fläschchen mit einer desinfizierenden, blutstillenden Tinktur, Pinzette, Schere, Pflaster und ein kleines Skalpell. In einer gesonderten Plastikschatulle befanden sich fünf befüllte Einwegspritzen. Kerner erinnerte sich. Auch in seiner Ausrüstung hatten sich Morphiumampullen befunden, um bei einer Verletzung Schmerzen erträglich zu machen, bis ärztliche Hilfe eintraf.

Kerner drehte sich um und fixierte seinen Gefangenen. »Ich werde Sie jetzt verarzten. Sie verhalten sich kooperativ?«

Der Killer nickte knapp. Es war deutlich zu sehen, dass er von Minute zu Minute schwächer wurde. Kerner nahm sich zwei weitere Kerzen vom Fensterbrett und zündete sie an, um mehr Licht zu haben.

»Ich gebe Ihnen zuerst das Morphium.« Er nahm eine der Spritzen und drückte die Nadel durch den Stoff des Hemdes in den verletzten Oberarm. Langsam presste er das Medikament hinein. Dann ergriff er das Skalpell und begann damit vorsichtig die Kleidung rund um die Wunden wegzuschneiden. Ein Teil des Stoffes war angeklebt und musste abgezogen werden. Eine unangenehme Prozedur, die der Mann stoisch ertrug. Mittlerweile schien das Schmerzmittel zu wirken, denn er machte einen deutlich entspannteren Eindruck. Wenig später lagen die beiden Wunden frei. Beide waren glatte Durchschüsse. Das zerschossene Schlüsselbein dürfte wohl die meisten Schmerzen verursachen. Wortlos reinigte Kerner mit dem Blutstiller und den Kompressen die Wundränder. Obwohl diese Prozedur trotz des Morphiums schmerzhaft sein musste, gab der Killer keinen Laut von sich. Anschließend legte er einen Verband an. Zehn Minuten später trat Kerner von dem Mann zurück.

»Das muss natürlich möglichst schnell professionell verarztet werden«, erklärte er. »Aber eine Weile wird es wohl gehen.«

Der Killer sah Kerner durchdringend an, dann sagte er: »Danke, Kamerad.«

Simon Kerner schüttelte den Kopf. »Ich habe mir in Anbetracht Ihrer Vorgehensweise bei den Mordanschlägen schon gedacht, dass Sie früher bei einer Spezialeinheit gedient haben. Aber eines ist klar, Sie sind sicher nicht mein Kamerad! Sie haben sich außerhalb des Gesetzes gestellt und töten Menschen für Geld. Sie sind eine Schande für die Truppe. Wir beide haben absolut nichts gemein! Ich möchte nur, dass Sie überleben, bis die Polizei Sie in Gewahrsam nehmen kann. Sie werden vor Gericht gestellt und die Strafe bekommen, die Sie verdient haben!«

Der andere reagierte nicht. Kerner trat erneut an ihn heran und durchsuchte vorsichtig seine Kleidung. Da war aber nichts, was auf seine Identität hingewiesen hätte. Auch keine weiteren Waffen oder Messer. Ärgerlicherweise auch kein Mobiltelefon.

Als er die Fesseln der Frau überprüfte, versuchte sie, ihn anzuspucken und beschimpfte ihn dabei wieder unflätig. Kerner ignorierte sie.

»Ich werde Sie jetzt verlassen und Hilfe holen«, erklärte er schließlich. »Es wird nicht lange dauern.«

Kerner löschte die Kerzen. Durch den leicht geöffneten Fensterladen kam schwacher Lichtschein. Er fasste den Rucksack seines Gefangenen und trat auf die Veranda. Mittlerweile war es taghell. Kerner schob den Türriegel vor und schloss ab. Ein Blick auf die Armbanduhr sagte ihm, dass es fast sieben Uhr morgens war. Bestimmt war mittlerweile die gesamte »Kavallerie« im Sicheren Haus eingetroffen. Kerner wollte sich beeilen. Je schneller die Angelegenheit zu Ende gebracht werden konnte, umso besser. Er öffnete die Tür des Defenders und warf den Einsatzrucksack des Killers hinein. Dann rutschte er hinter das Steuer des Wagens. Jetzt erst bemerkte er zunehmende Schmerzen an seinem rechten Unterarm, mit dem er den Schlag des Killers mit dem Prügel abgefangen hatte. Auch seine Bauchdecke zwickte spürbar von dem zweiten Schlag, aber das konnte man ignorieren. Er startete den Motor des Diesels und gab Gas. Der schnellste Weg zu einem Telefon führte zu seinem Haus. Während der Fahrt über die vertrauten Wege seines Jagdreviers erfasste ihn eine Woge der Erleichterung. Mit der Überwältigung des Mörders und seiner Auftraggeberin war die Gefahr für die Überlebenden der Todesliste wohl gebannt. Insgeheim musste er sich eingestehen, dass ihn der Kampf mit dem Killer ziemlich angestrengt hatte. Die Auseinandersetzung wäre wohl anders ausgegangen, wenn sich der deutlich jüngere Mann im Vollbesitz seiner Kräfte befunden hätte.

35

Eberhard Brunner rannte wie ein angeschossener Tiger durch das Sichere Haus, das nach dem nächtlichen Überfall seine Bezeichnung nicht mehr verdiente und damit zukünftig in dieser Eigenschaft auch ausgedient hatte. Er befand sich in heller Aufregung, weil er keine Ahnung vom Schicksal der beiden Entführten hatte.

Der Hof stand voll mit Rettungsfahrzeugen. Der Notarzt hatte alle Hände voll mit den traumatisierten Opfern zu tun, die sich im Wohnzimmer versammelt hatten. Es gab zwar keine äußeren Verletzungen, aber der Schock saß tief. In den Zimmern gingen die Beamten der Spurensicherung ihrer Arbeit nach.

Den ersten Aussagen der beiden Polizistinnen vertraute er hinsichtlich ihrer Sachlichkeit noch am ehesten. Danach war in den frühen Morgenstunden plötzlich ein schwarz gekleideter Mann mit Atemschutzmaske aufgetaucht und hatte sie mit einem schnell wirkenden Gas betäubt. Dies traf, wie sich aus der Befragung ergab, auf alle Bewohner zu. Nur durch diesen Überraschungsgriff war es dem Eindringling möglich gewesen, Simon Kerner zu entführen. Das Fehlen von Monika Fiederling und ihre Rolle in dieser Verschwörung waren ihm trotz seiner Informationen nicht ganz klar. Sie war die Frau gewesen, die sich laut Auskunft der JVA offenbar in den Strafgefangenen Alexander Thannenberger verliebt hatte. Als er dann verstorben war, erklärte sie sich gegenüber der Anstaltsleitung sofort bereit, sich um die Urnenbeisetzung zu kümmern. Die Rolle der Frau in diesem

Entführungsfall war Brunner noch unklar. Warum überhaupt diese riskante Nummer mit der Verschleppung aus dem Haus? Wie auch bei früheren Gelegenheiten hätte der Killer Kerner ohne Probleme hier im Haus töten können. War dies ein weiterer Akt in der perversen Inszenierung dieses Dramas? Brunner wusste im Augenblick nicht, wie er das alles einordnen sollte. Er warf einen Blick auf seine Armbanduhr. Kurz nach halb acht. Vielleicht fanden die Spurensicherer diesmal eine verwertbare Spur des Killers. In diesem Augenblick läutete sein Handy. Ein Blick auf das Display elektrisierte Brunner. Es war die Privatnummer von Kerner.

»Simon, bist du das?«

Als er die Stimme des Freundes hörte, fiel ihm ein ganzes Gebirge vom Herzen.

»Mein Gott, Simon, geht es dir gut? Auf meinem Display sehe ich, dass du von zu Hause aus anrufst. Wie kann das sein? Wir sind hier immer noch in dem Haus in Aschaffenburg und gehen von deiner Entführung aus!«

Durch den Hörer kam ein leises Lachen. »Eberhard, jetzt beruhige dich erst mal. Mir geht es gut. Aber sag mal, solltest du nicht im Krankenhaus liegen? Du wirst auch nicht vernünftig! Aber da du schon mal im Dienst bist, kannst du auch was tun. In meiner Jagdhütte liegen, abholbereit zusammengeschnürt, der Killer und seine Auftraggeberin.«

Brunner verschlug es für einen Moment die Sprache. »Du willst mich wohl auf den Arm nehmen!«, schrie er dann ins Mobiltelefon.

»Das würde ich doch niemals tun«, erwiderte Kerner. »Ich kann dir das alles später erklären. Jetzt gibt es dringendere Dinge zu erledigen. Nimm dir ein paar Männer und fahr bei mir vorbei. Ich begleite euch zu meiner Hütte. Ich habe sie abgeschlossen. Also los, gib Gas!«

Brunner musste sich wohl oder übel mit dieser Aussage erst einmal zufrieden geben. Seine Stimme hallte laut durch den Flur des Stockwerks, als er vier Streifenbeamte aufforderte, mit ihm zu kommen. Sie stürmten aus dem Haus und besetzten zwei Streifenwagen. Mit Blaulicht und Sirenengeheul rasten sie über die Ausfallstraßen von Aschaffenburg in Richtung Partenstein. Trotz ihrer Sonderrechte benötigten sie bis zu Kerners Haus eine dreiviertel Stunde. Simon Kerner wartete bereits und setzte sich zu Brunner ins Auto. Sofort erstattete er ihm einen ausführlichen Bericht über die Ereignisse der vergangenen Stunden.

Ab Kerners Haus mussten die Streifenwagen langsam fahren, denn es ging über Forstwege und ausgefahrene Waldwege in Kerners Revier hinein. Immer wieder zeugten kratzende Geräusche davon, dass der Unterboden der Dienstfahrzeuge mit dem Boden Kontakt hatte. Bis sie die Hütte erreichten, verging nochmals eine Viertelstunde.

Schon vom Auto aus konnte Kerner die offene Hüttentür sehen.

»Verdammt, verdammt!«, fluchte er laut. »Wie es aussieht, sind die Vögel ausgeflogen!«

Die Beamten sprangen aus den Fahrzeugen und zogen ihre Dienstwaffen. Brunner hielt sich zurück, da er mit seiner verletzten Schulter nicht voll einsatzfähig war.

Zwei Beamte betraten unter gegenseitigen Sicherungsmaßnahmen, die Dienstwaffen im Anschlag, die Hütte. Sekunden später kam die Meldung: »Hier ist alles sauber!«

Kerner bat einen der Beamten, die Fensterläden zu öffnen, dann traten er und Brunner ein. Die Gefangenen waren tatsächlich weg. In der Mitte lag ein in seine Einzelteile zerbrochener Stuhl. Daneben ein paar durchtrennte Kabelbinder und einige blutige Kleiderfetzen. Beweise, dass Kerner nicht nur fantasiert hatte. Plötzlich wurde er blass. Er machte einen schnellen Schritt zum Schrank und riss die Tür auf.

»Oh, Mann, was bin ich für ein Idiot!«, schimpfte er und hieb mit der Faust gegen den Schrank, dass es krachte.

Brunner sah ihn fragend an.

»Ich selbst habe den beiden zur Flucht verholfen«, stieß Kerner hervor. »Nach meinen Schüssen auf den Killer habe ich ihm seinen Kampfdolch abgenommen. Als ich die Kabelbinder aus dem Schrank holte, um die Frau zu fesseln, legte ich den Dolch dort hinein. Das hat die Fiederling natürlich mitbekommen. In dem ganzen Stress bei dem Kampf mit dem Killer habe ich dieses Messer einfach vergessen! Mensch, wie konnte mir ein derartiger Fehler passieren! Es muss dem Killer gelungen sein, den Stuhl zu zertrümmern. Dann war es keine große Kunst, an den Dolch heranzukommen und die Fesseln zu durchtrennen. Mann, oh Mann, so ein verdammter Mist!«

»Das ist wirklich blöd gelaufen«, stimmte ihm Eberhard Brunner zu, »aber nicht mehr zu ändern. Wir müssen sofort einen Hundeführer anfordern. So weit kann der Kerl doch noch nicht gekommen sein, wenn er so schwer verletzt ist, wie du gesagt hast. Frau Fiederling werden wir zur Fahndung ausschreiben. Die bekommen wir schnell.«

Kerner setzte eine skeptische Miene auf. »Bis der Hundeführer hier ist, vergeht mit Sicherheit mehr als eine Stunde. Bis dahin ist der Killer über alle Berge.«

»Mag sein«, gab Brunner zurück, »aber wir dürfen nicht die geringste Chance auslassen.« Er eilte zum nächsten Streifenwagen und griff nach dem Funkgerät. Nach der Anforderung des Hundeführers rief Brunner bei der Staatanwaltschaft in Würzburg an und ließ sich mit dem zuständigen Staatsanwalt verbinden. Er schilderte dem Mann die Vorgänge der letzten Stunden und bat um die Beantragung eines richterlichen Haftbefehls, ausgestellt auf Monika Fiederling wegen Verdachts der Anstiftung zu mehrfachem Mord. Gleich danach informierte er seine Kollegen von der Sonderkommission und ordnete die Fahndung nach Monika Fiederling an.

Aus den Schuhabdrücken der Flüchtigen ergab sich, dass sie gemeinsam unterwegs waren. Der Polizeihund, ein erfahrener Altdeutscher Schäferhund mit Namen Rex, verfolgte die Fährten der beiden quer durch den Wald bis zu einem Parkplatz für Wanderer in der Nähe von Partenstein. Dort verlor sich die Spur. Sie war wie abgeschnitten. Der Hundeführer vermutete, dass die Verfolgten dort in ein Fahrzeug gestiegen waren. Hier musste die Suche abgebrochen werden. Die beiden hatten geschätzte zwei Stunden Vorsprung.

Während der Fährtenhund im Wald bei Partenstein die Spuren verfolgte, stellte der Ermittlungsrichter des Amtsgerichts Würzburg den gewünschten Haftbefehl aus. Kurz darauf fuhren zwei Kriminalbeamte und eine Streifenbesatzung zur Wohnung von Monika Fiederling am Friedrich-Ebert-Ring. Auf ihr mehrfaches Läuten hin wurde nicht geöffnet. Die Polizisten organisierten daraufhin den Hausmeister, der mit einem Generalschlüssel die Wohnung öffnete. Als die Kriminalbeamten mit gezogenen Dienstwaffen den Flur betraten, hörten sie aus einem der Räume leise Klaviermusik. Auf ihr Rufen erhielten sie keine Antwort. Nachdem sie sich weiter in die Wohnung vorgearbeitet hatten, stellten sie fest, dass die Musik aus dem Bad kam. Einer der Beamten öffnete vorsichtig die unverschlossene Badezimmertür und sprang mit vorgehaltener Waffe hinein, ließ sie aber sofort wieder sinken.

Mit einem betroffenen »So ein Mist!« griff er zum Mobiltelefon. Sein Kollege sah die Szene und wusste sofort, dass der gerufene Notarzt hier nichts mehr retten konnte. Monika Fiederling lag vollständig bekleidet in ihrer Badewanne. Die Wanne war bis zum Rand mit heißem Wasser gefüllt, die Farbe des Wassers war blutrot. Aus ihren aufgeschnittenen Pulsadern strömte nur noch ein schwaches rotes Rinnsal. Neben der Wanne auf den Fliesen lag ein blutiger Militärdolch. Ihr Gesicht zeigte ein friedliches Lächeln. Rund um die Wanne brannten Kerzen, und auf einem kleinen Tischchen stand das Portrait eines Mannes – Monika Fiederling war auf dem Weg zu ihrem Liebsten.

Einige Zeit später betrat Eberhard Brunner die Wohnung. Bei der Durchsuchung fanden die Kriminalbeamten in allen Zimmern Hinweise auf eine geradezu abgöttische Verehrung Alexander Thannenbergers. Im Schlafzimmerschrank unter der ordentlich gestapelten Bettwäsche entdeckten die Spurensicherer ein dickes Tagebuch. In ihm hatte Monika Fiederling akribisch den Werdegang ihrer Liebe zu dem Strafgefangenen Thannenberger aufgezeichnet. Sie schilderte darin auch ihre Rachemotive gegen Simon Kerner, dem sie die Hauptschuld daran gab, dass die Staatsanwaltschaft nicht gegen den Vorsitzenden des Schwurgerichts eingeschritten war. Dies und ihr Versprechen gegenüber Thannenberger, seinen Tod zu rächen, war die Ursache, dass sie eine Organisation mit der Bezeichnung »WWSP – Worldwide Secure & Prevention« mit der Tötung der Mitglieder des Schwurgerichts beauftragte.

Brunner trat später in Verbindung mit seinen Kollegen in der Schweiz, um gegen diese Organisation vorzugehen. Letztendlich verliefen diese Ermittlungen aber im Sand, da den Verantwortlichen dieser als seriös geltenden Sicherheitsfirma keinerlei Verbindung mit irgendwelchen gesetzeswidrigen Machenschaften nachgewiesen werden konnte. Nach Ansicht der Anwälte der Firma waren die belastenden Aufzeichnungen einer Selbstmörderin lediglich Hinweise auf die Geistesgestörtheit dieser Frau, die sich in ihrem Wahn irgendetwas zusammengesponnen hatte.

Das Tagebuch landete bei den Akten und wurde im Archiv abgelegt. Nach Ablauf der Aufbewahrungsfrist wurde es zusammen mit den Akten vernichtet.

36

Nachdem Kerner die Jagdhütte verlassen hatte und das Motorgeräusch des sich entfernenden Defenders in der Ferne verklungen war, begann die Frau am Boden zu sprechen. Aufgrund ihrer Fesselung konnte sie nur in Richtung Schrank blicken.

»Sie sind ein solcher Versager«, zischte sie. »Ich habe Ihnen für die Bestrafung dieses Verbrechers viel Geld bezahlt und Sie lassen sich überrumpeln wie ein Anfänger.«

»Halten Sie den Mund!«, knurrte Pfisterer. Er überlegte, wie er sich aus seiner Lage befreien konnte. Ihm war klar, dass es hier bald von Polizisten nur so wimmeln würde. Dank der Spritze waren seine Schmerzen erträglich, aber die Wirkung des Morphiums würde nicht ewig halten. Er prüfte die Stabilität des Stuhles, indem er mit dem Becken wackelte. Ein leises Knarren verriet ihm ein gewisses Spiel in den Verbindungen der Stuhlbeine. Es war einen Versuch wert. Er beugte sich nach vorne und stellte sich so gut es ging auf die Sohlen. Mit einem Ruck, der trotz der Betäubung einen spitzen Schmerz durch seine rechte Seite jagte, warf er sich dann nach hinten. Hart krachte der Stuhl mit den Beinen zuerst auf dem Hüttenboden – und zerbrach unter dem Körpergewicht Pfisterers. Die Frau stieß erschrocken einen lauten Schrei aus.

»Was machen Sie?«

Er gab ihr keine Antwort. Nachdem der Schmerz im Arm wieder abgeklungen war, befreite er im Liegen seine Füße von den ausgebrochenen Stuhlbeinen und löste seinen linken Arm aus der Fesselung. Dann richtete er sich langsam auf und zog den verletzten Arm aus der Schlinge.

»Was ist los?«, fragte Fiederling erneut. »Jetzt reden Sie doch schon. Konnten Sie sich befreien?« Sie wandte sich auf dem Boden, um den Mann ins Gesichtsfeld zu bekommen.

»Ja.«, kam die knappe Antwort.

»Worauf warten Sie? Binden Sie mich gefälligst los!«, fuhr sie ihn an. »Soweit ich gesehen habe, hat dieser Verbrecher Kerner ein Messer in den Schrank gelegt.«

Pfisterer stand auf, öffnete die Schranktür und fand seinen Kampfdolch. Ein zufriedenes Grinsen zog über sein Gesicht. Dieser Kerner war also doch nicht perfekt.

Nach kurzem Zögern bückte er sich und durchtrennte mühelos die Kabelbinder der Frau. Hektisch erhob sie sich.

»Bringen Sie mich gefälligst hier weg!«, forderte sie laut.

Pfisterer beachtete sie nicht weiter. Mit der gesunden Hand prüfte er die Festigkeit der Tür. Dann trat er zwei Schritte zurück. Er konzentrierte sich und explodierte mit einem lauten Schrei. Ein berstendes Krachen ertönte. Der Riegel brach aus seiner Halterung, und die Tür flog auf. Frische Luft strömte in die Hütte.

Fiederling hatte mit großen Augen seine Aktion beobachtet. »Bringen Sie mich jetzt sofort von hier weg!«, forderte sie erneut.

Pfisterer überlegte kurz, dann knurrte er: »Kommen Sie!«, und verließ die Hütte. Die Frau beeilte sich, ihm zu folgen. Pfisterer tat dies sicher nicht, weil ihm Fiederling leid tat. Diese Frau ging ihm ziemlich auf die Nerven. Ihm war nur klar, wie die Organisation den Ausgang seines Auftrags einordnen würde. Vielleicht konnte er das Urteil etwas abmildern, wenn er die Auftraggeberin in Sicherheit brachte.

Im Eilschritt hetzte Pfisterer durch den Wald. Fiederling

folgte ihm keuchend. Eine gute dreiviertel Stunde später erreichten sie Pfisterers abgestelltes Fahrzeug auf dem Waldparkplatz. Einen Moment später waren sie auf dem Weg nach Würzburg. Unterwegs redete die Frau ständig auf ihn ein und forderte ihn auf, gefälligst seinen Auftrag zu erledigen. Irgendwann platzte Pfisterer der Kragen. »Verdammt noch mal! Was glauben Sie denn, was los ist? Ihr Spiel ist aus! Die Bullen wissen, was Sie getan haben. Es wird nicht lange dauern, dann stehen sie bei Ihnen auf der Matte. Dann wandern Sie lebenslänglich in den Knast! Sie sollten so schnell wie möglich abhauen. Und jetzt halten Sie die Klappe, sonst werfe ich Sie hier auf freier Strecke raus!«

Den Rest der Fahrt war die Frau still und brütete vor sich hin. Wortlos setzte Pfisterer sie in der Nähe ihrer Wohnung ab, dann machte er sich auf den Weg nach Retzstadt. Kerner wusste zwar, wie er aussah, aber er hatte keine Ahnung, wo er wohnte. Er musste mit der Organisation Kontakt aufnehmen. Sie würden ihm einen Arzt schicken, der ihn ordentlich versorgte. Dann konnte er verschwinden. Langsam ließ die Wirkung des Morphiums nach und der Schmerz drängte sich wieder in den Vordergrund seiner Wahrnehmung.

Nachdem die Polizeiaktion an seiner Jagdhütte abgeschlossen war, ließ sich Kerner von einer Polizeistreife zurück nach Partenstein zu seinem Haus fahren. Jetzt konnte er nicht mehr viel tun. Es wurde höchste Zeit, dass er sich bei seiner Freundin Steffi meldete, die sich bestimmt schon schreckliche Sorgen um ihn machte.

Wenig später war er mit ihr verbunden.

»Endlich! Simon, ich werde hier noch verrückt! Was ist denn bloß bei dir los?«, sprudelte es nur so aus ihr heraus.

Simon Kerner erzählte ihr eine stark abgemilderte Version der Vorgänge. Als er fertig war, erklärte Steffi kategorisch: »Simon, ich werde jetzt den nächsten Flieger nach Frankfurt nehmen, da kannst du sagen, was du willst! Spätestens morgen bin ich zu Hause. Ich rufe dich an, wann du mich vom Flughafen abholen kannst.«

Kerner kannte diesen Tonfall, und ihm war klar, sie würde diesmal nicht umzustimmen sein. Ein paar Minuten später endete das Gespräch. Kerner ging in die Küche, um sich eine Mahlzeit zuzubereiten. Bei dem Gedanken an Essen begann sein Magen zu knurren.

Einige Zeit später saß er am Tisch und drehte Spaghetti auf der Gabel, dabei studierte er die aktuelle Zeitung. Plötzlich ließ er das Blatt fallen und legte die Gabel zur Seite. Durch den ganzen Stress hatte er ein wichtiges Telefonat völlig vergessen. Er sprang auf, zog sein Notizbuch aus der Jacke und suchte die Nummer heraus. Einen Moment später läutete das Telefon am Schreibtisch von Oberstleutnant Michalik.

»Ich habe noch in der Nacht nach unserem Telefonat mehrmals zurückgerufen«, erklärte der Offizier, »es ist aber niemand an den Apparat gegangen.

»Tut mir leid«, erwiderte Kerner, »aber hier gab es einige Schwierigkeiten.« Für Erklärungen war jetzt nicht der richtige Zeitpunkt. »Konntest du etwas herausfinden?«

»Ja. Wir haben die Daten durch unseren Computer gejagt. Es gab einen Treffer. Wir mussten erst die Unterlagen aus unserem Archiv holen, weil der Mann bereits entlassen wurde. Nach unseren internen Regeln unehrenhaft, weil er bei einer Mission völlig die Kontrolle verlor und Amok lief. Das durfte aber wegen der Geheimhaltung nicht nach außen dringen. Du kannst das vielleicht nachvollziehen.«

»Verstehe«, gab Kerner zurück.

»Der Mann heißt Stefan Pfisterer und hat als Adresse Retzstadt angegeben. Nach der Postleitzahl muss das irgendwo bei dir in der Nähe sein.«

Kerner notierte sich hastig Straße und Hausnummer, dann bedankte er sich bei seinem ehemaligen Kameraden.

Michalik entgegnete: »Du kennst das arabische Sprichwort: Im Baum des Schweigens hängt der Frieden. Wir haben uns in dieser Angelegenheit niemals gesprochen – und im Übrigen sind wir jetzt quitt.«

Kerner verabschiedete sich und legte auf. Nachdenklich setzte er sich an den Tisch zurück, dann rief er Eberhard Brunner an.

»Woher hast du diese Information?«, wollte der Kriminalkommissar wissen, nachdem Kerner ihn informiert hatte.

»Frag mich nicht«, gab Kerner zurück, »ich kann dir das nicht sagen. Kannst du ein SEK zusammenstellen? Der Mann ist sehr gefährlich. Nach meiner Kenntnis war er Mitglied des Kommandos Spezialkräfte der Bundeswehr. Du musst mit entschiedenem Widerstand rechnen. Der Kerl ist eine Kampfmaschine!«

Brunner schwieg einen Moment, dann erwiderte er: »Verstehe.« Er stellte keine weiteren Fragen. »Ich werde mir einen Haftbefehl besorgen und das Sondereinsatzkommando alarmieren. Es dauert einige Zeit, bis die eingetroffen sind und wir den Einsatzort in Retzstadt erreicht haben. Hoffentlich ist der Vogel dann nicht schon ausgeflogen. Sobald wir ein Ergebnis haben, werde ich dich informieren.«

Kerner bedankte sich und legte auf. Am liebsten wäre er dabei gewesen, aber das konnte er Steffi nicht antun.

Pfisterer beobachtete aus einer Nebengasse einige Zeit die Straße, in der wohnte. Als er keine verdächtigen Aktivitäten feststellen konnte, betrat er sein Haus. Mittlerweile wühlte der Schmerz wieder in seinen Wunden. Ihm war heiß. Vermutlich hatte er Fieber. Es wurde höchste Zeit, dass sich ein Arzt um ihn kümmerte. Mit schmerzverzerrtem Gesicht eilte er an seinen Schreibtisch und fuhr den Computer hoch. Es gab eine sichere Verbindung, die nur Spezialisten wie ihm zur Verfügung stand. Er schilderte kurz sein Problem, dann brachte er die Botschaft verschlüsselt auf den Weg.

Es dauerte fünfzehn Sekunden, dann konnte er die Antwort entschlüsseln: »Problemlösung ist auf dem Weg.«

Pfisterer erhob sich und schleppte sich in seinen Keller, wo er weitere Morphiumspritzen verwahrte. Er trieb die Nadel in den Oberarm der verletzten Seite. Schon Sekunden später spürte er die befreiende Wirkung. Oben in seinem Wohnzimmer angekommen, ließ er sich, wie er war, in einen Sessel fallen und schloss die Augen. Er war ziemlich am Ende seiner Kräfte.

Das Klingeln an der Haustür schreckte ihn hoch. Er war im Sessel eingeschlafen. Als er die Tür öffnete, zog er verwundert die Augenbrauen in die Höhe. Draußen stand der Mann, der ihn damals für die Organisation angeworben hatte, hinter ihm eine weitere Person mit einem Koffer in der Hand. Der Arzt, vermutete er.

»Guten Abend, Herr Pfisterer«, sagte der Unbekannte, »Sie haben uns einen Notfall gemeldet. Wir dürfen doch reinkommen?« Während er an Pfisterer vorbei ging, warf er einen prüfenden Blick auf die durchgebluteten Verbände an Pfisterers rechter Schulter.

Drinnen wies er mit der Hand auf den Sessel. »Setzen Sie sich doch.« Er selbst nahm Pfisterer gegenüber Platz und musterte ihn durchdringend. »Schildern Sie mir, was vorgefallen ist.«

Pfisterer erstattete ausführlich Bericht, wobei er sein eigenes Versagen etwas milder darstellte.

»Herr Pfisterer, man kann also feststellen, Ihr letzter Auftrag ist völlig daneben gegangen. Ihr Versagen wird die Behörden auf den Plan rufen. Wahrscheinlich wird sehr bald die Polizei hier eintreffen. Das bedeutet, wir müssen die Organisation vor unerfreulichen Nachforschungen schützen. Sie darf auf keinen Fall mit Ihnen in Verbindung gebracht werden. Das werden Sie verstehen.«

Pfisterer presste vor Schmerzen die Lippen zusammen. Beiläufig bemerkte er, dass der Typ, den er für den Arzt hielt, hinter ihm stand. Warum fing er nicht endlich an, ihn zu versorgen?

»Sie können sich vielleicht erinnern«, fuhr der Unbekannte gelassen fort, »dass ich Ihnen bei unserem Einstellungsgespräch erklärt habe, wir würden Mitarbeitern, die versagen, die Zusammenarbeit aufkündigen. Es tut mir leid, aber genau das ist bei Ihnen jetzt der Fall. Sie sind für uns leider nicht mehr tragbar. Nehmen Sie das bitte nicht persönlich.« Er nickte dem anderen zu.

Der hielt Pfisterer einen Revolver mit Schalldämpfer gegen die linke Schläfe und drückte ab. Der Schuss klang wie das Knallen eines Sektkorkens. Das Projektil blieb in Pfisterers Schädel stecken. Sein Kopf fiel nach vorne. Er war sofort tot. Aus dem kleinen Loch in der Schläfe lief ein schwaches rotes Rinnsal. Der Schütze, der Handschuhe trug, drückte dem Toten den Revolver in die linke Hand und legte sie ihm auf den Schoß.

Der Anführer der beiden warf Pfisterer einen prüfenden Blick zu, dann nickte er zufrieden. »So kann man das lassen.« Geschäftig erhob er sich. »Jetzt aber flott! Das Standardprogramm!« Er ging zur Haustür und ließ zwei weitere

Männer herein. Routiniert fingen diese an, das Haus aufzuräumen. Als sie gingen, gab es keine Hinweise mehr auf Pfisterers Arbeitgeber.

Es war fast 17 Uhr, als ein Einsatzbus mit Eberhard Brunner und Mitarbeitern der Sonderkommission sowie zwei neutrale Kleinbusse mit SEK-Männern in Retzstadt einfuhren. Sie sperrten die Wethstraße vor Pfisterers Anwesen nach beiden Seiten, dann formierten sie sich und stürmten, nachdem sie einige Gasgranaten durch die Fenster geschossen hatten, das Haus. Kurze Zeit darauf fanden sie den toten Pfisterer in seinem Wohnzimmer. Wie es dem Anschein nach aussah, hatte er Selbstmord begangen. Einzelheiten würde die Obduktion klären.

Die Spurensicherer fanden das Haus aufgeräumt vor. Es gab keinerlei Hinweise auf Verbindungen Pfisterers nach außen. Nirgendwo war ein Computer, auch kein Handy. Den Ermittlern war klar, hier hatte jemand alle Spuren zu einem Auftraggeber professionell beseitigt. Es war aber sicher, dass der Tote die Auftragsmorde ausgeführt hatte. In einer Gefriertruhe fand man ein paar Krähenkadaver. Der Waffenschrank im Keller war offen und leer.

Eberhard Brunner war sehr unzufrieden. Die Mordfälle waren zwar gelöst, aber nicht restlos aufgeklärt. Die Beamten waren sich sicher, hinter Pfisterer stand eine Organisation, aber es gab keine Beweise. Die Akten mussten geschlossen werden. Eine Wochen später löste sich die Sonderkommission auf, und Brunner kehrte an seinen Schreibtisch in der Mordkommission zurück.

Epilog

Der nächste Tag war ein Samstag. Simon Kerner war am Nachmittag etwas zu früh am Flughafen, um seine Steffi abzuholen. Er saß daher gemütlich in der Flughafenlounge und gönnte sich einen Cappuccino. Er war ganz froh, noch ein paar Minuten für sich zu haben. Der Bericht seines Freundes Brunner über die Aktion in Retzstadt und den toten Killer ließ ihm keine Ruhe. Für ihn war es sehr fraglich, ob der Mann tatsächlich Suizid begangen hatte, obwohl die Obduktion zu diesem Ergebnis gekommen war. Dazu war Pfisterer, soweit er ihn einschätzen konnte, nicht der Typ. Aber das würden sie wohl nie herausfinden.

Kerner sah auf seine Uhr. Höchste Zeit, sich an den Schalter für ankommende Fluggäste zu begeben. Eine Viertelstunde später kam Steffi strahlend auf ihn zu und fiel ihm um den Hals.

»Mein Gott, was bin ich froh, wieder hier zu sein.« Sie küsste ihn lange und innig. Wenig später brausten sie in Richtung Partenstein davon.

Später, bei beginnender Dämmerung, kuschelten sich die beiden bei einem Bocksbeutel Spätburgunder auf der Gartenschaukel zusammen und genossen die Stimmung des lauen Sommerabends. Simon Kerner hatte seiner Freundin in groben Zügen erzählt, was in den letzten Tagen passiert war, wobei er einige Stellen etwas beschönigte. Steffi berichtete nochmals ihr Erlebnis mit der Krähe, die man ihr in Frankreich ins Zimmer gelegt hatte; dann saßen sie zusammen und schwiegen.

Simon Kerner machte sich seine Gedanken über die Geschehnisse der letzten Wochen. Menschen mussten sterben, weil jemand das Handeln eines Gerichts als ungerecht empfunden hatte. Ob ein anderer Umgang mit Thannenberger, bei gleichem Urteil, diese Racheakte verhindert hätte? Auch er war Richter und fällte fast täglich Urteile über Menschen, die gegenüber der Gesellschaft gefehlt hatten. Hierfür hatte ihn der Staat mit weit reichenden Befugnissen ausgestattet. Begegnete er seiner Aufgabe immer mit der erforderlichen Gewissenhaftigkeit? Seine Macht war kein Selbstzweck. Sie erforderte einen Menschen, der sich ihrer mit der erforderlichen Demut bediente. Er nahm sich vor, diese Gedanken häufiger zu reflektieren, um seine Erdung nicht zu verlieren.

Plötzlich riss ihn Steffi aus seinen Gedanken.

»Simon, sieh nur«, flüsterte sie leise und deutete in den Garten. Auf einem niederen Busch hockte ein großer schwarzer Vogel. Eine Rabenkrähe. Sie gab einen krächzenden Laut von sich, worauf ein Artgenosse angeschwebt kam und sich unweit der ersten niederließ. Ihm folgte eine dritte Krähe.

»Mein Gott, Simon«, sagte sie, »geht das schon wieder los?« Sie zitterte leicht.

In diesem Augenblick landeten die Vögel auf dem Rasen und hackten auf etwas im Gras Liegendes ein. Man konnte nicht erkennen, um was es sich handelte, weil der Rasen dringend gemäht werden musste.

Kerner erhob sich und klatschte in die Hände. Mit protestierendem Krächzen flogen die Vögel auf und verteilten sich auf den Ästen der umstehenden Bäume. Kerner trat näher und betrachtete, was die Krähen so interessiert hatte.

»Nur ein totes Eichhörnchen«, verkündete er dann und kam zu Steffi zurück. »Komm, lass die Krähen ihren Job machen. Wir sollten ins Bett gehen. Ich denke, wir haben einiges … nachzuholen.«

Sie lächelte schelmisch und griff bereitwillig nach seiner angebotenen Hand.

Als sich die Jalousien zur Veranda schlossen und Ruhe einkehrte, flogen die Krähen zu dem kleinen Kadaver zurück. Es gab keinen Streit, jede bekam ihren Anteil.

Die Simon Kerner Thriller von Günter Huth

Blutiger Spessart · 4. Auflage
ISBN 978-3-429-03554-9

Das letzte Schwurgericht
ISBN 978-3-429-03680-5

Todwald · 2. Auflage
ISBN 978-3-429-03798-7

Die Spur des Wolfes
ISBN 978-3-429-03911-0

Spessartblues
ISBN 978-3-429-04384-1

Günter Huth
Blutiger Spessart

4. Auflage
271 Seiten
Klappenbroschur
ISBN 978-3-429-03554-9
12,95 Euro [D]

echter

Von Günther Huth sind auch
diese skurrilen Kurzgeschichten
im Echter Verlag erschienen

Der Schoppenfetzer
und seine weinfränkischen Stammtischgschichtli
3. Auflage · 128 Seiten · Broschur
ISBN 978-3-429-02910-4

Der Schoppenfetzer
und seine weinfränkischen Kellergschichtli
2. Auflage · 128 Seiten · Broschur
ISBN 978-3-429-03137-4

Der Schoppenfetzer
und seine weinfränkischen Wengertsgschichtli
124 Seiten · Broschur
ISBN 978-3-429-03470-2

Die *Schoppenfetzer*-Krimis von Günter Huth:

---

* Auch als eBook erhältlich.

Bibliografische Information der Deutschen Nationalbibliothek

Die Deutsche Nationalbibliothek verzeichnet diese Publikation
in der Deutschen Nationalbibliografie; detaillierte bibliografische
Daten sind im Internet über <http://dnb.d-nb.de> abrufbar.

2. Auflage 2020
© 2014 Echter Verlag GmbH
www.echter.de

Umschlaggestaltung: wunderlichundweigand.de
Umschlagfoto: © Sandra Cunningham / shutterstock.com Druck
und Bindung: CPI – Clausen & Bosse, Leck

ISBN 978-3-429-03680-5 (Print)
ISBN 978-3-429-04744-3 (PDF)
ISBN 978-3-429-06158-6 (ePub)